形 单 影 双

连李 著

中国戏剧出版社
CHINA THEATRE PRESS

图书在版编目（CIP）数据

形单影双 / 连李著 . -- 北京：中国戏剧出版社，
2023.5
ISBN 978-7-104-05316-3

Ⅰ.①形… Ⅱ.①连… Ⅲ.①中篇小说—小说集—中国—当代②短篇小说—小说集—中国—当代 Ⅳ.
① I247.7

中国版本图书馆 CIP 数据核字 (2022) 第 242864 号

形单影双

责任编辑：赵宇欣
责任印制：冯志强

出版发行	中国戏剧出版社
出 版 人	樊国宾
社　　址	北京市西城区天宁寺前街 2 号国家音乐产业基地 L 座
邮　　编	100055
网　　址	www.theatrebook.cn
电　　话	010-63385980（总编室）　010-63381560（发行部）
传　　真	010-63381560

读者服务：010-63381560
邮购地址：北京市西城区天宁寺前街 2 号国家音乐产业基地 L 座

印　　刷	三河市龙大印装有限公司
开　　本	880mm×1230mm　1/32
印　　张	9.75
字　　数	195 千字
版　　次	2023 年 5 月　北京第 1 版第 1 次印刷
书　　号	ISBN 978-7-104-05316-3
定　　价	88.00 元

版权专有，违者必究；如有质量问题，请与出版社联系调换。

献给何书芳

序

有关《形单影双》

一个孤独的个体能为我们呈现无数可能的影像和其所提供的时光,我们参与孤独,有时候也旁观孤独。

但这仅仅是开始。

在我们有限的生命中,在我们赋予他人以及从后者那里所汲取的人生里,孤独似乎是永远的主题——也正是如此,爱和陪伴才如此重要,它们使孤独充满能量。

但这仅仅是另一种开始。

我们总是被美好的事物击中,无论是《101次飞扬》的梦境,还是《花园派对》的归隐式人生,抑或是《树伴》所提供的某种恒在,《春日夜行列车》的隐喻——当美好成为一种时间策略,孤独便被巧妙地取代了。我们轻易洞察到的意志,在"时间"的最后都变成了谎言。

但这仅仅是真正的开始。

《形单影双》不旨在刻画孤独本身，甚至故事中的人也不在刻画范围之内。它只是试图利用故事所塑造的时空，围绕自我开展一场不屈不挠的跟踪，就像人物的影子对他们所展开的追踪，而追踪的目的当然不是迫使孤独发声或者改变，而是使光立于永恒的舞台之上。

所以《形单影双》是有关孤独的创造，像保罗·奥斯特在《孤独及其所创造的》中所述："故事以终为始。每个事实都被下一个事实抵消，每种想法都会引起一种相等而对立的想法。"

每个影子都是为了取代上一个影子。因此我们会活着，以及稍纵即逝地复活。故事以终为始。

目录 CONTENTS

天边月白	/ 01
等 等	/ 20
春日夜行列车	/ 44
夜更得以声	/ 69
树 伴	/ 98
车 祸	/ 118
101次飞扬	/ 138
花园派对	/ 148
鹿回头	/ 205
江上风清	/ 243
面 具	/286

天边月白

游泳课上,姑娘们嘻嘻哈哈散落在教练谢园身边,而后者的心神在池边那个独自消沉的身影上。这周的第三次了,他想。她怎么了呢?

姜月的心事在妹妹姜玲身上。今天是姜玲18岁的生日,早上出门前,她们还没争论出最终决议——肚子里的孩子怎么办。如果姜玲听话地去做了手术,现在正是结束的时间。她游向对面那个散发着光亮的身体——她当然清楚,这仅仅是开始。

一年后,姜月和谢园的婚礼热闹纷呈,同学和老师们把酒言欢。秋日午时的阳光乏善可陈,任意塑造无聊的景象,姜月尽可能地跟随着它,试图体验一年前它倾泻在谢园身上的那些瞬间。

又是一年。商铺"天边月白"在镇上开张了,姐妹花老板声名远扬。

谢园变得越来越忙，不归家成了家常便饭。姜月便也在天边月白过夜，阁楼的窗子常常向夜空敞开。

数月未见，他们在家门口相遇——大概是初冬的第一天，谢园带进来的阳光湮灭了整间屋子，浅灰色的橡木地板，两只光秃秃的、从狭长倾斜的天花板上荡下来的灯泡，窗帘上的大帆船图案，米色墙壁，阁楼的气味，上桌吃饭的默契，做爱之后的空气，盘底垫着的银杏叶……都消失不见了。

"一起吃饺子吗？"他们异口同声，相视而笑。

大雪日复一日倾轧着单薄的小城，小城里的人开始了新一轮的冬眠。天边月白进入淡季，一近落日便关门打烊。这天晚上，就在姜月将卷帘门拉下的一瞬间，一只带着酸味的手帕盖住了她的脸，一只有力的大手将她拖进一辆面包车里，疾驰而去。

迷迷糊糊醒来的姜月被反手捆绑在汽车后座上。而车子正晃晃悠悠地在一条小路上行驶着。窗外一片漆黑，偶尔有狗吠声散落四处。她惶恐地打量着开车的司机：衣领白净，看上去应该是个20岁出头的年轻人。

从后视镜里看到姜月醒了，司机将车缓缓地开到路边停下，点燃一根烟，坦白地说："你被绑了，这不是我的意思，我也就是个打工的。你打电话叫你姐准备50万，放到白马咖啡厅马路对面58路公交车站的绿色垃圾桶里。限时后天下午四点前。"

姜月立刻明白了。他们绑错人了，他们的目标应该是妹妹姜玲。

姜月思考了一会儿，她想不出自己有什么必要隐瞒事实。

于是她直截了当地说："你绑错了，我是姜月。"看男人不信，她补充："我妹嘴上有颗痣，我没有。不信你问问你老板。"

男人刚刚发动的车子又熄了火。他开始对姜月进行搜身，果然搜到了姜月的身份证。

沉默片刻之后，男人说没关系，那就由你妹妹来出这个钱。反正老板要的是钱。绑哪个不一样。

姜月辩驳道："那可不一样，我有钱，我妹妹没钱。虽然我俩一起开店，但她根本不管账，只问我要钱花，每天也不来店里。你现在让她筹钱，她的银行卡里估计连一万块也没有。"

车子在一片沉默中路过雪山，路过灯光寥寥的村庄，开往更远的远方。

姜月异常寒冷，她在惊吓和车子的颠簸中发起了烧，窗外的月亮变得模糊不清，湮灭在盛满灯光的水缸里。

车子最终在一排乌黑的矮房子前停下了。男人拽着姜月下车，向其中一间房子走去。

屋里充斥着中草药和汽油的味道。把姜月扔到床上后，男人熟门熟路地点火烧饭。不到十分钟，男人就把两碗热腾腾的面端到了床边的塑料桌上。解绑了姜月，自顾自地吃起面来。

姜月没有心情吃饭，她打量着面前的屋子：墙角堆着三个油桶，上面盖着几块已经被油污浸透的蓝布，蓝布上面你挤我我挤你地堆满了生活用品：玻璃杯、烧水壶、牙具、碗筷，等等。触目惊心的污浊感令姜月一阵恶心。但她更担心接下来可能会发生的事：从目前来看活命应该没问题，但被强暴应该避免不了了。

男人面无表情地说："如果你不吃，接下来的九个小时你都没的吃。吃完你只能睡两个小时，我们还要赶路。"

姜月问男人要去哪里。他说他也不知道，他的任务本来是绑架姜玲，问姜月要钱，然后杀掉姜玲，独自一个人去沙漠。但现在他错绑了姜月，既惊动了姜玲又拿不到钱，也不能放姜月回去。他现在考虑要不要杀掉姜月。

姜月大惊，告诉他，她的卡就带在身上。随时可以取钱，何必要杀她？

男人摇头："不行。我会暴露。而且，我也不信任你。"

吃完饭，男人从车上取下来一套新棉被："这个是给我媳妇买的，你先用吧，是新的。"说完男人开门出去，将房门反锁。

在巨大的疲惫感中，姜月很快睡熟了。

梦中她正睡在树上的一个鸟巢里，温暖而舒适。她细嗅着香甜的空气，耳边是随着清风随处摆荡的虫鸣鸟叫声。她睁开眼，打量着盖在自己脸上的云朵，却发现竟是黑色的……她惊恐地望下去，发现自己身下的树正在飞速向上攀缘生长，将她托上更高的天际，与那些黑云连接在一起……

她猛地睁开眼，汗已湿透衣背。男人正在盯着她看，将一杯水和一颗药丸递到她手里："这是退烧药。"

姜月接过，犹豫了几秒，还是吃了下去。

男人将姜月盖的被子铺在后座上，将反手绑着的姜月带上去后，继续上路。窗外的画面颠簸地在她的眼前闪现，一道道绿色或者棕色的线条掠过。远处，这个山的形状替换成另一座山的形状。这一座与下一座也没有什么不同。

她周而复始地睡去，又醒来。大概是药起了作用，姜月的神志逐渐清醒。她盯着男人的后脑勺。

男人警觉地问："你想什么呢？"

姜月说："我手机没电了。姜玲肯定联系过我了，如果明天再找不到我，她肯定会报警。"

男人说："他们找不到我。你现在先拿这个电话给姜玲打一个电话，告诉她你和朋友去旅行了。"

姜月点头："好。那我还提钱的事儿吗？"

男人从后视镜里瞥了姜月一眼："不用了，我也联系不上李峰了。他把我拉黑了。"

姜月大惊："李峰？你的意思是？"

男人点头："嗯，是李峰让我绑架的。我猜是姜玲去找他了，他以为我没有绑架姜玲……或者，他猜到我绑错了。他大概知道姜玲只能从你这里搞钱。"

姜月问："你是说，是我妹妹的对象让你绑架她，管我要钱？"

男人："嗯。"

姜月说："这个畜生。"

男人笑了："他确实是个畜生。"

姜月："那你还杀我吗？"

男人想了想："我没想好。"

姜月："我给你钱还不行吗？放了我吧。"

男人:"现在不是钱的事儿了,或者说,不仅仅是钱的事儿了。"

车子继续向前行驶。窗外的景色已经替换成永无止境的沙漠,驻扎在国道两侧混混沌沌打转的风车,基本都是三个一组,每过一公里就能看得见。上空则是浩浩荡荡、久久不散的扬尘。阴雨时则云雾蔓延,视线很少清澈过。

偶尔有车辆擦身而过时,有司机积极地向车里探望。男人很警觉地从后视镜里看姜月的反应。看到她一直面无表情,男人才逐渐放松了戒备,开始和姜月攀谈。

"我们一会儿就到阿拉山口,我们会在那儿住一晚上。"

"那是什么地方?"

"新疆的一个边境。挺冷,也挺美。"

"那儿有什么?"

"有骆驼,有雪,还有我的一个朋友。"

姜月本来想问的是"我就一直这么跟着你去新疆?然后呢?"但是她更怕自己的提醒会给自己招致杀身之祸。

大约是在第五天夜里,他们到了一个旅馆。招待的女孩子说着姜月听不懂的语言。男人向她解释:"他们是哈萨克族。"

然而,旅馆没有多余的房间。他们站在路边,想着可以去哪儿过夜。

姜月建议他们在车上凑合一夜。但男人不同意:"我太累了,我要洗澡,要睡个好觉。"

姜月建议:"不如去当地人家借宿。"

男人犹豫地看着她:"会很脏。而且……那样我们估计得睡一个房间。"

姜月从口袋里掏出手机,叫男人帮她拿好,她则对着"镜子"重新梳理自己的马尾。内衣的花边自然地从衣服里跑了出来。姜月捕捉到了男人躲避的目光。

男人问:"你干什么?"

姜月已经站在了马路上,把自己的围巾卸下来用力挥舞:"当然是给我们找住的地方了。"

一辆车又一辆车,远光缓慢而挑衅地打量着路边的两人,然后疾驰而过。姜月坚持不住了,她靠在了路灯后面的一个石柱子上。男人犹豫了一下,把自己的衣服脱下来披在了姜月身上。

姜月说:"谢谢。"

一辆面包车停在他们脚边,从车窗里探出一个50岁的胖女人的脑袋,仔细打量了男人和姜月,问:你们是什么关系?

男人说:"关你屁事。"

姜月忙说:"他是我男朋友,你别介意,我们刚吵架了。"

女人看了姜月身后的旅馆一眼,说:"上车吧,去我家住,我家就我一个喘气儿的,空房间倒是多。这种小馆子是不会有热水的。"

男人开着车子跟着胖女人的车,姜月听着车辆闯过植物和夜雾的声音。周围已经黑透了。远处总是有一处路灯,但是灯光漫不过来。

男人说:"你刚才说我是你男朋友,那女的就会让我们住一个屋。"

姜月说:"就算她不让,你也不会让我一个人住。"

男人笑了:"你很可笑。"说罢从后视镜看了姜月一眼,补充道:"很蠢。不过很识时务。"

胖女人的车子在一个上坡路上戛然而止。男人和姜月跳下车,一头撞进浓雾里。

男人压低声音介绍:"这里一到晚上就起雾。"

姜月说:"现在就是你让我逃我也不逃,外面太可怕了。"

男人面无表情的脸出现在后视镜里:"我对你没有兴趣,你不必逃。"

紧接着他补充:"到了乌鲁木齐,如果我找到我想见的人,那你也不用死了,我死。"

男人果真一夜都安静地在冰凉的地上打鼾,但是姜月却睡不着了。她的大脑像风车一样旋转,混浊的空气一股股地滚进来。她不敢相信自己的感觉——并不是害怕或者恐惧,而是兴奋。她盯着地上的男人,知道自己的眼睛里弥漫着危险的蓝色。

她头脑里溢出的画面不停地变换着各种颜色:她和男人一起在乌鲁木齐的牧场里追逐打闹,傍晚时分他们各骑一匹白色的马下山。她的头发上有说不出的芳香,那香味沿着山路弥漫出梦一样的白色,和月亮一样的金色。

她的世界很安静,有谢园和姜玲的那个世界一片沉默。她忽然有一种奇特的想法:她真的可以和这个男人一起走,哪怕一起死,也是可以的。

因为姜月再次发烧,他们推迟了行程,男人打算在第三天的凌晨再出发。胖女人很兴奋,她准备了酒和菜。姜月察觉出胖女人对男人颇有兴趣,她莫名不悦,强撑身体要一起喝酒。

胖女人很高兴:"我们这里的人都说,一杯酒能治百病。喝好了你的病明天就好了。"

男人酒醉后对姜月吐出实情:他的妻子李明明失踪了,他记得李明明说过,有一个她放不下的人在乌鲁木齐。他对姜月说最好他不会在乌鲁木齐找到李明明,否则,他会和她一起死。

姜月问起男人的姓名。

男人回答她:"田园。"

有了醉意的姜月不禁笑了:"谢园,田园。怎么你们都是园,都喜欢把人关起来吗?……你说谢园找过我吗?"

男人:"谁?你男人?"

姜月说:"一个星期了,你说他找过我吗?"

田园把手机扔给姜月:"你给他打电话吧。"

姜月没有拿手机,转身躺下了。

他们上路了。一路上仍旧是漫长的戈壁滩和永远也无法抵达的山头,但姜月的心头越来越宽敞和明亮。田园告诉姜月:差不多夕阳落下的时候,他们就可以到达乌鲁木齐了。

姜月看着仍旧在眼底起伏无边的沙丘,默默地点头。她心里想的话没有说出口:她希望永远和他一起在路上。

姜月指了指远处的太阳:"我从来都没有这么追过太阳。"

夕阳只剩下一条红边的时候,他们的车驶进了乌鲁木齐服务站。

车停在路边,姜月去解手,田园看着她的背影消失在洗手间,就发动车辆向前开。

姜月在厕所里排着长队,不断有人插队,她没有指责,只是等着。

田园的车向前行驶了不过一公里,他就忽然掉了头。返回原地。车子刚刚熄火,姜月就走了出来,抱歉地说:"排长队。"

从服务站出发后半个小时左右,田园缓缓地减慢了车速。姜月才发现路边停着一辆车。路边隐约有三个人,两男一女,两个男的正在互相推搡,女人抱着胳膊站在一边,见到有车辆靠近,她犹豫了一下,最终还是捂着嘴上前来招手。

田园一边叮嘱姜月无论怎么样都别下车,一边从扶手箱里摸了一会儿,摸出来一个小锤子,拿在手里掂了掂分量。

姜月很警觉:"你要干什么?你认识这些人?"

田园:"不认识。"

姜月:"那我们走吧。"

田园回头盯着姜月看了几秒,笑着说:"就凭你说的这个'我们',我明天就放你走。"

姜月说:"我不走。"

田园没再搭理姜月,他摇下车窗问拦路的女人:"咋了?"

女人带着哭腔,惶恐地回头看了一眼身后的两个男人:"大哥，让我上车吧。"

田园下车，帮女人拉开车门："上车吧。"然后向两个男人走去。

两个男人停止了厮打，周围掀起的尘土缓缓落下，他们并排站在一起看着田园。

其中一个穿条纹衬衫的男人从地上摸起一块石头："我们这解决家庭纠纷呢，和你没关系。赶紧走啊！"

田园笑了："在这？用你手里的石头？"

另一个谢顶男想了想说："兄弟，事情挺复杂的，一时半会儿我给你解释不清楚。"

田园对条纹衬衫说："他解释不了，你解释解释。要不然你们今天走不了。"

条纹衬衫说："我老婆被他睡了。就上你车那女的。"

田园说："你是要杀了他俩？"

条纹衬衫说："关你什么事。"

田园叹了口气："要是你想杀她，我可以帮你。"他边说边回头看一眼车，车里的女人正对他投来求助的目光。

两个男人互相对视了一下，条纹衬衫说："你赶紧滚，不然我马上砸死你。"

田园从裤兜里掏出锤子，朝着条纹衬衫的肩膀用力砸了一下。他痛苦地倒在地上。

田园问谢顶男："你上我的车，还是开你自己的车走？"

停在旁边的私家车一溜烟地走了。田园捂着肚子笑起来。

姜月和女人一起下车，姜月惊呼："你是不是疯了？砸他干吗?"

田园回头问一旁惊魂未定的女人:"你还是上我的车吗?"

女人哭着号叫一声,向倒在地上呻吟的男人扑过去。

田园拉着姜月上车:"你看,不是很好吗?他们又和好了。比以前还恩爱。我解决了两个难题。"

姜月铁青着脸不说话。田园倒忽然开始不停地说笑起来:

"再往南开30公里,就是南山牧区了。那儿好多蒙古包,有手抓肉。那儿的小孩女人都会骑马。马养得可精了。"

他的最后一句话是:"我其实去过两次了。"说完便不再说话。

车子沿着不知名的街道"爬行"了一会儿,最后实在"爬"不动了。

田园跳下车检查:"妈的,机油没有了。车子也抛锚了。这鬼地方,一准抛锚。"

姜月说:"这是报应。"

田园:"这个报应来得太没意思了。"

两人都笑了。

不远处,在街道的反方向有一片亮光。他们小心翼翼地在冰道上探着脚走路。田园问姜月:"你说,软软的白雪是怎么变成这么又脏又硬又坏的东西的呢?"

姜月说:"因为它们被我们踩在脚底下了。"

两人大笑。姜月滑倒了。田园把姜月的高跟鞋脱下来,用路边的粗石块把鞋跟打磨粗粝。

两人进了一家挂着大盘鸡招牌的饭店，点好了大盘鸡，田园说："给我来瓶特曲。"

老板说："这里不能喝酒。"

田园问："为什么？这新鲜了。让我吃肉，不让我喝酒。"

老板一边黑着脸收拾桌子，一边用嘴努了努墙上贴的告示：本餐厅禁止吸烟喝酒！

田园说："你这等于是用一个问题回答了另一个问题，问题还是在呀。"

从外面走进来一个男的，留着滑稽的小胡子，叼着烟，向田园打招呼："你要喝酒吗？去我那儿吧！"

老板疾走两步一副要抓打小胡子的架势，小胡子退到门外叫嚷："快点儿出来啊，你们。"

他们跟着小胡子出来，绕到了后面的二层阁楼上。楼体非常倾斜狭窄，以至于姜月觉得它随时会被他们的步子压垮。

坐下之后，小胡子安慰姜月："没关系，他一会儿会把大盘鸡给你端过来的。"

姜月环顾四周：不到十平方米的小屋里，一个堆着报纸和杂志的三层小书架，一把肮脏的吉他，一个已经全部褪色的笔记本电脑，一张单人床，一个铁皮油桶被截成两半，再铺上厚厚的皮料充当两个圆桌，搁满了高高矮矮的酒瓶，几张板凳堆在墙角，就是全部了。

姜月吸了吸鼻子，指着墙角的一个乐器问："这是啥？"

小胡子回答："冬不拉。维吾尔族人用的。"

姜月："不过为什么店里不能喝酒？"

小胡子从书架上拿下报纸揉成一团,熟练地用手心搓捏了一会儿后,去擦拭"圆桌"和板凳上的灰尘。

接着他用手在脑袋上画了个圈。田园立刻心领神会地笑了起来。

"那你和他是什么关系?"

小胡子又在自己脑袋上画了个圈:"那是我爸。"

姜月很饿,她一口气吃完了两份裤带面、半份鸡,还有两份堆满辣椒的凉菜。

小胡子和田园碰杯。田园只是喝酒,一口也吃不下的样子。姜月夹了一个鸡腿放在田园面前的盘子里。

小胡子说:"真恩爱。"他顿一顿又说:"不过你们不是夫妻。"

姜月说:"我们就是。"

小胡子摇摇头:"我在柴窝堡这条路上都住了十年了,男人和女人……我看一眼就知道咋回事。"

田园说:"那你说说我们咋回事。"

小胡子起身去找酒,眼睛打量着二人,最后停在姜月身上:"你有老公,但不是他。"我之前遇到过一对男女,特别逗,男的是做口罩生意的,分明是个小流氓,去邻县推销的时候把那女的拐出来的。这些都是女的喝醉了告诉我的。我就问她,你怎么不跑呀,你想跑现在就能跑。你们猜怎么着?女的说,他们在南边遇见了一个算命的,说这个男的和她八字是合婚的八字。她打算和男的私奔了。

还有一对……一个小伙子,看起来比女的小十多岁吧。

男的提着大小箱子得有五六个，女的就拎了一个包。我一开始以为两人是母子，后来女人的丈夫追了过来，把小伙子打了个半死……"

"你说新疆是天堂吗？怎么这些人全都想来？"

姜月笑了："长得像罢了……但是来的都是去不了天堂的人。"

田园打断她，问小胡子："你这有女人的衣服吗？"他指了指姜月："女人爱干净，得换衣服。"

小伙子笑着站起身："看来……你们也挺有意思。"

地上摊开一个大包：裙子、围巾、袜子、棉服，五颜六色，新的旧的都有。

田园从里面挑了三件新的递给姜月，回头问男人：多少钱？

小胡子说：一共 3000 元。不等二人说什么，又笑着补充："别砍价。你们应该知道沙漠石油效应。"

田园翻口袋，只翻出来零零散散不到 1000 元。他又从贴身的口袋里拿出来一个布袋子，从里面拿出一个戒指给小胡子："用这个抵吧。"

姜月一把抓过来看了一会儿："你是疯了吗？这是钻！"

小胡子拿过来对着光看了一会儿，点点头："小是小点，倒是真的。"

姜月伸手去抢钻戒，田园拦着："本来也是没什么用的东西……你身上都发臭了知道吗？"

姜月揪起自己的衣服嗅了嗅，狠狠地踹了田园一脚。

天边月白

费力地拨开油腻的黑色云絮翻滚、飞跃，云朵里偶见紫色的丁香花，一道彩虹盖在森林和湖海之上，有一个蓝白相间的房子坐落在水上，但它似乎总是倚在彩虹的尽头。

姜月沿着彩虹飞行，在彩虹的尽头她失重落下。

姜月在一张陌生的病床上醒来，身边是姜玲和谢园。

姜月意识到自己在医院，她不敢相信眼前的一切。

一脸落寞的姜玲解释了一切：姜月失踪之后的第三天，姜玲就找到谢园，商量要不要报警。谢园告诉姜玲收到了姜月的平安信息。敏感的姜玲却察觉到姜月失踪期间，李峰也变得异常。终于从一通电话中得知李峰出轨并请人绑架勒索的事。于是报警。

但警方追踪到田园的时候，只有田园一个人在戈壁滩的公路上开车。他们在旅馆的房间里找到了昏迷不醒的姜月。

姜月不可思议地看着姜玲："你的意思是说，他被抓了？"

柜台里人潮往来，窗外秋去冬又来。姜月的生活一成不变，只是她多了一个习惯：反复地在家里播放一首歌，坚持要独自上下晚班，独自进货。在谢园和姜玲眼里，姜月变得神秘而古怪。

谢园烦躁不安，跟踪姜月却未发现异样。痛苦不堪的谢园意外地发现了姜月的一行日记："几乎每个梦里都是这样，那我和他之间，到底有没有那么一句话？我怎么就不记得了？到底有没有……"

姜月在吃饭,她的记忆浮现在饭桌上:

在那个狭窄的阁楼上,小胡子拿起角落里的冬不拉,对姜月说:你们买了我的衣服,我就有歌要送给你们。你刚才不是让我猜咋回事吗?就是这么回事。酸臭的恋爱味儿。

认识你之前我犹如花丛中的蜜蜂。
你看啊,遇到你之后就成了对你迷恋的飞蛾啦。
无论我将来变成什么样,也依然离不开你呀。
我已经把一生都托付给了你。不能没有你。
就算我将身处绝境,也还是离不开你。
即使再活一千年,也不够爱你呀。
我把我的心交给了你呀,亲爱的。
追不到你,我会遗憾一辈子。
给我你的手,我的生命有了你才会有意义。
我认定要陪你一生啦,来啊小可爱。
让我牵起你的手,我的生活有了你才有意义。
我把我的心交给了你,我的美人儿。
我把我的心交给了你,我的美人儿。
我已经为你疯狂呀,我的心上人。

姜月在进货途中,田园的身影就出现在对面的卧铺上,笑吟吟地对她说:"我拿锤子打那个男人的时候,就原谅李明明了。"

她低着头看着自己脚上的鞋。一双鞋底被磨得发白的高跟鞋。

再抬眼,铺位上空空如也。

姜月轻轻哼唱起那个旋律,车窗外是上上下下的山月和轰隆作响的时间。

谢园辞了职,每日穿梭于卷帘门内外,对自己的痛苦浑然不觉。他跟随着姜月,等待着自己不必再这么做的一天。

姜月进货回来,整理自己的鞋柜,发现一双鞋怎么也找不到了。谢园问她是不是在找那双鞋。姜月只是问鞋去哪里了。谢园说,鞋底都快破了,当然是扔了。姜月穿着睡衣就向楼下的垃圾桶奔去。

谢园跟下楼,一剪刀剪掉姜月的辫子握在手心里,继而又伏在她身上痛哭。

姜月轻轻地摸着谢园的脑袋,默默地哼唱起那首歌。发出长长的叹息。

一个月后二人协议离婚。

姜玲告诉姜月田园被关了一年,因为表现良好被提前释放了。听说田园去了俄罗斯做羊毛生意。

三年后的一个秋日傍晚。

月亮在地平线上停留半响,倏地消失不见。哗的一声,姜月将卷帘门拉上。转身的瞬间,一只带着酸味的手帕盖住了她的脸,接着一双有力的大手将她拖进一辆面包车,疾驰而去。

姜月苏醒在车后座上,她从后视镜里看到一个男人——

一个用口罩、墨镜和帽子把自己裹得严严实实的男人。

她望着长在车窗上的那轮熟悉的月,开始嘤嘤地哭泣。

男人把车缓缓地停靠在路边。缓缓摘下口罩,对着后视镜咧着嘴笑。

姜月依偎在熟悉的旋律里昏昏欲睡,田园则絮絮叨叨地说着话,仿佛一停下来,时光就流逝了。

"我抱着的那匹马,叫甜妞!我给起的。睡了三天三夜……但怎么也找不到那个人说的那个地方。就在我打算放弃了的时候,一个姓季的人看上了它,我就跟着它去了马场……"

"我们自己动手盖的那个宅院,三个马厩十间客房。我还给那些牲口搭蚊帐!后来附近几家老板知道了,也要我去给他们家的马搭蚊帐……"

月亮被黑夜的万物割成各种模样,似乎被回忆揉碎了心灵,总那样敏感和躲闪。一辆车缓慢地在公路上行驶,紧紧地跟着它。

等　等

又是一个大热天。热烘烘的空气滋溜溜地往门缝里钻。从早上八点开始，太阳就已经悬在窗台上等候了。

他突然开始剧烈地咳嗽——来自肺部深处的咳嗽——像一个小老头那样勾着腰。我站在他身边，一边专注地听着他的咳嗽，一边继续我无法停止的思绪。过往的人都在望着我们。

他终于止住了，这个动静叫醒了我。我看了他一眼，发现他也盯着我，好像希望说点什么。我没有弯下腰，只是做出一个微笑的示意，示意他可以开口了。

他什么也没说。他避开了我的眼神，但是拉起了我的手。

我们一起向公园大街走去。

三小时前

我闭着眼靠在黄医生的靠背椅上，知道自己最多只有几分钟的小憩时光。十分钟前换衣服的时候,我路过了早已堆满候诊孕妇的走廊。痛苦扑面而来。

早晨六点,我从城市另一端的出租屋醒来,必须要和凶猛的睡意反复斗争;往嘴巴里塞几口东西(要看桌上有的是什么);往眉毛上画几笔——以确保那里不至于看起来什么也没有,然后去赶空空如也的第一班巴士,为的就是在一间浸泡着体臭、呻吟和欺骗的医院里混上一整天。

上个周末,我和黄医生睡了,就在这张椅子上。我们喝了很多。

我在这一届的护理查房比赛中拿了第一,这不奇怪,我的同事们比我更差劲。我拿到了1000元钱的奖金,然后请同一办公室的人去吃火锅,花了900元。黄医生喝多了,一直紧紧抓着我的胳膊。我们就那样抓着彼此来到便利店,把剩下的100元钱全部买了啤酒。黄医生似乎不打算花钱开房,我们就回到了院楼。

也好,我想,那样更刺激。

黄医生很高,很瘦,门牙的假牙很假。整个晚上,他都坐在我旁边。他开玩笑,我就傻笑。只要全场没人注意我们时,他就把手伸到我的大腿上。我很配合,对他投去温柔的目光。好像黄医生浑身上下真的散发着雄性魅力,令我无法抗拒。其实这一切都是我一手创造的。我和邓峰分手了,我实在是很无聊。

这是计划好的放荡。只是缺一个恰当的人。

啤酒没有喝完,对于男人的状态我很有经验。我及时解开了黄医生的衬衫,把没有完全醉透的他拖到这张椅子上。

最后我们是在椅子旁边的办公桌上结束的。我不知道究竟过去了多久。

我一直想着邓峰。

邓峰没什么钱,但是对我很大方,而且非常听我的话,在我坚决地把他的箱子扔出大门的时候,他只是眼圈红红地听凭安排。这一次我被自己感动了,因为如果不是邓峰的妈妈打来电话,明确暗示我不能生育对他们的家族意味着什么,我还不急于结束这段关系。

反正我也没有对自己的人生多期待点什么。

我怀疑自己的人生还能期待点什么。

那晚之后,我觉得我和黄医生的关系很僵了。如果黄医生再来找我呢?我可不能忍受他给我发什么愚蠢的信息,或者邀我共进晚餐什么的。如果实在不行我就辞职。但是我想多了:黄医生既没有特别疏远我,也没有给我传过任何一个工作之外的简讯。

只有前天做交接的时候,一向口齿伶俐的他对着我结巴了。"我……下周,哦,是最晚,可能……我是说,他们没给我安排门诊。"

这没什么,这不挺好吗?我想,就这样吧。

吊顶的电风扇每隔五秒就转到我的脑袋上待一会儿,可我还是止不住地流汗。外面的光越来越强烈。墙上挂钟的指针清晰地在耳畔走着。因此我很清楚自己眯了多久——严格来讲,我还有两分钟时间。我马上就要出去,到服务台前收拾起已经摞了有一个汽水瓶那么高的就诊单。不用仔细看那些孕妇的肚子，只看看她们的脸，我就知道胎儿的健康情况如何，以及滚动在她们腹中的生命，是否会受到欢迎。

陪在她们身边的男人大都心不在焉，也有些脸上笼罩着团团愁云。他们之中不乏有人心怀叵测地上下打量我，或者其他路过的女人。

不难想象那些女人在生活中的处境以及在床上的样子：那些平庸的体位，毫无诚意的前戏，假装高潮时压着嗓门的嘶吼。我又想到了黄医生，喉咙一紧。

邓峰也是一样。对我而言，真正的男人总是存在于两性关系之前。一旦我看透了他们的身体和想法，该有的快乐就会被恶心取代。

但是我仍旧羡慕那些女人：她们的身体里有一个小孩。

检查结果出来后的那个星期，我一连三天都混在酒吧里，接受任何一个搭讪我、给我付酒钱的男人的邀请。

我有点不记得我们去的那些宾馆了。我喝得太多。有一次我光着身子从一个肮脏不堪的马桶边醒来，竟没觉得冷，脑袋几乎埋在里面，脖子已经无法动弹，头发上沾满了呕吐物，差一点没反应过来。但很快记忆回来了：后半夜，新来乌鸦酒吧驻场的一个长发溜肩、小臂上全是刺青的贝斯手搭上了我，我们在乌鸦酒吧喝光了两瓶威士忌——主要是我喝的。但我不能再继续思考什么了：血液回到大脑时，我的脉搏也在拼命加速，胃里翻江倒海。每呼吸一下，地面都在摇晃。很快，我开始吐那些青黄色的、酸酸的液体。我的眼睛一直盯着那些呕吐物：我能判断这已经是吐过至少两次以上的，已经被胃酸和胆汁完全侵蚀和覆盖过的残渣。就像此刻的我：精疲力竭，沟壑纵横。

我是护士，当然知道如何整理自己：平躺在冰凉的地砖上，深呼吸。然后，逐渐找回体温。

还有一次，我半躺在一辆豪车上天旋地转，上身几乎被扒光了。男人开了至少四条街，也没找到一家宾馆。车窗外是男人和不同保安的争执。最后，他无奈地骂骂咧咧地回到车里。车子在一个不知名的角落里停下了。

他彻底放平了我的座椅。"周末，所有的酒店都是满的……"他吭哧着说，语气中有抱歉的意思。

我看了一眼外面，黎明寒冷的光照在这辆肮脏的车上。

滞重的喘息，光滑的下半身。我本想盯着月光，盯着那些和天空玩捉迷藏的淡紫色的云团，或者那些穿透夜雾、不断用身体撞击玻璃窗的成群结队的蚊虫。可是男人要吻我，他缺乏美感，带着酸味的吻一落在我的唇上，我就后悔得想死。我愤怒地闭上了眼睛，他还在继续。难道他没有注意到我已经闭上眼睛了吗？

"我喝得太多了……"男人颓败地从我身上下来，"不好意思……"

"没关系。"我很快地说，刚刚紧缩在一起的心舒张开了。

"把你恶心的脏东西拿开！"我在心里狂叫，我也本应这么说。但是我无法后退。

我系好自己上衣的纽扣。

在剩下不到半分钟的时间里，我竟然真的睡着了。

一堆乌云，在高墙般的山顶上聚拢咆哮。很快它们召唤了新的风暴，沿着南边的山脉勾勒出一道道新的地平线。

一辆火车嘴里叼着烟管，不紧不慢地追赶着山脉那边的太阳。似乎在很久以前，我和邓峰还是个小孩子时，就已经像这样坐在站台的石椅上等候了（虽然我们什么也没在等），现在显然也只是漫长等待中的一个普通的瞬间。

几乎只有一秒之隔：火车变成了一只巨婴怪兽，它掉转车头，凶狠地向我们开来，在晨雾缭绕的铁轨上忽隐忽现。飞扬的沙尘遮住了刚刚抬头的太阳，我惊恐至极，胃部一阵痉挛，喉咙也刺痛起来。但是我坚定地坐在那里，一堆枯叶在我头上盘旋。

"快！把它折起来！我的天啊！"邓峰的声音也搅拌在那堆枯叶里。

我站起身，张开双臂，朝站台边缘缓步走去，一把就接住了呼啸着扑到我怀里的火车巨婴，它乖巧地在我怀里折成一个纸团。白色的纸团。

"我的天啊！"一个高亢的女声彻底吵醒了我，是另一个值班护士江垭。我觉得自己快要死了，汗水彻底浸湿了我的内衣。

江垭不可思议地看着我，手里捧着那摞就诊单。我不确定是自己的小憩惹恼了她，还是她手中的就诊单。

我抬眼看了看挂钟：时间和我预料的一样。

工作必须要开始了。干燥的高温。无可挽回的一天。

这里有女人的呻吟声和一堆人乱糟糟的吵嚷声，江垭气冲冲地冲了出去。走廊里响起了她的叫骂声。我又看了一眼挂钟，到目前为止门诊医生还没到。

一个女人鬼鬼祟祟推门走了进来，戴着遮住面孔的咖色遮阳帽。我没有接她递过来的单子："麻烦你在门口等。"

"我是一号。"她说，一个木讷沉闷的声音。

我看了女人一眼，旋即认出了她。就诊单也确认了我记忆中的信息。

当然，我不可能忘记她——马芸。三年前我刚刚调来这家医院时，她住在VIP 3号病房。那时她很出名，因为她糟糕得令人惊诧的品行和富得流油的派头。

她几乎没有配合过例行检查，虽然她提前支付了昂贵的费用。我们需要到处找她（VIP只要预约了检查，除非本人亲自取消，否则门诊必须照单完成），无聊而焦急的医生护士们无不对她咬牙切齿：一个有钱的女疯子。

不知是什么时候，大概是后半夜——她才披星戴月偷偷溜回病床，没人知道她去了哪里。我曾见证过那个场面：她像一颗陨星那样独自趴在窗台上，和灼热星空下的其他事物一样精神抖擞。只要是夜里，我路过她的病房时，房门总是开着，她似乎一直醒着，盯着黎明的光姗姗而至。

月光穿透玻璃窗映照出她脸上固执的迟疑。

她生下了一个男孩，光洁的额头，嘹亮的啼号。我总有一种直觉，她对我有些好感，因为在她出院那天她忽然黏上了我。

天刚亮，我在护士站正好下夜班。她先是挡住我的出口一言不发，我告诉她如果她有什么需要可以对早班的护士提。她便开始滔滔不绝。太阳在她的发际线生长起来，光线在我眼前爆炸，她的声音则混于其中。

她在自己似乎迷失掉的思绪里喃喃自语。从而我得知了她先生不是死于车祸而是自杀，和另一个女人之间的殉情。但他把所有的财产都留给了她，以及一个遗腹子，男人的复刻版。在他死后，她还在旧的密码箱里找到了许多年前他当兵时给她写的信，她竟然一封也没有看过，确切地说，他一封也没有寄给过她。

我一句话也没有说，也没有要离开的打算。她轻轻地点了点头，好像是对我的表现很满意。这是她意料之中的。她邀请我去婴儿房。

她走在前面，我跟着她。她的高跟鞋轻盈地啄着地面。

她指着玻璃房里一个我根本看不清脸的婴儿对我说，你看，就是他！他和他长得一模一样。

早班的护士到了，我匆匆地将马芸交到她手里，逃离了医院。背上像是长出了刺——我知道有一道目光送了我很远。

马芸很抱歉地退了出去。如今她短发成了长发，下巴上的皮肤有了好看的光泽。

我有些失落，她完全没有认出我。虽然曾经有一刻，我们那么亲近过。

我曾在很多个梦里与她相遇,我滔滔不绝地说话,而她慵懒地笑着一言不发。火光总是吞没她单薄的身体。

门再次被推开了,这次是我吃惊了:是黄医生。他咧开嘴抱歉地冲我笑了笑,那颗假牙就着阳光闪烁。他没有解释自己的出席。我也没有要问他的打算。

我冲他点点头。捡起女人的单子走了出去。

但她不见了。我沿着那些滚圆的肚皮和撒娇的喘气声一直走到走廊的那一端,也没有见到那个身影。让人昏头昏脑的热气很快便如波浪般展开,一天中最热的时候到了。

比昨天更加糟糕。

上午大概过半后,我逐渐忘了她。江垭已被透支,她带着惯有的厌倦神态通知我,我该去心电监护室一趟:我负责的32床要做术后监护。我想起昨天晚上收到的通知——32床的病人已经移交给二科特护了。江垭为什么不知情?

但我没有提醒她,我立刻拉开那扇气喘吁吁的门,走了出去。

他出现了

我是在楼梯里发现他的——为了避免遇到其他同事,我没有乘坐电梯。而他正坐在台阶的第一层上,一个小小的、发黄的背影。我吓了一跳。

我的脚步也惊动了他,为了看清我是谁,他吃力地把屁股扭了个个儿,但一条腿被屁股卡住了,他干脆就那样撅得老高趴在那里，埋进肥大衣领里的大眼珠儿上下打量我。头已经快碰到大理石地板。白惨惨的小脸上有一种梦游般的倔强。

我慢慢地挪下台阶。说实话，他的样子激起了我游戏的热情：在这个凉爽狭隘的楼梯间，在应急灯忽明忽暗的节奏里，一个小小的、活着的小肉团正百无聊赖地看着我。

而我，比他更加无聊。

我蹙起眉毛，咧开嘴，躬下身子，用可怕的步子挪向他。我希望他马上大哭，或者恐惧地大喊。

他没有。他一点点摆正自己奇怪的姿势，直起身来，等着看我的表演。

他大约3岁，热辣辣的亮眼睛，发卷的褐色头发，脏兮兮的一身黄色球衣。他的眼睛不断瞟着我的肚子。

他在看什么？

路过他身边时，我没有马上停下来，眼角的余光追随着他的反应。游戏开始了。

果然，他跟上了我。我尽量用最慢的速度在楼梯间沉浮，以便他能跟得上我。每到一个转角，我甚至都要停下来磨蹭一会儿；为了确保应急灯一直亮着使他不会摔跤，我得适当地、不间断地咳嗽一下，或者跺跺脚。

最终我推开了大门，太阳一下子刺进我的身体。我用手肘撑着门回头看他，他气喘吁吁地赶上来了。这是我们第一次四目相对。他吓了一跳——显然没有预料到我会等着他，踌躇着停在那里。

沉默横亘在我们之间。

最后是他安静的、稍微有些嘶哑的声音：

"你去哪儿？"

林荫路就铺在脚边，一路将我们引至中央公园。我吃惊地发现了秋天的痕迹：空气中一抹辛辣的气味，云朵和叶子暗自沧桑，摇摇欲坠。来自地平线深处的孤僻包裹着我们。他的小手不再暖和，指尖冰凉。我低头看了他一眼，不知道什么时候他的脸变得通红，汗珠在他的发际线中若隐若现，嘴唇愁苦地抿着。他仍紧紧攥着我的手。

接着他开始咳嗽，不停歇地咳嗽。显然，从一开始这个孩子就生着病，甚至发着烧。我从那个昏暗的楼道里把他带出来，对此一无所知，对我们的目的地一无所知。

而且，他是谁呢？他属于谁呢？

我提醒自己去思考自己的行为，但我似乎很难做到。云朵不再驻足在我们的头顶，而开始追赶擦身而过的细风。

我拖着他的手继续向前走，他在一棵树下站住了脚。那里有一张长椅。我示意他待在上面别动，我去去就来。他很听话地松开了我的手。我跑向便利店，一次也没有回头：我不怕他不听话，他就是走丢了又关我什么事呢？

他当然必须要吃点什么、喝点什么。

一个三四岁的小孩，发着烧，不停地咳嗽，有适合他吃的东西吗？我把我的问题抛出去之后，立刻引来了店员和一些顾客狐疑的目光。

但很快，我的护士服赢得了他们的信任。

我提着装着一堆冰激凌、几瓶水、几块三明治、一包香烟的口袋，慢吞吞地向长椅走去。我远远地盯着他，观察他的举动。不得不承认，除了我，他对其他人没什么兴趣，尤其是对那些围着他兜兜转转的眼神。他保持着高度的警惕性：他的两条腿蜷在胸前，双臂紧紧圈着膝盖，避免自己被偷走似的。我一从便利店现身，他就立刻卸下了自己的武装，两条腿在长椅上荡来荡去。

他把所有的冰激凌一扫而空（连同我的那一份），喝了一瓶水，三明治却碰都不碰一下。我吃光了所有的三明治（连同他的那一份），然后点燃了一支烟。透过蔚蓝色的烟圈，我看见两个散步的中年妇女正站在一棵杨树下谈论我，她们的指指点点搅拌着热风吹来，鸟儿从她们的鼻尖处飞速滑过。

我身边的孩子打起了瞌睡。似乎怕我再一次离开，他强打精神睁开眼睛。

我们回到了我的公寓——我无处可去，而他需要一场睡眠。

我选择了从珠江路步行回家，那是离身后的医院最近的一条路：他如果改变了主意，我随时可以放开他的手。我无须对他负责。

沿路有各种小店，不是干果店就是为中年妇女提供丝巾、手镯的杂货店和旧书店，每一个他都要进去走一圈。我在一家书店给他买了一个花仙子的拼图。

"你喜欢这个吗？"我问。

他疲惫不堪地看着远方，点点头。好像是他在陪我逛街，最后不得不以应付我来结束。

还有一公里的时候他再也不走了，拖着双脚建议我们立即坐车，他说他的脚疼，叫我抱他。我把他抱了起来，很快又放下。他的口水流在我的耳边。

公交车上，他一直紧闭着双眼，脸色苍白，神情庄重。我看着窗外，车轮反复碾轧着不断避让着它的余晖。

推开门的一瞬间，他像是发现了新大陆。无须我进行任何引诱，他就自己爬上了床，用我的丝绒被把自己裹成一个粉色的球。被子里发出闷闷的咯咯的笑声。

我从药箱里翻出体温计，把他从湿漉漉的被子里拽出来。不出意外，39摄氏度。退烧药已经全部过了期，我把水倒进杯子里，从冰箱里拿出几块冰丢进去。

他的两只小手紧紧攥住杯子，用舌头拯救迅速消失殆尽的冰块们。

我脱掉他的衣服，帮他洗了澡。他坚持要穿回自己那件脏衣服，我告诉他如果那样的话，我不会再给他一块冰块吃。他妥协了。但是他坚持自己选衣服。后来在色彩缤纷的衣柜里，他挑了一件可笑的豹纹T恤，那件衣服正好盖过他的脚面。我蹲下来，将T恤的下摆打了一个结，令他不至于把自己绊倒。他的下巴挨着我的眼睛，我贪婪地呼吸着他脸蛋上甜甜的奶香味。

我的眼泪快要掉下来了……

很快，他的注意力集中到了我放在床头的一本书上。封面很美:一个拥有梦境般夜空的城堡,枯叶和星星铺满了城堡的花园。他指着它们,用含混不清的严肃语气要求我给他讲故事。那是一本怪诞心理学小说,作者是一个刚满20岁的日本大学生。

作为讲故事的条件,我问了他三个问题。姓名,他妈妈的姓名,以及他的住址。

但我丝毫没有打算把他归还给谁的意思,是的,从来没有想过。我会允许他做任何事,他可以在身披迷雾的夜晚翻上墙头,他可以在充满荆棘的花丛里鲜血淋漓,他可以喝酒,可以吃蛇,可以哭泣,可以被大风重击而坠落,他当然可以爱他所爱之人,也可以在万物疯长的季节选择死亡。

但他只能属于我。

他全神贯注地听着我的问题,可惜他像什么也没有听到似的:他的注意力又转移到刚刚整点报时的那个小机器人身上了。他从床上滑下来,膝盖落地。显然他很疼,但是这阻止不了他和机器人对话的决心。

"他叫小灵通。"我提醒他。

"喂!小灵通!"

"你好!"机器人说。

"小灵通!"

"你好,我是小灵通,有什么吩咐吗?"

"喂喂!喂喂喂!"

不知道进行了多少遍,他比机器人提前厌倦了。他开始沉默,变得一言不发,用严肃的眼神盯着我。

下午三点了。从十分钟前,我的手机就一直在振动。我知道江垭那边肯定炸了锅。

他突然爬回了床上,用被子把自己盖起来。我摸了摸他的额头,他更烫了。但是他的眼睛仍旧很亮。他盯着我,柔软而脆弱。

我被他的眼神感动了。我拿起那本书,对他扬了扬手:"要听故事吗?"

然而故事和那本书无关,是我的一个梦。

一个梦

这是一个电影。奇幻的音乐正在穿越一条长长的通道。它像迷宫一样七拐八绕,最后从一个小女孩的圆锥形玩具滚落在地毯上。

女孩子正在疯狂地吃汉堡,男孩子正在和一只比他还小的小象谈话。

阳光弥散在空气里,散发着懒洋洋的味道。

过山洞游戏开始了。一种粘在太阳穴两边的圆锥形通道。游戏规则很简单,几乎可以说这只是一个表演痛苦的游戏:火车从通道的一头出发,穿过他们一边的太阳穴,经过漫长不可知的、在"山洞"(他们的脑袋)里的通行,从另一边太阳穴出来。

他们的比赛任务是:火车穿过"山洞"时,看谁更痛苦!

小男孩的表演总是更逼真,他的舌头被火车挤歪了,掉在下巴上,他的鼻子甚至能冒烟。

两个孩子乐此不疲,外面下起了大雨,他们却一无所知。一串又一串的云朵从窗外滑过,它们通过窗户偷偷看他们的表演。

电影忽然被快进到了结尾的三分之一处:散发着黄油香气的草地,天空最后一抹晚霞,长长的沉默,一个长达十几分钟的长镜头,没有再出现的男孩女孩。

我尽量让这些琐碎的细节呈现出它们的颜色和该有的画面感。但毫无疑问这是个糟糕的故事,它有着严重的现实矛盾——一个不合逻辑的鬼故事。如果他是一个大人,他会很快看透我的小把戏——这甚至根本不算是一个故事,不过是一些幻想残骸的无聊堆砌。

他全神贯注地听着,用手支撑着头,不知道是因为发烧头疼,还是在思考什么。口水在他的喉咙里上下滚动,眼神里对我充满了崇拜。他一定从来没有听过这样的故事。

然后他忽然非常激动,他的脸蛋更红了。他跑到我的身边,不由分说地爬上我的膝盖,把手臂挂在我的脖子上,滚烫的脸颊贴着我的脖颈。好像我一下子成了对他重要无比的人。

"吃饭吗?"我乘胜追击。

他点点头。充满甜蜜的回馈。

我放下书,郑重地通知他,如果他肯听话、配合我的要求,晚上睡觉前,他还有机会听到一个比这更好的故事。

我做过一大堆这样的梦。

但我失算了。可能是睡觉这个词唤醒了他的理智。他的嘴角异常地抖了一下。

"妈妈。"他微弱地喊,"妈妈。"接着大颗的泪珠夺眶而出。

我被眼前的景象惊呆了,内心充满被背叛的妒忌。这个小小的东西,上一秒我还以为自己已完全征服了他,拥有了他的心。我甚至计划了我们将来的旅行、远方的城市、热闹的村子、他的婚礼、他的孩子。

而他居然还在挂念一个将他遗失的人?

我恼羞成怒,我已经尽了我的职责,不是吗?我把他扔回床上,命令他闭上嘴巴。如果他再哭喊,我就一口水也不给他喝,饭更是别想了。

他的哭喊声更大了。

为了避免招惹来讨厌的邻居,我只能与他和解:"我刚才已经问过你妈妈的名字了,还记得吧?是你没有告诉我,你只顾着和小灵通说话……现在你说说吧,你的名字?还有你妈妈的。"

我对答案没有期待,我递给他一杯水,在心里制定他的菜单:冰箱里有新鲜的鸡蛋,还有腌牛肉、西柚、青笋和西红柿。除了两个适合他吃的炒菜,还可以有一个有营养的汤。在那之前,我必须要清理肮脏的洗水池,里面泡着昨天的碗和仅有的三双筷子,几个因高温变质了的杏儿正在发出酸腐的气味。一会儿不管他会不会吃,他必须吃,否则我什么也不给他吃,我在心里想。

他接过我递给他的水杯,大口地喝水,大半杯水都倒在了床单上。

我给你做什么，你就吃些什么，好吗……

"马芸。"他出神地盯着窗外一波接一波的热浪，像庄稼汉那样用大臂擦拭挂在脸上的汗珠。

我干燥的鼻腔粘住了。什么？

"马芸。"他清楚地重复了一遍。

一段假想的对白。

"你是故意把孩子丢掉的？"

"我没有丢掉他，是你把他带走的啊。"

"但你不想要他了。"

"我在等你……"

"你认出我了？"

"当然了。我专门去找你的。"

（一阵沉默）

"……你看到了吧？他多像我啊。和我一个模子刻出来似的。"

"你不是说他和你先生长得一模一样吗？"

"那时候是那样的，但现在他像我了。怎么你没发现吗？他乱糟糟的卷发？尖又圆的下巴？还有，走路时两只膝盖在一起打架。你应该注意到了。"

"你来找我干吗？"

"是你叫我来的。"

"我？你在开玩笑吧？什么时候？"

"做梦的时候。你梦见过我好多次。你惦记什么呢？"

"你疯了……我不知道……"（我对谈话突然感到厌恶起来，我什么也没惦记。）

他很像一个天使，总之不像这个世界上的人，我总是不知道怎么和他相处，不停地改变自己，太累了，还是没有答案……有时候我也想，他不过是一个普通的小孩子，爱哭爱闹招人讨厌，喜欢思考……我只要接受这些就好了。但是我做不到。

"你要把他送给我吗？"

"你是最合适的人选。"

"是他选择我的，而不是你把他送给我的。他有自己的主意。"

我没有开灯，逝去的夕阳捎走了房间最后一丝光。刚刚还沉浮在桌面上的紫灰色突然彻底熄灭了。整个房间掉入真正的黑暗里。我由着它暗着。

桌子上是冷掉的西红柿荷包蛋和一大碗牛肉汤。他没有什么胃口——显而易见，他还在烧着。事实上我并没有对他的病采取过任何治疗措施。

半小时前，他在床上来回爬着，西红柿汁全部抹在了被单上，触手可及的小玩意儿被他远远地抛出去，再用两只胳膊架起一支机关枪瞄准它们，把它们统统干掉。最后他终于玩厌了，精疲力竭地倒下了，没有再提他的妈妈，也没有想哭的迹象。就那样睡着了，完全忘掉了我承诺的另外一个故事。

我什么也没吃。我给护士长打了电话，解释了我的无故缺勤,为了平息她的暴怒,我告诉她我的妈妈死了(当然这是真的)。她支支吾吾地重组她的语言:"没关系。"

当然了,请假不是我的目的。我小心翼翼地打听:难道医院里没有什么大事发生吗?比如一个孩子丢了?

她挂了我的电话。外面的世界正处于绝望的平静之中。

房间里飘浮着一股淡淡的尿臊味和汗渍味。我在屋子里来回踱步,在忧伤的黑暗中,我必须小心地踱步——我只要稍微发出动静,他就会烦躁的,像要发泄什么似的翻个身,把身上刚刚裹好的被子压在身下,干燥的嘴唇嘟囔出一个我听不懂的词。一个小孩怎么会睡得那么轻?

最后我只能深陷进我的椅子里一动不动,盯着被过往车辆来回拖拽的月光,不知道时间过去了多久。直到桌上那碗牛肉汤开始发出酸味,我蹑手蹑脚地从椅子上起身,把房间里的秩序一一复原。

我什么也没吃,却抑制不住地打嗝。

门铃响了

门铃突然响了。我像一个惊雷那样原地炸了起来。他却没有醒,甚至没有翻身,鼻腔里吐出一声无奈的叹息。

黑成一团的房间恢复了一段长长的沉默。大概有十分钟,或者十秒钟。我思考门外的人可能是谁。

邓峰。这很有可能,毕竟他曾是这间公寓的常客。

黄医生。他是除了邓峰之外唯一一个知道这里,并有可能在这个时间出现的人。

马芸。孩子的妈妈。她找上门了。

又是一阵拖着长腔的门铃。紧接着是长长短短锲而不舍的门铃声。躺在床上的孩子似乎被这门铃声彻底催了眠。我当然不会开门。

全神贯注的静寂。我等待着那人离开的脚步声,然而我无法判断:楼道里永远都有上上下下的人。

直到又一个十分钟(或者只是一分钟?)过去了,我以为他(她)绝对走远了,门铃却突然再次倔强地响了起来,变得急促和绝望。

一个女人轻轻的声音:"张华?你不在吗?"

门外的女人拖着一个巨大的行李箱,把柄处挂着两个塞得鼓鼓囊囊的麻布包。是江垭,浑身上下弥散着消毒水味和还很新鲜的酒气。她停顿了几秒才走进门——显然屋里的气味更令她窒息。

箱子的轱辘在黑暗中发出惊人的巨大声响。

他还是没醒。

江垭在黑暗中跌跌撞撞:"为什么不开灯!你?"

"小区电路检修,就刚刚。"我想没人愿意在一片漆黑中停留太久。

"我想吐。"

我不得不给她引路,她一路撞到了冰箱和灶台上,灶台上的两个小瓜翻滚到了地上,摔成好几块。她的半个手臂都伸进了马桶里,发梢浸泡在自己的呕吐物里。不一会儿,恶臭布满了整个房间。

我感到自己的脉搏在加速，房间要被撑爆了……

我们面对面坐在餐桌前，她把所有的瓜瓤都塞进嘴里之后，示意我她要抽一根烟。

我点燃了一根烟，递给她。

微风如诗般吟唱，我的公寓沐浴在黄色的月光里。我惊讶于今晚的月亮，它纹丝不动，带着巨大的忧伤盘踞着江垭身后的天空。

她一点也没有发现床上的孩子。脸色苍白得吓人。

"我怀孕了。"她说。其实这在我的意料之中，另一个孤独而无聊的故事。

呼吸沉重，月光如水。她流畅地讲述：她和黄医生之间，如何始于激情和默契，又如何即将被她完美扼杀——"他不会知道这个孩子的，他也得不到他。"她咬牙切齿地说，"他爱上别人了。我不知道是谁。我要走了，我得生下他。"

"为什么呢？"我问，但我不知道我想知道什么。我站起身，摁灭了她的烟。她对我笑了笑。

我示意她回头去看看床上的孩子。

她忽然加重了呼吸，神情变得迫切而恼怒，似乎我犯了天大的错，似乎我耍弄了她，似乎我是一个可怕的人——

她忽然像变了一个人——

她完全清醒了，踮着脚轻盈地走向床边，月光跟随着她的影子，最后泻在孩子的小脸上，照亮了他枕边那本书。

她俯下身，专注地看着他，细嗅着他身上臊哄哄又甜腻腻的味道。他翻了个身,紧接着又翻回去。他轻轻地放了一个屁。

她笑着直起身,把自己的手放进他伸展开的小手里。

我从未看见过江垭这样。

我承认:"他发烧了……"

她翻开自己的箱子,拿出体温计,轻轻地插在孩子的胳肢窝里。几分钟后她抽出体温计,她要求我立刻去打湿一条毛巾,放在冰箱里。我照做了,体温计上的数字一定很吓人。

我思考眼前的局面。

从厨房回到房间,我打算和盘托出我的打算。首先我必须要让她知道:这不是一个偷来的孩子,他属于我和一个女人的契约。

我简单地告知了这个孩子的由来,我们如何在医院里相遇,他如何跟着我一路回到家。我编了一些谎话,删减了大部分心理活动。

江垭已经换好了睡衣,她穿着一套豹纹睡衣,依附在孩子的身边,就像一只母豹子守护着豹崽。

"你还记得马芸吗?她今天去医院了。"江垭出乎意料地说。

我的脸色苍白起来。

"真没想到,她已经三个月了。"

"什么?肚子里的孩子?"

"不然呢?她变化不大,嫁人了,还是那么有钱,应该说更有钱了。我看见了她前夫的孩子,3岁了吧?"她看了一眼身边的"小豹子","和他差不多大。"

我拧亮了灯的开关,然后是走廊那边的,接着是厨房和洗手间的。整个房间顿时沐浴在灯火通明中。

"天啊,你搞什么!"江垭惊叫了一声,捂住了自己的眼睛。

"他是马芸的孩子吗?"我指着床上仍在沉睡的孩子,灯光的喧闹完全没有吵醒他。

江垭吃惊地眯着眼睛看着我,她完全搞不懂。

"难道他不是马芸丢掉的孩子吗?"

"我看着他们三个人一起离开医院的,马芸、她的儿子和她的先生。"江垭的声音变得很有耐心,她断定我是疯了。

另外一个故事

偌大的湖面上摇晃着蓝莹莹的天空,每一片云朵都叼着一只巨大的蓝色水牛,它们如同深海航船一样上下颠簸,无数只蓝猫盘旋在它们周围,像奇异的灰叶缀满天空。

春日夜行列车

苏 醒

我很确定,那是飞机上的。窗边,朝南。一朵云卡在了机翼上,湿漉漉的味道。我几乎确定那是泥土的味道。但是紧随其后的是一股熟悉的香味,真是奇怪,这是什么气味呢?只有一点我能确定,它不来自天上。

我终于想起来了,这是妇联幼儿园汤饭的味道。胡萝卜已经煮得极烂了,西红柿汁很浓郁,还有洋葱和香菜,新鲜的大料。伴随着喁喁的人声,我逐渐睁开了眼。菲姨正皱着眉头往每个人的杯子里倒牛奶——啊是的,除了她谁能把胡萝卜煮得那么烂呢?她看上去和以往没什么区别,脸色素白——总是皱眉头。

我紧紧地拖拽着她的裙子,她的麻布长裙,很容易从指间滑落掉。她放下饭勺,径直走了出去。太阳到处都是,爬满了陡峭曲折的台阶、土坡和污水坑,她走得那么急,完全不考虑我。她看见我了吗？她的头巾掉下来了都毫无知觉，我赶紧攥在手里。

她在找什么？

我们已经离幼儿园很远了，却仍旧一个巷子又一个巷子地继续走着。我不知跳过了多少个水坑，感到筋疲力尽。

"阿姨……"我说道。

她低下头看着我，露出了微笑。她突然间变得古老而矮小，她几乎和我一样高了。我几乎要掉下眼泪，这不是我妈妈吗？我心头蒙上一层迷雾，盖住了所有的太阳，台阶上的、土坡上的，还有污水坑上的。我口渴极了……但我仍旧那么走着，我不想知道这一切是怎么回事，我不再看她。

我害怕她变成其他人……

音乐声越来越清晰起来，一开始我察觉不到，是一段用口琴演奏的古典乐——就像正从泥土中培育自己一样，慢慢地，它们从地里钻出来，沾在过路歇脚的飞鸟和昆虫身上，甚至趴在路人的脚面上。她放慢了脚步，但好像变得很愤怒，她的身躯激烈地抖动着。裙角从我的手中滑落了。"妈妈……"我使劲地哭喊。她什么也听不见。

周边的矮小屋顶开始猛烈生长，最终聚拢在一起。黑暗笼罩了一切。

我从床上起来，喝了一杯水。

仍旧哭着。

他们陆续来到我的床前，医生们检查那些吊在我身上的管子，年轻的女护士时不时地过来拉一拉我的手。他们都很激动,似乎是因为我的苏醒。我哭泣着醒来,对他们而言等于是新生。

我不知道自己这样躺了多久,但我是清醒的。直到我的双眼完全适应光线,胸口的痛楚逐渐开始加剧,记忆也基本完全归位了。至于我胸口为什么会那么痛,那个腼腆的高个子女护士解释,"长期输液而胸口有积液淤堵。醒过来,多加运动,加上抗感染治疗,可以痊愈的"。

天哪,我醒了,我活着,还有比这更重要的吗?

我动了动脚趾,它们存在,而且有力,搭在它们上面的阳光也动了动。接着是手指、舌头……我清了清嗓子,声音也还在,虽然它对我来说已经很久远和陌生。

"那个……"旁边的床上是一个40岁左右的女人,看得出她很有教养,也很漂亮,但唇色灰暗,她正恐惧而惊讶地盯着我。

"你睡了好久,我们都以为你醒不过来了。今天早上六点左右,雨刚停,你忽然哭了起来,吓了我一跳。你知道,我心脏不好……他们都赶过来大呼小叫,我以为你就要死了。结果他们宣布你活了,说是医学奇迹……哪里有什么医学可言呢?说实在的,你躺在这里一年多了,我没有见他们治疗过你,现在你醒了,这倒是个奇迹……"

我似乎想起来了,女教授、心脏病、我的母亲、父亲、妇联幼儿园、康利、马大娣、《新闻联播》里的女主持人、梅姐、老塔楼上的墙砖、灶台、院子里那堆石头、那两盆叶子发黄的君子兰……她的话就像一把钥匙打开了我的记忆之门,这一切都向我涌来，令我头晕目眩。

我下了床，一开始我没站稳，但很快我就习惯了行走。护士迟迟不来，我开始像鸟儿一样四处欢脱，走廊里是四处晃悠的陌生人，但是他们中总有人看见我后捂住嘴巴瞪大眼珠——活见了鬼那样。但这一切都让我欢喜并且得意，我是多么幸运呀，我死了一次，却又活着！

一个正在看报纸的老头子看到我，忽然站了起来，古怪地盯着我，我努力回想这张脸却毫无头绪。我对他笑了一下，他恐慌地抓起报纸就走了。

"他是谁？"

"最近一个星期，我们联系不到你的监护人，是他在照顾你。他似乎和你侄子关系很好。"

我的侄子？我感到一阵目眩。从苏醒到现在已经过去了多久？

正式交接

在窗帘密闭的医生办公室里，他们拿出一摞彩色的单子，叫我看上面的签名。有些是近期的还没有付钱的账单。这之前的账单有人付钱了？显然是的。

有很多张是同一个人签的，我仔细辨认那个难看而潦草的字体："飞……""戈华，我猜是。"一个男医生提醒我。

"戈华？"……天哪，他是谁？

"你的侄子，他好像很久以前就改名了。"他再次提醒。

我只有一个叫夏飞的侄子。而我对他的印象还停留在某个阴天的下午，我们一起谈论他的汽车生意，当时他缺一大笔钱——准确地说，他一直缺钱。我记得他建议我把老头子留下来的老古董汽车给卖了换一台新的。我要新车来做什么呢？我已经 65 岁了……

而这件事过去多久了？5 年？6 年？他回来了吗？

我完全糊涂了："你是说我的侄子在这里待了一年？照顾我？会不会错了？我……"

他们告诉我，一年前我的邻居梅姐如何把昏迷的我送到这里来，当时这里的医生并不打算接收我，因为我没有监护人。监护人？这是我第一次知道自己需要一个监护人——用来为我的疾病或死亡履行义务的人。就在他们打算把我挪送到福利机构的时候，我的侄子夏飞出现了。我一直睡了 11 个月，像块石头一样，或者像一株沙漠植物，一个濒临死亡的动物。而他来守着我做什么呢？

我试图向一个女护士打听他的样子。"细高个子，很少笑，但好相处，会吹口琴……"

听上去是那个孩子没错，但是他竟然改了名字吗？为什么？

我开始混沌起来，眼前的一切更像是个梦。

我很快就意识到自己是真的醒了。越来越多的人来到我的床前，讲述我昏迷在床期间发生的一切——中美和谈谈崩了，著名的喜剧演员去世了，一种可怕的瘟疫刚刚结束，全国有数万人为此丧命。有些人为此哭了起来，他们像老朋友般地和我握手、微笑，那些清洁工、护士、办公室的职员……直到我交接完毕的前三天，他们终于说完了所有他们能说的，我又恢复了一个人。即便我开始在各个病房走动，试图结交新的朋友。我试图从痛风史老头那里打听他的情况，可他像个怪胎，总是举着一盏鹅黄色的小灯走来走去，无论去哪儿他都带着它——饭厅、休息室、活动室……

我意识到一个问题，这里是医院。护士们对我的微笑越来越少，医生的查房也开始跳过我。他们已在暗示我可以回家去了。

我出院了。

梅姐是在阳台浇花的时候看见我的，她说她差点从那里掉下去，一个恐怖故事。事情越来越具体了，我从她那里知道了一切——

一年前大雾的一天，接着忽然下起了泥巴雨，视线一片泥泞。同样是正在阳台上浇花的梅姐，惊讶地看到一个女人和一堆蔬菜水果零乱地倒在路边，三辆车追了尾，汽车尖锐的鸣笛声，人群的咒骂声……她用有限的视力仔细辨别着，一开始以为我只是滑倒了，但是她很快意识到事情不对劲。救护车来了……我甚至连门都没锁。社区警官和医院的人一起检查了我的房间和所有资料，联系了所有可能联系的亲属——他们不是死了就是换了电话号码，唯一能联系上的是早就离开L城的、我的侄子夏飞。他们也不指望他能回来。接下来是一连串的麻烦事：她被迫担任了我的临时监护人，定期处理房子的物业问题，每个月需要去医院签一次字，那是对我近况（是否还活着）的一种确认，以及购买一些日常护理用品——毛巾、肥皂、成人尿垫、一次性床垫、袜子、爽肤粉……还好梅姐没有吃多久的苦，夏飞就回来了。

他如今叫戈华……他在警察局花了一天的时间和户籍民警确认了他是我亲侄子的身份。然后他们一起去了医院，又花了半天的时间对监护人进行了更换。他们对这个年轻人疑虑重重——毕竟他是我唯一的亲属，他那样千里迢迢过来伺候一个生死不明的老太婆，目的是什么呢？不管是什么目的，一定没有那么简单。

开始的几个月，社区专门为此开了几次会议，确定这个年轻人的身份及目的。结果很明显，即便他们对他的说辞完全不信任，却也研究不出他的"企图"是什么——我太穷了，完全没有财产。我所居住的房子是我唯一的财产，而且由于一些历史原因它无法被售卖。

他就那样住进了我的房子，一直到我醒过来的一周之前。他忽然消失了。

他甚至没有留下钥匙。我只好叫来了锁匠，他轻轻地摆弄了几下那个脆弱的东西，就要我200元钱，简直是抢劫。梅姐摇摇头，这是市场价。在我睡觉的这一年里，究竟发生了什么？

屋子很久没住人了，绝不止一周。空气里弥漫着陈旧的灰尘。蜘蛛网明目张胆地随处可见。橱柜里和碗池里挤满了飞虫和爬虫，那是脏碗筷和吃剩的霉臭食物的产物。还有两大包方便面没拆封，是他小时候常吃的那个牌子。还有他的臭袜子、换下来的因出汗已经发僵的裤子……电视机遥控器的电池早就没电了，寂寞地躺在沙发上。

没有烟蒂和酒瓶，看来他不嗜烟酒。我住的房间很整齐，我不太确定是我离开时收拾的还是夏飞打扫的，但后者多半不可能，因为另一间屋子像狗窝一样。一个敞开的箱子，里面堆满了各种各样的白色衬衣——他喜欢白色？他的工作是什么？他把那把老木椅子搬到了床头，上面叠放了几本书，看样子是经常翻看的，有两本已经很旧了。其中一本是外国书，中文名是《此时此刻》，随便翻几页，里面全是他勾勾画画的笔记。

其中有一页上是他难看的字迹："我今天对大海感到烦透了。"原来他在一个有海的地方生活。

还有几页写着："鼻子越来越痒了。""沙琪玛，珍珍，此刻的珍珍"……

他好像没有打算离开，就像他只是出去散步了。可他去了哪里呢？我路过了老头子的车库，车库的门好好地锁着，我知道，一辆已经老去或者死去的车正躺在里面。

梅姐没有敲门，而是直接出现在正在愣神的我的身后："我做了晚饭，一起吃。"我礼貌地回绝了她。我必须一个人待着，用来整理突然砸向我的这一切，这乱糟糟的屋子和记忆。可是我在屋子里兜兜转转了好几圈，却仍不知道从哪里下手。夜幕很快降临了，屋里没有一盏灯能亮，电表清零了……我点着蜡烛继续在屋里转圈。记忆仿佛一下子又被清空了，我能做什么呢？

但我仍在这里。孤独的感觉正鲜活。它来自一年以前,来自我和一堆蔬菜水果昏倒在大街上的那一刻。

我希望自己再一次昏迷过去,或者干脆死了。

我尝了尝梅姐坚持留下来的饭菜,一直在回想着自己做出的饭菜的味道。坐在厨房里,坐在那些霉臭的食物垃圾之中,我强迫着自己吃完了那盘油腻腻的根本不适合我肠胃的碎肉炒饭。窗户上是低垂的夜雾,不远的天空有最后几抹红色。

一个梦

空气中传来阵阵清香……来自花草灌木丛中。我们时不时地蹲下来,摘一朵小花,将花瓣轻轻揉捏,直到它的香气完全融入手掌。我看不清他的脸,只能听见他的啜泣声。他的哭声越来越大,使我害怕起来。

"哭什么呢,你?"我对他说,但我想知道的和这个无关。

薄雾拂面,他的脸越发看不清晰了。难道他是康利?我感到我的衣角被死死地拽住了。是谁呢?是他吗?啜泣声没有停止,我很是恼火。为什么不能使我享受这片刻的安静?

陆陆续续地,有人来了……人们仿佛看不见我似的,有人递给他一支烟,浓烈的劣质的烟味……他和他们如同志般谈笑风生,可那该死的哭声仍在。到底是谁?

他缓缓地靠近我——他竟然是从那么远的地方走来……

我们一起来到坟墓边——其实就是一个土坑罢了,被雨水浸润过。墓边土堆高耸,我站在坟边,有些吃惊,也有些感动,这是我第一次来到我曾设想过无数次的长眠之所,它竟如此清新,令人愉悦。我们相互看了一眼,似乎是我们还未决定由谁先入坑。

我仍看不清那张脸……

脚边有几个硕大的土块在滚动,我们各自捡起了一块,像是达成某种默契那样,使劲地挤压着手中的泥土,直到泥粒从手指间流出。天空从我们的视野中退散了,好像那泥粒全部稀释进去了。我怎么使劲也看不清周围的任何东西,只好低下头看看土坑里的他。

"总算是可以知道他是谁了……"我想。我还没想完,就已经泪流满面。

那哭声戛然而止了。我手中仍旧攥着一个土块。但我已经什么都看不见了,这大概是我一生中经历的最安静的一段时光了。有一张脸面向我,滴滴答答地掉眼泪,每一滴都滴在我的脸上,新土的清香。

二十年前。初秋。一件小事。

云儿和蓝天持续纠缠不休。只有我期盼着下雨。因为那样康利——我的丈夫,就可以暂时不用去棉花地了。我们可以把院子里的活干完,新摘的奶蓟草还没有收拾,院子干净了就可以在那棵悬铃木投下的树影下砌一张石桌,那会是缀满所有时间的地方。

一条狗闯进了院子……一开始我以为它只是路过,于是礼节性地招待了它:它得到了一盒午餐肉。而那个燥热得令人忧伤的下午，我们一起坐在悬铃木下看着对面马路上的人从炎热中四下逃散。它出奇地安静。

　　它径直去了树下等我。我透过玻璃窗看着它，故意一整个下午没有踏出房门。它仍是一声不响，面对着大路，直到晚霞尽了它才离开，身影沐浴在昏昏沉沉的霞光之中。天空忽然布满乌云，看上去随时都可能下雨……它果然又来了，在老地方等着。不一会儿，另外一只也来了——很明显，是它的同伴，它们的相似程度让我吃惊：眼窝深陷，看上去很饿，却始终很安静。这是要干吗？我生起气来，拿起一把扫帚扔了过去，它们立刻跑了……

　　我为什么这么做呢？

　　雨一点也没下，我抬头仰望多云的天，秋日的清风微抚我的眼睛。它们再也没出现过。

　　抽屉里还有七支蜡烛，我将它们全部点燃，并排放在餐桌上。其中有两支已经非常潮湿了。烛火发出滋滋的沉默之声。

　　听医院里的人说，他的头发不短，比一般男性要长，他也没那么年轻。他似乎留了胡子，胡子也开始泛白了。一年之久，他每周的大部分时间都耗在医院里。老天……他竟然都不工作吗？明天天一亮，我就去搜遍犄角旮旯，说不定能找到些蛛丝马迹。我把脏盘子丢进水槽里，我没力气打理它们。

　　我缓缓地蹲下来，月亮也友好地低下头。这时我才注意到地面：厚厚的尘土之上除了我的鞋印之外，还有另一个人的，硕大的球鞋印。它们以迟疑的节奏通向我的卧室门口——仅此，之后便是坚定地折返，没有东游西荡。烛火猛烈地摇曳了一下。它们还是那么清晰有力，虽然已被一层薄土覆盖，在那四周或者之上，是我混沌而乱作一团的步子。

很显然，它们来自三天，还是两天之前？它们是来看我的？还是只是去看那个房间？我的眼泪掉了下来……

很显然，这是个错误的决定。

我没有理由回来照顾那个老太婆。但一切为时已晚，当我开始后悔的时候，每一沓文件上都已有了我的签名。我成了她的监护人。医院和警局的几个人把我折腾得够呛，他们将我的档案查了个遍。

她 65 岁了。第一次在病床上看见她时，我压根儿没认出来。她那么老了，头发已经全白了，面色却很是红润。明亮的床前灯照射着她。她一动也不动，分明就是死了。上一次见她是什么时候？那个时候好像我还在做二手车生意。一个身无分文的穷人——当然，现在我又一次是了。

两个医生分别和我谈了她的情况——两种完全不同的说法。一个人告诉我她最多能撑个半年，她的生命体征一天比一天更弱了。另一位很乐观："虽然她的大脑皮质已经坏死，但是脑功能正常，世界上每天都有植物人苏醒的案例。世界上每天都有奇迹发生……"

我住进了她的房子。一个我儿时常常来的陌生之所。

我从没想到我对这房子竟是如此熟悉……我甚至一眼就认出了横在大门前的那棵悬铃木，就好像它正正好长在我记忆的某个边缘上。接着是一连串的碎片——一张旧毯子包着的小刻刀放在一个被他们弃之不用的旧抽屉里，我曾用那个在墙角刻下好多字，它们还在吗？还有很多葡萄藤纹的白色塑料杯垫，掉瓷掉得面目全非的洋瓷碗，牛皮封面的笔记本，还有那个我打碎后偷偷用黏土粘好的绿色小花瓶，它们还在吗？……

我很轻松地从屋里找出了手持锹，去悬铃木下挖出了我写给珍珍的那封信——它完好无损地躺在那个小罐子里，仿佛刚刚出生。

最近做了几个梦，都是和你在一起吃刨冰，可能是天太热了，要么就是我太热了。要是我有勇气把这封信给你，我就不会离开这儿了，至少再次看见它的人不会是我了……我有一件事特别后悔，为什么上次你对我说你们去海边的时候，我没有跟着你一起去。要是去了，我也用不着写这封信了……

一堆没用的废话。

只不过三五天，我就已经彻底占据了这个房间里的每一个角落——当然，除了老太太的屋子。东南角的屋子很大，老太太却睡在狭窄的东屋。那屋子异常整洁，令人发晕，我只是站在门口往里瞧上一眼，就觉得难受。我从旧相册里找到了很多人的老照片，我爸妈的，还有我的。我盯着那上面的每一个我，一个笑容也没有。这真诡异。还有很多旧玩意儿，一只国风口琴，一摞一摞盖有印章的纸，几个摆在厨房角落的旧花瓶，隔板上、储藏室里到处都是奶蓟草……

无数个不眠之夜，我在她的小花园里踱来踱去……

我当然睡不着。自从我离开，珍珍再没联系过我——不过这是我同张律师商议后的结果。那个掉在我工地上的人到底死了吗？新闻里根本提都没提。而我必须一夜之间从夏飞变成戈华，用以应对未知的最坏结果。戈华……但令我满心恐惧的不是这个，而是其他说不清道不明的东西。大多数时间我都待在医院里。我无处可去。我告诉自己："就把这当作一项工作好了。不过就几个月罢了。"

但这真是一项令人恶心的工作。每当护工短缺时，我就不得不管她的排泄物，像任何一个孝顺的子孙那样。护士们耐心地指导我按摩手法，确保她腿部肌肉不至于萎缩。月底则是采购的日子——肥皂、成人尿垫、一次性床垫、袜子、爽肤粉。有一次我听到两个护士谈论我。

"他真的不是儿子？""不是儿子，是侄子……"

"应该有不少财产。""没错……"

我逐渐适应了这工作，我发现从某种程度而言，这项工作似乎有益于我的健康——食欲变得好了起来，不再觉得心慌，头痛消失了，后来我甚至扔掉了安眠药。每当我疲惫不堪地回到那间衰老的房子时，睡意总是翻江倒海。那里真像一个巨型的黑色橄榄。我甚至和医院里的很多人熟络起来。一个有严重痛风史的老头，我们每周会一起下象棋。

当然偶尔我也失眠，我来到院子里，绕着那棵悬铃木一圈一圈地走，多么希望我的行为能唤醒一些不需要睡眠的人。我拆开墙角那堆莫名其妙的石头（那下面什么也没有），再按照原样堆起来。直到热情突然消散,干涩的睡意袭来。苍白、反复的想念。

珍珍在做什么呢?

我们慢慢地从一块岩石挪到另一块岩石,太阳已经远远地被我们甩在身后了,粉色和淡蓝色的云团在缓缓流动,但我们似乎没有时间欣赏这些,我们仍须紧张地前进。

我终于忍不住埋怨道,"到底什么时候是个尽头呢?"

珍珍没有回头,她离我那么近,却好像兀自一人。草丛摇曳着她纤弱、忧虑的肩膀,她穿着一件蓝色的工装,那是她妈妈的。一阵狂放不羁的笑声从她瘦小的身体里发出。它们就像闪电一样地击中了我。我专注而强烈地凝视着眼前的一切,却越来越迷茫。她美丽的影子挡住了整个世界。

不知道为什么,太阳忽然追上了我们——从一个开阔的边缘地带前来,浑圆而急切。与我们平行的是一条黑色轨道,一辆婴儿的推车正颠簸地行驶在上面,随着每一道急转弯而扭动。熊熊燃烧的太阳红光浑然一体地挂在它的身上。它追逐着它,好像要赶上它,一头扎进去。

我逐渐意识到了危险——周围的一切过于炽热了,我离开了那些小小的房子、绿毯一般的草地、小小的土坡一般的山峰和一个几乎已消失不见的蓝色小点……我已经飞得很高了,独自一人,躺在那推车里。我的眼泪掉了下来,那一刻我想起了珍珍写给我的信:

"一旦你离去,你就永远不会回头。"

一开始我们只是下棋,慢慢地,他要我做一些事情,有关米酒、酱肉、花生、色情小说……并向我保证不会让护士发现。有天晚上我正要离开,他忽然叫住了我,对我描述了一大堆他的症状,比如他的痛风,他害怕哪些时间,他无法描述的腰痛,他睡得越来越不安稳,被噩梦缠身,那些梦的最后总是有一盏灯将他拉回现实,他的床前却没有那么一盏灯……

我终于打断了他,告诉他我实在是很困很累,请他有话直说。我还记得他立在门边黑暗中的身影。身后的光映出他嘴的轮廓,微微张着。他要我去参加他女儿的婚礼。

我当然拒绝了,也没再去找他下棋。但是在那之后的每个晚上,他都在医院的走廊里拦住我的去路。哪怕我蹑手蹑脚,他也能分辨得清我的脚步声。

他开始贿赂我,我在姑妈的床头发现了一只崭新的口琴,后来是三明治、书、一堆手工制作的铝质顶针(我用它们来做什么?)、一条狗的项圈……我被这些"礼物"扰得不胜其烦。直到有一天,我在床头发现了一双球鞋。我拎着它们来到他的病房。他正笑嘻嘻地坐在板凳上看报纸。

"为什么得是我去你女儿的婚礼?你觉得这合理吗?这球鞋又是怎么回事?""她得了绝症。而我又出不去,只能是你了。我还能信任谁?"

他给了我一张手绘地图(我完全看不懂),一张他女儿的相片,一个看起来只有20岁左右的年轻女子,夸张的红色头发,眉眼和他一个样,倔强而不安……我花了整整一个小时才找到了那个地方的确切地址，一个比我想象的还要远的小镇子。

我不得不为这次旅途做好准备，坐车去几公里以外的超市买了好几件白衬衣。我完全不知道婚礼上穿什么合适，最终挑了一件袖口上带有红色刺绣的塞进箱子里。

婚礼似乎正在举行，每个人都参加了。姑姑、姑父（不知道为什么，他浑身上下都是泥土），珍珍，她仍旧穿着那件蓝色工服，苍白的眼神扫过我的脸，嘴唇封着她的语言。她真美。我的心在哭泣，我是多么爱她啊。

红色头发的新娘出现了，她安静地离开她站的地方，融进人群之中。每个人都在击掌欢呼。我身后的墙因为刚才的欢呼而微微颤抖。月亮徐徐上升，圆润而成熟，它始终体贴地向新娘输送着温柔的涟漪。时间过去了一个小时又一个小时……那欢呼声始终持续着，而我所坐的长椅越来越冰冷。黑暗沙沙作响，他们却仿佛毫无察觉，只有我沉默而紧张。突然，一阵轻柔而舒缓的口琴声旋转而至，寂静到来了。姑姑不见了，新娘不见了，所有人都消失不见了。我的眼神蒙眬而绝望。

时间爬上我的长椅……珍珍，她正坐在我的身旁，奇怪地喘着粗气。她染了红色的头发，穿着那件蓝色工装。她沉默地期待着什么。而那不可救药的困意忽然就袭来了，我无法控制自己进入了睡眠，一头栽进满月的黄晕之中。

又起了一阵风。司机使劲咳嗽了几声，将我从梦中唤醒。

他用核桃仁一般的眼睛警觉地从后视镜里盯着我。

风似乎更大了,将干树叶、塑料袋和寒意拍打在车窗上。我微微摇下车窗,远处传来阵阵汹涌的笑声,甚至暗涌着温柔激情的歌声。我将头探出去。

"你得坐回去。"司机温柔地命令我。"刚才有人在唱歌,你听见了吗?会不会是什么人的婚礼?"他转过头看了我一眼,视线在我腿上那双球鞋上停留片刻:"你认为你能听见婚礼上的歌声吗?"他拧开了收音机,一阵激动的乐曲像奶蓟草那样猛然狂舞起来。公路前方驶来一团黑乎乎的东西。紧接着是两团、三团……一群黑白混杂的脏兮兮的羊。司机减慢了速度,缓缓地靠近它们……我再次摇下车窗,期望能听见它们咀嚼青草或踩踏碎石的声音,但它们被汽车的引擎声和巨大的音乐声吞没了。汽车开始加速,很快它们就消失在我们身后的地平线上。

地上的沙砾热腾腾的,口渴的感觉很快演变成脱水的窒息。那栋砖红色的矮楼看起来越来越远,我开始后悔自己如此执拗地提前下了车。

几个七八岁的男孩子笑嘻嘻地跟在我身后几米处,我一转身,他们就嘻嘻哈哈地躲闪在彼此身后。他们的眼睛始终盯着我手里的蓝色球鞋——确实,它们很奇怪,也很耀眼。一条狗走在我前面,它叼着一根被火燎过的木棒,时不时疾跑几步或者停下来一会儿。红绿灯变得很快,车辆疾驰而过。一辆公交车停了下来,车上下来一个浑身泥土的男人,看上去像是刚刚从岩石间的树林里挣脱出来一样,肩上挂着一个鼓鼓囊囊的包,是用牛皮手工制成的,已经被磨损得千疮百孔。空气中立刻溢满他体内陈旧的酒气。

尽管我刻意放慢了脚步,他还是注意到了我。最终他停下来,使劲揉了揉眼睛,似乎他已经很久不看什么东西了。

"你也是去参加婚礼的?"

"你怎么知道?"我在心里惊叹,但我什么也没说。

"这是我女儿的婚礼。"女儿?我望着已经近在咫尺的砖红色矮楼:"你的女儿,是在这里办婚礼吗?"他得意地笑了:"我唯一的宝贝闺女。"这说不定是个梦,一个可笑的梦,我想。我不再说话。眼睛一动不动地盯着匆忙向我们扑来的公路。他也不再看我,梦游一般地陷入沉默之中。我们的身影逐渐交织,最后合成一个浑厚的侧影。

随着一个漫长的长坡结束,一大片明亮的光。是几盏激动的车灯。隐约有喧闹声从紧闭的厅门中流出。我用脚推开大门,是一个小厅,一个简单的支架孤独地立在那里。

"××与××的婚礼",一枝孤单的白玫瑰搭在支架上摇摇欲坠。这是我要来的婚礼,没错。

"这是你的女儿吗?"我看着身边的老头。

但他突然显得如此害怕,似乎站立不稳,脚下的鞋发出咯吱咯吱的声音,他死死地盯着那名字。我正想拿出我带来的照片,示意他来错了地方。有人兴奋地与我们擦身,推开了饭厅的门,猛烈到来的光线晃得我睁不开眼。

新郎模样的男人热情地拥抱了他们,紧接着,所有的目光都向我们投射而来。欢闹声穿过满是烟蒂和糖纸的地板,在我们脚下消失。几十双匿名的眼睛死死地盯着我们……哦不，有可能是我。没人知道我是谁。

我看见了红色头发的新娘，她正疲惫地立在一个角落，忽然意识到了自己婚礼的停顿。她的眼神迅速而吃惊地扫过我们，最后停留在我身边的老头身上。她的眼睛红润起来。

新郎走向她，他的语调很轻，但严肃用力。

"你叫他来的？"

"当然没有……""我告诉你很多次了，你要是继续把这些老头老太太领回家，我绝不会……"

有人担心地对他摆手。

新娘很快镇定下来……安静地离开她站立的地方，向我们走来。她停了一下，不知道该跟谁先打招呼。她先是盯着我手上的蓝色球鞋，继而将目光移向我身边的老头儿……

他哭了起来……她轻轻摘下他肩上的背包，从里面翻出一个用硬纸壳包裹起来的小竹笼，一只金色的小龟紧张地蜷缩成一块石头。

她一下子笑了起来："你真的把它带来了？"

"我又犯迷糊了，我坐错了车，他们还跟着我，但我甩掉了他们……闺女，我还没老呢。"

"你来了可真好，你带药了吗？""我记得我带了，但翻了个遍也没找到……我昨天在嘎树林那里摔了一跤。"

有愤怒摔碎酒瓶的声音，暗自交织成一片的咒骂。我呆立在原来的位置上，眼前的一切既混沌，又令人快乐。她温柔地向我走来,接过我手中的蓝色球鞋。

"所以你是他的朋友?"

"算是,我们在地州医院认识的。""当然了……现在他可逃不出去了,他得好好被管管。"

"他还喝酒吗?"

"喝得不算多了。"

"药呢?"

"护士们都管得挺好。"

"替我谢谢他的礼物。"

"他是你的父亲吗?"

"当然了,他们都是。"

春天好像快结束了,成群的鸟开始在那棵悬铃木上落脚。风将炎热的梦扰作一团。细雨常常像蒸汽一样弥漫着地面。我开始了一轮新的"工作"。我穿着工作服,用好几层悬铃木叶铺就水泥设计筑成了树叶形状的石桌石凳,只不过一周,它就成了一道怒放的风景。附近工地的工人、歇脚的老人会坐在那里打盹儿,路过的旅人则嘻嘻哈哈地给它拍照。有两条狗是常客——它们像是一对恋人,喜欢一起蹲在石凳上眺望远处的山路,我也常常加入它们。有时候我会帮人们把车轮推出泥坑,清理门前的道路,搬开石块。等我回来的时候,它们还在。我去镇上采购食物的时候会给它们带午餐肉罐头——这么多年了,这儿仍然还在卖这个牌子的罐头。但它们并没有因此赖上我,更多的时候,它们只是耐心地看着山路的入口，似乎有什么终将从那里到来，抑或是，有什么终将去向那里。

我想起了我的礼物——那条莫名其妙的狗项圈。我将它套在更瘦的那条狗身上，它兴奋地绕着我的脚打转。

我从姑姑的屋里（像做贼那样蹑手蹑脚）翻出了车钥匙，它看起来比车还要陈旧一百倍。我检查了发动机、引擎——还好我之前做汽车修理的手艺还在。显而易见，问题很简单：根源在引擎上那根已经老化的风扇皮带。虽然是辆旧车，但是噪声却非常小。我将它弄到了附近最近的一家汽修厂，并告知了我的需求。在大费了一番周折才不得不承认我说的是对的之后，他们给我报了一个天价的数字。

我只能摇摇头："我付不起。"一个疲惫的花色胡子的中年男人紧紧盯着我的白色衬衣："如果你愿意的话……我这里正缺一名高级技师……"

我的工作还算轻松，仍然有大把的闲余时间。我一周去一次医院。那里变得像家乡一样亲切而遥远，我惊讶地意识到几乎人人都认识我了，他们会向我打招呼："戈华……"只有老头变得很古怪，他躲着不见我。我请护士将一盏鹅黄色的床前灯送给他，上面粘着一封短信。

"下次你可以用它叫你起床。"

老古董被我开回了家，我宣判了它的死刑：它将一直躺在车库里，像某种巨大的流产的生物。有天晚上，我独自一人钻进去，我坐在方向盘后面，吸入奇怪的新出厂的味道。里程表显示七十九公里，那碰巧是我父亲去世时的年纪：

七十九。一个大可不必过于悲伤的年纪。但是这短暂的数字使我厌恶,就好像那是生与死之间的距离,是一段小小的旅程,比开车去一个目的地远不了多少。

唯一的遗憾来自我没能在他去世后看他一眼。我几乎是故意的……在殡仪馆的最深处,他就躺在那里,离我不太远,他的头上捆绑着一个毫无尊严可言的绑带,用来固定他的下颌。一切都看得清清楚楚。我的确是故意的,一动也没动,眼看着他们像合上任何一个抽屉那样,合上了他的柜门。

从未看见他死去时的样子使我没能像我本来期待的那样痛苦。每次触摸这一现实,我都必须进行一种严谨的想象活动。记忆里一无所有。

但我患上了重度失眠症,我的眼睛在黑暗中探索,将某个重物压在我的心口上,使自己停止呼吸,试图体会心脏病发作会是怎样的感觉,直到有一天我忽然忘记了做这件事,并且我再也没有做过……

一个故事结束了,它会继续讲述自己,甚至在词语都被用尽之后。就像我坐在这数字之后,想起了我遗忘过的一切,而之后的时间,故事仍在继续。

珍珍的梦

我死了。死在一个陌生的地方。夏飞坐在梳妆台前的椅子上背对着我,他离我很近,正专心致志地看着窗外。

那里有什么呢?

一群雀跃于天空中的大鱼,衣着白云。有一条激昂地狠狠翻滚。它们缓缓地把天空推向远方。

我知道他将很快埋葬我。他不会错过我的葬礼,他也不会向我走来。绝不。他不会抚摸我,更不会对着我轻声耳语。

就是那样,我们之间有讲不完的故事,但没有什么要同对方讲的话。

一扇金属门平嵌在墙上,门和墙是同一种蓝色。夏飞向那里走去,我忽然回忆起了我走进这间房屋时的景象,它外面的世界。门的另一面也没有把手或旋钮,我却精确地知道它在哪里,轻轻一推,它就朝里开了。

故事仿佛才刚刚开始。

一个高挑个子的妇女从黑暗里出现,哦,她从另一扇门而来,戴着珍珠和珍贵的宝石项链,染着红色的头发,白色的齐膝长靴,简直精致极了……她路过我,连看也没有看我一眼,一股海水的味道。

她正是我自己!可不是吗?虽然我看不清她的脸,但我百分之百地确定,那正是另一个我。我的眼泪要掉下来了,悔恨、嫉妒、无助、期待……我想再次死去。

她走向他,从他的身后环住他的胳膊,她的下颌在他的头上摩擦。他们亲密地说着什么,我听不清楚。但我们之前从未如此这般交谈,甚至我们不曾这般亲近。哦,我听见了,他们在谈论数年前的一封信,她得意地笑着,大声背诵着那封信的内容。我记得那封信。他说过有一封埋在树下的信。

我永远不会知道那上面写了什么。

只不过几秒钟的时间,黑色的悲伤忽然取代了一切——他忽然来到我身边,将头埋在我冰冷的尸身上,喃喃地开始讲着一个我们都熟悉的故事。

我记得最后一句:"一旦你离去,你就永远不会回头。你知道你爱的人会把你种在天上,像鹿角插在地平线上。"

夜更得以声

你可曾见过你朋友的睡颜——去看看他长什么模样?
另外你朋友脸上有些什么呢?
那是你自己的脸,
映在一面粗糙的、不完整的镜子上。

——尼采

李 佳

梦 魇

伊拉贝卡站要到了吧?我心里这么想着,天空又倏地下降了一点。雨帘飘打着车窗玻璃。

广播员懒散的播报声之后是一段关于伊拉贝卡历史的煽

情介绍。我一边收拾着铺在桌上的书,一边仔细地听着,但什么也没有听进去。

五点未到,天已经黑透了,雨还在下。面馆里有人在抱怨:雨已经持续下了三周之久。如果气温继续下降,就要下雪了。

这个宾馆比预想的干燥一些,比预想的还要小,四面墙我都敲了敲,隔音还好吧,我想,谁知道呢。倦意突如其来,也可能是绵延的雨声催眠了我,我倒在床上,脑中反复出现刚才的画面——那个戴帽子的男人,他的确是盯着我看了吧?没错,一定是的,他先是打量了我的鞋子,后来又面朝我站了一会儿。但他不会看清我的脸——墨镜和大檐帽将我裹得很严实。

我有些后悔,要是我不裹得这么严实就好了。可为什么我要后悔呢?

很快别的事物闪了进来。我想象着这样的雨要是下在我生活的城市,那个既无下水道也没有排放口的盆地,很快周边的湖会像有人站在高处泼了一盆水那样,从四面八方轰隆隆地奔腾而来,接着,大海成为城市的背景。就像我曾无数次梦见过的那样。要是真的那样就好了,毕竟每一天我都在为末日做准备,我总会比其他人准备得更好吧?

遗憾的是里奥尼亚从来没下过雨,更没下过雪。末日是永无来日的。

大概五点未到,窗户已经发白了。我竟然就这样睡到了第二天?肠胃翻江倒海地叫醒了我,但是随着一只胳膊逐渐发麻,一只手猛烈地拉扯我,想要帮助我起身,我便起身向窗边走去——我想确认雨是否停了——但是我仍睡在床上,我看见自己向右侧卧,右手掉在床边,胳膊发麻,嘴巴微张,呼吸清晰可闻。

梦魇了,居然第一天就梦魇了。我沮丧地想。

上一次梦魇也是在旅行中,一间老洋房改成的英式套房里。晓东窝在外间的沙发里看球赛,我在里间枕着阳光午睡。突然一阵猛烈晕眩,我意识到自己被"压"在那个柔软的床榻上动弹不得,一只橘色的小奶猫出现了,它正在床那边凝神望着我,接着它将眼神挪向了露台那边——似乎想要跳下去。我知道它在展示自己的死亡方式。

左边的被角出现了一个凹陷,凹陷滑到了右边。接着是我左胸至右胸口感受到的一阵清晰有力的踩压。我简直要晕过去了……

"晓东,过来拉我起来……"我朝外间大喊着,但无济于事,球赛激烈的讲说永无止境地进行着,以及晓东压低嗓音讲电话的声音……一直到我绝望地醒过来。

我久久地躺在那个旋涡里一动不动,反复地回想刚才的梦。激动扫荡着我的心,然后是无名的绝望。无论是现实里还是梦中,晓东对我而言,都是一个虚无缥缈、似有若无的存在。在他身上我永远也找不到某种坚实的东西。即便他就在我的身边。

如今我早已能和我的噩梦和谐共处了。甚至我能很好地引导它们,把它们变成一些有趣的事件,我可以让随便什么人物出场,可以变身,可以隐身,也可以凝视太阳,时间被我打碎，也任由我粘贴。我光芒闪烁，有如一种来自黑暗的能量。

窗下若是正好有昨天那个男人，我能看得到他的脸吗？他会像电影里那样独立雨中，我望向他的同时，他也正笑盈盈地抬头看我吗？而他的笑容，恰好代表某种我需要的东西。

但是我被吵醒了，有孩子在走廊里兴奋地喊叫，木板震天响。早餐时间到了。

不知怎么的，我又走进了昨晚去过的面馆。一个卷发的年轻孕妇飞速地瞄了我一眼后，继续低头吃她的面。为什么我认为她是孕妇呢？她的肚子好好地藏在桌子下面，我是怎么知道的呢？

可我就是知道。

孕妇结束就餐后匆匆起身，仿佛外面有非常重要的人生正在等她。奋力合上那个推拉门的几秒钟，她的眼睛一直扫射着我身上的某处。她在看什么？

我想起了昨天那个看我的男人。

咖喱面有一种很怪的味道，而且太辣。其实我昨天就觉得它很怪了，但我今天又点了它。我的心里对自己生出一种彻头彻尾的悲悯：哪怕我能独立远行去一百个不同的地方，我还是会坐在一家不明所以的面馆里，吃着一份不合胃口的面。我明明已经到了远方，却仍离自己很远。

宇田、何其华

按照计划我应该先去伊拉贝卡动物园。我一直很喜欢动物园这种去处。尽管动物园与动物园之间的差别不会太大——能够供人类赏玩的动物都是如出一辙吧。我喜欢的是动物园的气味和形式。从某种意义上讲，动物们无聊的样子会让我心情很好。

4路公交车直达伊拉贝卡西郊动物园。我挤在公交车深深的一角，一边打开旅游攻略——一张记录了我在伊拉贝卡这一天行程的A4纸，一边思量着某些琐事的细枝末节。我很喜欢A4纸，是一个刚刚够填满现实的尺寸。哪怕再多出一厘米，人们就会在上面拟制幻想了。我想到了我妈，前段时间我们一起看一部外国黑白电影，她忽然捂住右眼笑着说，我的左眼就是这样，像这电影一样，只有黑和白。我当作听不见。在我看来，她拒绝去做激光手术的时候，就应该想到这个后果了。唯一让人讨厌的是，最近我的左眼也逐渐无法分辨事物的颜色了。

或许一件大事要发生了

我的眼皮滑下来，闭上。窗外闪过的街道沉入我的睡梦。自行车的喇叭声，行人的嬉笑声，初冬的微风，我的眼角盛满了伊拉贝卡的细腻芳香。

我一下子来到了远方的某处。我正安安静静地藏在深深的座位里，全身沐浴在上天赐给挡风玻璃的耀眼光芒中。何其华则在专注地驾驶,他的方形黑色太阳镜横亘在我们之间。车里悠悠扬扬地飘荡着一些我不知名的音乐。那些音乐裹着新鲜面包的香气。

车轮热切地在公路上起伏,远山扑面而来。

一阵窸窸窣窣的说话声吵醒了我,前排的两个年轻人正在吵架,话题似乎和这雨天相关。我身边的座椅上也坐满了人。车到哪里了?

我逐渐听清了他们吵架的内容,和宇田小学有关,恰是我之前教书的学校。男的表示,他们完全可以和同行的人共用采集资料,而不需要特别回宇田去取。女的坚决反对:她特别为采集活动制作的攻略是独一无二的——那上面有被毒草攻击后要采取的系列紧急措施,以及最近的医院、酒店经理的电话,等等。我很抱歉地打断两人,问他们是否愿意带我去宇田小学。我正好要去那里,但我迷路了(当然了,我本没有这个打算)。

男孩回过头,看到了立在我脚边的那个硕大的占满过道的箱子,张张嘴似乎感到无比惊讶。但最终什么也没说。

我跟着他们回到了宇田。五年前我被分配到这里教音乐,何其华是同一片区初中生物老师。我们就是在一次教师自然采摘活动上认识的。他高个儿,身体单薄,步履沉重,脸上永远都有正在生长的青春痘。

一个雨天。

才刚刚抵达,天空就已经平静下来,一滴雨也没有了。草地和不远处的平原安详地躺在那儿,弥漫着意料之中的沉寂。太阳缓慢地冲破灰幕。一些人开始举臂欢呼,为这刚刚到来的好天气。

真正的徒步采摘还没有开始。

队伍像蚂蚁一样地爬行,几乎每走一百米,就会有大面积的人停下来,或者拍照,或者俯伏到某种植物上。男老师把从土里揪出来的虫子在漂亮女老师眼前绕一圈,有人捡到一些苍耳,把它们粘到女老师的头发上,女老师们的尖叫声就此起彼伏,吓得鸟儿止住啁啾。篝火造就了漫漫长夜。直到天色泛白,唱歌的人和跳舞的人都恹恹地睡去了,我和何其华还黏在一起。我知道了很多草的名字:比如香猪殃殃——常常隐匿在低矮石缝里的星状叶子的藤属植物,拥有奇异的香甜味,携带高含量的毒素;旋花,缠绕茎的尖端拼命探寻阳光,缠上任何直立物体以寻求支撑,在实验室中,旋花的茎能够穿过用黑色管道做成的迷宫,以准确找到光源,像妖魔一样强大。

在那之后的很多个夜晚我们都混在一起,继续探索对方身体的未知和其他神奇植物,但我对他的认识只停留在那个篝火旁。我们之间只有默契,没有爱情。

我在楼舍间转了几圈,这个学校仍旧干净得叫人窒息。我提前离开了他们。我在那条看起来永无止境的小路上走了很久,天知道到底有多久。我不介意一直走下去,但我终究还是走到了出口,它的尽头是一条灯火通明的商业街。

我在商业街的一家饭馆里见到了何其华。他看起来更瘦了,脚上是一双很蠢的尖头皮鞋,手上拎着一个类似点心盒的东西。

"那是什么？"我笑着问他。

他害羞地说："女儿要吃的。"

他还是会害羞。我也依旧有点心动。我们点了牛肉粉丝、地锅鸡、一份水饺和一瓶白酒，当然，酒只有我一个人喝，他也几乎不怎么吃菜。聊了一些完全没有必要聊的事情之后，时间很快到了晚上九点。

果然，他开始坐立不安，不断地看手机时间。为了留下他，我开始说一些"有意思"的事："你还记得我给你说过的，我第一次手淫的时候，发生了什么吗？"

当然，他应当记得，这是我们床上的佐料。五年前我们不止一次讨论过，就像那些有毒的植物一样，每次说起都兴奋无比……

何其华皱着眉，微微欠着身子："我得回去了。"

"回去干吗？"

"我女儿十点就要睡觉了，她今天一定要吃这个饼干。但是她不能太晚吃，太晚吃的话，会很难消化的。你知道的呀，小孩子嘛……"

我笑了起来："我怎么会知道？我又不是小孩子。你的小孩叫什么名字？"

何其华已经将手提袋拿在手里："叫何苗苗。那我就……"

我笑起来："为什么叫何苗苗呢？你明明知道那么多有趣的毒草的名字呢……对了，你还研究那些草吗？今天怎么一点都没听你说呢？"我接过他手里的盒子，拆开了那包饼干："这有什么好吃的呢?确实很难消化……何苗苗可以不用吃这个的。"

何其华重新坐回座位,用一种我从没见过的眼神望着我。窗外有人骑着自行车经过,湿漉漉的沥青路上有水花溅起的声音。窗子覆满了雾气,将毫无生气的室内灯光反弹回来。

他拿起筷子,很认真地吃了一口菜。

"一会儿你和我睡觉吧?"我继续说。

"好。可以。去哪儿?"何其华拿过我的酒杯一饮而尽。

我打开了他的另外一个手提袋。除去一层又一层包装,最后是一副草编的耳环。对着饭馆里的镜子,我将耳环戴好,把脸凑到他的鼻尖下:"漂亮吗?"

"很漂亮。"何其华说。

"这个送给谁的?你老婆?"

"现在送你了。"

我们约定两个小时后在我宾馆的房间见面。但他需要先回一趟家。何其华抱歉地说,他的车刚刚出过事,他请我自己坐车回去等他。在饭店门口告别的时候,他抱了我一下,把箱子搬上了车后座。我总觉得这个拥抱湿漉漉的。果然,没一会儿就下起了雪。

真的下雪了,先是沿路光影中懒洋洋的雪花。不一会儿桥墩和树梢都白了头,一下子老去了几十岁。很快,大雪占有了伊拉贝卡。街边小店干脆把"营业中"的牌子翻了个面。大雪能够终结任何一座城市。最后几个结伴的嬉笑声消失在转角后,整个伊拉贝卡似乎只有我一个人在外面游荡了。我的脑子里想着刚刚拥抱我的那具身体……

我知道，我们不会再见面了……我来到一个曾经生活过的城市，去了一个我唯一熟悉的去处，见了一个我在这里唯一认识（或许并不）的旧情人，这是我和这个城市彼此选择后的必然结果。

一辆货车

伊拉贝卡的井盖很多，它们咕嘟咕嘟地冒着热气儿。大多数上面有一些精致到令人惊讶的图案。我循着它们走走停停，拍照，或者不拍。时间比我想象的还要迟钝——总是这样的；除了某种凶猛的表象之外，时间一直都是寡淡而无力的。

雪已经停了，积了有五六厘米那么深。正在凋谢的月亮在云层边缘隐约可见，天空呈现出某种悲壮的灰黑色。我还是很想走路，尤其是拖着箱子走路。箱子让我充满安全感和喜剧感，我看起来应当像一个随时准备动情的戏子，真诚的表演就挂在唇边。走路让我有足够的时间构想一些事：我可能会因为一辆失控而打滑的自行车被拦腰摔在某个路边的栏杆上，被人抬去医院，我的临床是一个爱看话剧的数学高才生，我最终会和他结婚；或者我在步行街的深处迷了路，有一伙扮相怪异的剧组请我参演一个丧尸爱情网剧，我在角色的饰演中有那么一刻和斑马对话；还有可能，我阴错阳差地参加了一场婚礼，因而陷入了一场影响我一生的三角恋关系……

我该去哪儿呢？那张攻略就在我的口袋里，但我不必打开它了。那些符号总是能将一切解释得明明白白，而一个完全合理的东西,就是一个毫无用处的东西。

但是伊拉贝卡和其他我去过的地方都一样,既不会发生我想象的那些事情,也不会发生我意料之外的事情。

拐入了一条灰暗的弄堂,又穿过一条更暗更窄的弄堂,和所有的弄堂差不多——到处都是废弃的砖土,随处可见的塑料袋、可乐罐和不知名的恶臭。不知道为什么,这个地方让我很兴奋。原因在于它实在是很像我10岁以前奶奶家所在的那条巷子,那些坐落在市中心楼群里的平房区。它们就像长在那些华丽屁股上的痔疮。不知为什么,这些年我总能梦到自己在那个羊肠小道上来来回回地走,在哪里拐弯,哪个洼地积水最深,都是些我白天再怎么努力回想也记不住的。而那条巷子永远是那个样子,在我的梦里与四季为伴。远处似乎有灯塔扭转身躯向这边射来一束巨大的光圈。我的记忆和情感,顺着这束光圈从弄堂弥漫出去,成了紫色、黑色,投向整座伊拉贝卡。

又过了三五个岔路口,路面渐渐宽敞了,路人也多了三三两两。一群年轻人喧嚣着路过。我走进了一个挂着"营业中"招牌的红漆木门,一般情况下这会是一家奶茶店。

它的确是一家奶茶店。但它不仅仅卖奶茶——墙面内嵌着一些彩色琉璃门,隆重地展示着一些明显很廉价的金属首饰——我挑了三副。无论如何,我相信它们绝对能使我看起来和它们的价格一样可笑。

吧台里站着一个30岁左右的短发瘦小女生,她一直用睡眼惺忪的苦恼眼神盯着我。看到我真的打算买些什么,她眼角萎靡的皱纹才为之一振。显然她也注意到了我佩戴的草编耳环。

"你的耳环也很美,"她开始盯着我的箱子看,"但是你不应该戴着它。"

"为什么呢?"

"因为伊拉贝卡的草都有毒。"

她仍旧盯着我的箱子看,好像它下一秒就要消失那样。而我则盯着她的脸看,开始怀疑自己仍在一场梦里。如果说我在迷失的思绪中误入了伊拉贝卡的一条荒凉弄堂,这条弄堂引爆了我的梦幻废墟,或刚好相反——比如说这不过是我在通往伊拉贝卡火车上的一场梦。我觉得都是合理的。

出了店门后我发现这条弄堂是由两条小巷会合而成的一个"Y"字形。这正是那张攻略中的最后一个符号。

无论如何,旅行结束了。

我随便找了一个还算干净的台阶坐下,冰冷立刻扎进我的子宫。湿寒的路面让我的心逐渐暖起来。时不时有车开来,还在几十米开外,路面掀起的颠簸就让我有腾空而起的感觉。除了冷,我对自己的处境非常满意:无论多少年后,我回想起伊拉贝卡,都会想起这个晚上,我戴着一副不属于我的、可能有毒的草编耳环,坐在冰冷的地面上,车流激荡着我的子宫。我会借此向一些人标榜自己是如此与众不同,是如此接近生活的本质。不仅仅是这个晚上,也不仅仅在伊拉贝卡,无论何时何地,我都会要求自己成为人们认为的美好的人,而我,永不必踏上那条通往天堂的石阶。

一辆货车安静地停在我的面前。司机安静地坐在车里,什么时候出现的？一开始他开着远光，又很快熄灭了。只有车内一盏照明灯开着，能看清他的挡板上夹着一张什么纸片，他出神地盯着那张纸（那是什么呢？）。不一会儿，车内照明灯也灭了。弄堂又恢复了彻底的静谧。一个走到死胡同的人，和我一样，我想。车里缓缓地流淌着轻柔的广播女声。司机仿佛死了一般一动不动。

我悄悄跳上货车，他毫无知觉……

一群被废弃的公仔。没有脑袋的棕熊，已经变成灰黑色的哆啦A梦，被开膛破肚的忍者神龟，穿得五花八门的蜘蛛侠……"尸体"挤满了整个货车。我把自己狠狠扔了进去，温暖立刻紧裹住我。一只干干净净的麋鹿躺在我的右侧，它戴着一个可笑的红色领结，睫毛随风摆荡，而它的右侧是无尽的银河。天空在我的思绪之上低沉鸣嗡。

我仿佛看见爸爸因转动方向盘而窸窸窣窣的袖管、红色的肩章、在玻璃窗上栖息的太阳、一路上时急时缓扑面而来的公路、他眼睛里温柔的余光……一股急速的暖流从我的脚底发芽，向四肢攀缘……天空忽然从四面八方涌来。我感到越来越热，似乎一个太阳刚刚钻进了我的身体，最先融化的应该是我的脑袋，我想伸手摸摸……但我的手不见了，确切地说，它们成了两只毛绒熊爪，我将腿伸到夜空里，是另外两只毛绒熊爪。一阵奇异的痒在身下升腾起来并完全将我占有，我知道，那是一条新长出来的尾巴。

我变成了一只毛绒玩具熊。

韩　路

它的触角几乎就触碰到我的鼻尖了。
但它终究像以往那样，只是经过我。
它的身体一下子扬起海绵般温柔的细沙，
一下子又如远远近近的波涛一样，
从黑暗的低处向粼粼的波光攀缘……

——连李

我觉得自己疯了。

在这么冷的天，我竟然在这个鬼地方看一个我完全看不懂的话剧？话剧……我本来是不喜欢听别人说话的。

其实也不是完全看不懂。主线故事是这样的：一个大热天，一个警察在西瓜摊上吃西瓜，他注意到西瓜摊的遮阳伞下一个小男孩正在写作业。第二天，仍旧是那个时间，小男孩仍旧在那里写作业。第三天亦是。出于好奇，警察坐在了小男孩旁边想和他聊天。但无意中看见的事物让警察十分恐惧：小男孩日记中的"故事"，写的正是警察在负责的几个机密要案，无论如何，就算案情被泄露了——日记所记述事件的关键细节，不是涉案人员都不会知道的。事后，他在档案室翻看资料，也与案件另一个负责人交涉过，确认泄露案件是不可能发生的。次日他气急败坏地去找小男孩，抢过日记仔细来看后更惊讶了：每一篇日记的时间都比案件实发时间要早一到两天。而小男孩正在完成一篇新的日记：讲述的是警察的警校同学,将会参与策划一件车展爆炸案——也就是说,这是一本名副其实的"预言日记"。

故事的设计还是很有意思的,我的脑子里却被它搞得杂乱无章。也许对白太多了?人物太激动了?那些无聊的犯罪动机,干吗必须要和一个小男孩扯上关系?

但我想起了一个男人对我说的那句话,你是什么东西?我的思绪变得更乱了……当我从来都说不清楚哪里不好,又确实觉得哪里有点问题的时候,我就会回想起这句话:我是什么东西?!

里奥尼亚动物园

和伊拉贝卡相比,这里的动物园确实更大。但依我看,动物还是那些动物,只是在伊拉贝卡,关野熊和长颈鹿的那些大笼子在这里却用来关山鸡。里奥尼亚的人喜欢大房子,动物也是一样吗?我对那些只会尖叫的猴群也毫无兴趣,唯一感兴趣的水族馆今天却闭馆谢客。我爸死后我再没有去过水族馆,但是在梦里我总是与一群栖息在浅水海域的潮间带生物为伍,一条非常好看的大鱼喜欢绕着我游来游去,我却被关在一个亚克力材质的透明方盒里。它的触角几乎就触碰到我的鼻尖了。但它终究像以往那样,只是经过我。它的身体一下子扬起海绵般温柔的细沙,一下子又如远远近近的波涛一样,从黑暗的低处向粼粼的波光攀缘……

第二天,我跟随导航来到一所高校。那里的篮球场真是让我心花怒放，伊拉贝卡没有那么大的篮球场。一群学生模样的年轻人正在场上打比赛。篮球对我来说是不在话下的，在《篮球全明星》（一款手机篮球游戏）里，我不仅称霸常规赛、季后赛，玩转选秀、交易，而且作为一线经纪人的我，已经成功打造了多个NBA（美国职业篮球联赛）新星。我花了十五分钟说服他们让我参赛，我不会枉费心机的……

一个小时后我和王禹坐在一家面馆里，我们一人点了一碗牛肉面和数瓶啤酒。

王禹是我的中学同学。在留在伊拉贝卡的男同学眼里，王禹是不可企及的象征。上学的时候他篮球好，头发茂密，还会好几种乐器。如今他更好了，在里奥尼亚娶了有钱的女人，创办了自己的工作室，在搞一些我听不懂、也不会听懂的什么融资项目。据说女同学中还有人为他掉眼泪。我不知道自己为什么约他见面，我一点也不想见到他——但这似乎又是必需的，总有个人在我的头脑里对我发号施令，我不得不听他的。

我盯着他看了很久，想努力找到一点感觉，一种类似混沌的伤感。可我的脑袋里空空如也。他绝对是我的同学，我却一点也不认识他。

"你说什么？"他的眼睛扫射着我的脸，就像扫射一份报纸那样，"你唱了什么？"

"《球歌之歌》啊。"我耐心地解释给他听《球歌之歌》是《篮球全明星》里的超能力，通过演唱它来得到时间静止——连续称霸常规赛的超级球员可以使用这个能力来罚点球。

"你是说，你和他们……你刚才罚点球的时候，唱这首歌了?"王禹又瞪着眼睛问一遍。我放下筷子开始唱《球歌之歌》:"你来到这里,请相信奇迹,我们欢迎你,胜利拥抱你……"王禹摆了摆手,示意我继续吃面。如果他愿意,我可以给他讲讲比赛后的情况。但是他跳转了话题:"你说你来里奥尼亚,是为了干吗?"

当然为了女人,一个女人。我来到里奥尼亚,坐在这个面馆里,和一群大学生打篮球,在剧场里看一部让我抓耳挠腮的话剧,都是为了一个我未曾与之说过一句话的陌生女人。

三周前。黄茵。

在周全生的工地上我摔坏了左臂。起初我歇在家里,一点也不疼,食欲也很好,医生也明确告诉我没有移位。但随之而来的阴雨天让伤口痛痒难耐。我不得不住在我后爸的艾灸馆里,方便接受每天一次的中医治疗。

他的屋顶平台上有一架昂贵的望远镜,他说是为了观察天体的运行。我上去瞅了一眼,镜头对准的是地面,一条倒转的街道垂在我的鼻尖。我不觉得稀奇,如果没有那条街,天上的星星或许就没什么可看的了。

一个女人和一只硕大的箱子突然出现——倒挂在镜头里,从这边向另一边滑行。箱子是红色的,有一种接近透明的质感,她穿着白色的棉衣。我在脑海里把这幅图景翻转过来,还原成正常的画面,再调转回来……在大口径的镜头前,白昼慢慢变成了澄净的黑夜,不知是她前进得足够缓慢,还是这澄净的黑色使这画面显得静止了。如果我可以按下暂停键，那我一定会，然后我会冲上那条大街，截住她，我会询问她的去向，让她在某处等着我，或者什么也不说，一把抱住她，把她留在我身边。

她太像黄茵了，我的旧情人。一个永远随身拎着一只箱子的女人。

我是在一年前的街道联姻活动上邂逅黄茵的。那个夏天我刚从电厂辞职，整日无所事事。整个伊拉贝卡在挖掘机下尘土飞扬，本来要离开伊拉贝卡的那些人也留下来了，他们相信广告词提供的美好愿景——三年后，伊拉贝卡将成为西部重要的旅游城市。

直到一年之后我才明白，为什么在那个活动上黄茵能够成为全场的焦点：她并不漂亮，头发总是毫无生气地塌在脑门上。但她随身携带了一只大箱子：一个女人和一只箱子，足以具备一种魅力，让生活充满希望。

但是黄茵哪里也没有去过。她拖着箱子参加了几场联谊会，换了好几任男友，其中包括我，也可能不包括我。我们已经非常亲近了，但始终不约而同地无视对方，这是我们还能坐在一起吃面的原因。我们之间没有爱情，却有很深的默契。

不知道从什么时候开始，酒桌成为男人们的灵魂孵化地。我们只是谈女人，谈论女人的精神和肉体，酒精让这些话题东倒西歪，但这是唯一让彼此平等的话题。我在电厂的工友大良死于工伤后，他在酒桌上的位置被他的弟弟大宇取代，大宇从来也不说起大良，我们也没提起过。我们唯一说起的男人就是王禹，只要喝到高兴的时候，王禹的名字一定会被提及。他的父亲王昆仑前年从工地上失踪了，有人说他死了，有人说他为了赖那笔欠款躲起来了。总之在一次宿醉后，王昆仑从这个酒桌上失踪了。也是从那一年起，王禹再也没有回来过。在这个狭小的省城，这是一件不大不小不清不楚不悲不喜的事，永远值得被期待。

黄茵还是心不在焉地搅拌着面前的那碗面，刚刚认识她的时候，我觉得她这个行为非常迷人。我盯着她的箱子看——好像换了一只。她从什么时候开始不用那只红箱子了？或者，它从来也都不是红色的。

我们交谈着，说的还是那些，她对未来的计划，她未来一年的安排已经详细到行程中了，"它就在箱子里"，她努努嘴。热气融化了我们之间的距离。我知道她怀孕了，虽然她并没有告诉我，但我就是知道。并且我还知道，假如我愿意，我明天就能和她去领结婚证，成为她孩子的父亲。我丝毫也不在意她扯的这些无聊的谎话。反正我也总对自己说谎。

她穿得很正式，里层的花苞领口托着她的下巴。每吃完一口面，她就会停下来想一会儿事情。她就是这种做什么都具备仪式感的人。不一会儿门被推开了。一个女人携带巨大的滑轮声推开门。

是昨晚出现在望远镜里的那个女人，那只红色的箱子。

她一出现就立刻引起了黄茵的警觉——我似乎有点能理解。她的心情一下子沉到了谷底。我们都不再说话，注意力完全被红箱子牵制着，好像它是一个时间炸弹……

黄茵忽然哭了起来。她的婚礼定在下个星期天，问我一会儿愿不愿意陪她去宇田小学荡一次秋千。

秋千？我想，秋千和她的婚礼有什么关系呢？而她的男人又是谁？

我说："应该会很冷的。你确定你怀着身孕可以去荡秋千吗？"

"我没有怀孕。"她斩钉截铁地说。

"那好的，我当然愿意去。"

但我不会去的。我告诉她我当下务必要把车里的货按时送到厂家去。我晚点会联系她，让她先回家。她很快就换上了先前的漠然表情。聪明又贫穷的女孩子就是这样，你永不必担心她会误解你的意思。

她上了一辆出租车，司机问："车站还是机场？"她重重合上车门。

她怎么可能去什么宇田呢？就像我也没有货可以送。我的车上是周全生厂子里的最后一批废弃玩偶。我跑了十几个加工厂都不收。我不知道该拿它们怎么办。它们弥漫着死亡的气息。

我坐上了一辆去宇田的公共汽车。太阳在云层表面进进出出，飒飒的风声拍打着玻璃窗。窗外都是正在建或正在拆的房子，有的是灰不溜秋的空架子，有的已经肢身雄健攀上云梢。

忽然间我的身体往下一顿。

荡漾。我又来到秋千上。我喜欢的女孩将傲人的胸脯贴在绳条上，她的睫毛随风荡漾。秋风轻拂着她的耳唇，那我在梦中拥有的腰身，正紧紧环绕在另一双手臂上。这只有不到一分钟的冥想,和其他任何一分钟左右的冥想无异,是我独自一人绞尽脑汁毫无价值的回忆。

坐在我前排的女孩突然展开了一张皱巴巴的纸。几个大字清晰可见——"伊拉贝卡一日",然后是隐约可见的一个连线图,线条似乎连接着伊拉贝卡的几处旅游景点,几个不同的符号,那张纸的末端立着一只红色的箱子……

又是她。

我当时并不清楚为什么上天会把我安排坐在那个位置上,更不清楚为什么几分钟之后我鬼使神差偷走了那张攻略。如果我喜欢她,想要追求她,我分明可以直接一点——就像她出现在望远镜里时我想要做的那样。但我头脑里的那个人的指令是——跟着她,而不是"追求"她,他的命令如同黑夜里的闪电一样清晰。

后来呢?王禹完全被我的故事打动了。他召唤店家又点了几瓶啤酒。我注意到这是比刚才稍微贵一些的酒。这饭馆里的灯光也立刻多了几抹贵重的颜色。

后来,我一直跟着她。她跟着两个人在宇田下车,我紧紧地跟在五十米之后。我知道自己随时准备走开,并且有点期望黄茵真会来荡秋千。

我没有进校门,就在门口那排铁栅栏那儿等着她,一万种设想在我脑海里呼啸而过。那排铁栅栏上多了很多蔷薇藤蔓攀爬在其间,甚至还有少许的藤本月季和凌霄花。一些涂鸦和腥臭在墙裙上熠熠发光。

在一株孤立的爬山虎下面,有一行歪歪扭扭的字:

如果他一味地堕落在光辉的尘埃之中,我只能和他结婚了。

不到十分钟她就一个人出来了(她去做了些什么呢?)。仍旧是五十米的距离,她牵着余晖慢慢地挪着步子,几乎是爬行在山坳下的那条公路上。我像狗一样地跟着她走了许久,脑子时不时又是一片空空荡荡,只是那么跟着。是因为她身上有亲人的味道还是母狗的味道呢?……她好像越走越慢,或者只是我失去了时间感。滑轮在山谷间咆哮。

她要去哪里?我从衣兜里翻出那张纸,连线图上的符号在我脚尖上下模糊地颠簸——三角形、圆形、锥形……我看清楚了,这的确是一张"地图",连接着伊拉贝卡的几个去处。但可以说,它们和我认识的伊拉贝卡毫无关系。我可以得到一个结论——她曾经生活在伊拉贝卡,内心充满绝望。这张纸不为她指明方向,且很有可能恰好相反。这正是我跟着她的原因。我头脑里的那个人总是偏爱某种突发性及其所引发的其他突发性。

我很想紧追她几步,拦住她的去向,如果她要问我干什么,我会说——"反正你也无处可去。"

当然了,我没有那么做。

无人知晓

我是在盐山后那座废弃的庙里发现它的:与云雾缭绕的群山为邻的一间 15 平方米大小的木屋。那座小庙本来香火旺盛,但是随着盐山脚下的山路被填成柏油路,有修路工人莫名其妙地死了,其他工人也有的得了怪病,全身都是奇怪的疹子。有传言说是工程惊动了山神。

人们不再去盐山,长此以往,住持和一行僧人也就各自散去了。

我只用了几桶水泥,就将屋子的结构重新固定了(虽然看起来很破败,但其实它原来的墙体很牢固)。从张进干活的工地上我轻松搞来了一个小型搅拌机、电锯和一些模板,木材市场上有我需要的一切东西——我可以不花一分钱搞到。设计图纸是用一个晚上画好的,当然它的功能需求实在很简单——我只需要一张巨大的床。

在那之后的一个多月里,伊拉贝卡总是阴晴不定,动辄瓢泼大雨,我一直独自在高耸的碎石堆和沙丘之间炽热地穿梭。饿了我就去张进的工地蹭饭,顺便再偷来一些昂贵的彩色漆和尺寸恰当的砖块,这些宝贵的东西给了我新的灵感,我稍微改动了一下我的图纸:用一个巨大的挑空双面柜将那张巨大的床分割了——它拥有了两个独立的空间,我可以邀请谁来这里睡觉,任何人,一些需要一场真正睡眠的人。

在变卖了吉他和球衣之后,一些必要的家具总算是配备齐了。在巨大的窗户上我又特别加了一个里外推拉的百叶窗,这是一种新型的材料,用于大口吞吐室内的热气和潮气。我形容不出那个床有多大,它简直占据了那个空间的全部。一看到它,我就感到膨胀。也正是它在我视线水平线上跃起那一刻,我意识到一件事:黄茵不会是这里的女主人。

我没有忘记在窗户上加固两层铁丝网,用来抵御豚草和魔鬼网——要是那些蠢货稍微读点书,就不会被这些毒草吓破了胆——所谓的神仙报复不过就是简单的过敏罢了。(豚草:一种有毒的来自北美的植物,种子有刺能粘挂在石头上。)

当然了,这将是些无人知晓的秘密,是这世上唯一独属于我的东西。

一股股冷空气从敞开的窗户吹进来。一团新的黑云在远山蓄势待发,片刻就要冲来。

"是快要下雪吗?"我问。

"下雪?里奥尼亚从来不下雪。"王禹看了一眼窗外,像是自言自语地说,"至少对我来说。"

亚纳亚河自杀事件和一条大鱼

我只是接了一个用时很长的电话,发了一会儿呆,走进了一团雾,或者她摇摇晃晃的背影起到了某种迷幻作用……我以为那条路真的没有尽头,迷蒙的天空疲倦地等在那里,时刻准备着为路人转弯。

但她就那么消失了。只有远处的线缆在微微颤抖,就像刚刚被那只箱子碾轧过一样。

按照周全生给的地址,我把车开到了一条我不认识的小路上,四周已经完全黑了,我试着找到一些标识物,好为返程做准备,却看不到任何熟悉的事物,只有一些夜里才有的声音在黑乎乎的墙上回荡。我的脸转向窗外,试着凝听,但它们又全消失了。不大一会儿,这条小路就伸向了另一条小路里。远处似乎有灯塔扭转身躯向这边射来一束巨大的光圈。我恍恍惚惚地开着,车身一点点地冷却下来了。一辆以至少一百四十迈行进的摩托车头也不回地冲过去了。

我的脑袋里只有她。我把那张攻略夹在车挡板上,时不时地看一眼,琢磨着那些可笑的符号。我在做什么?当然那张纸并不全是无用的东西,右下边角有一行微弱的小字:里奥尼亚×××工业区化工厂。她有可能生活在里奥尼亚,是王禹生活的地方。一个对于伊拉贝卡人来说,如天堂一般的地方。

而周全生到底让我干什么呢?这个弄堂里怎么可能会有回收这些破烂玩具的工厂呢?广播里开始播报关于一个女人消失的新闻:"在亚纳亚河,有八只箱子沿着河岸持续自行滚动了一小时。据目击者环卫工人称,一名长发年轻女子曾拖着一只箱子在河边徘徊了半小时之久后消失了。疑似跳河自杀。目前已有数名警员携打捞队正在前去亚纳亚河。但是对另外七只箱子的来历,警方目前无法提供解释和有效线索……"

约莫凌晨三点了,我继续说。周围一片宁静,我和一辆热腾腾的货车(以及货车上的无数毛绒"尸体")等在一个不知名的弄堂里。路灯不知从何时开始异常明亮。我知道,如果我继续等下去,一定会有了不起的事情发生,比如,我车上的那堆玩具忽然复活了:那个没有脑袋的棕熊,已经变成灰黑色的哆啦A梦、被开膛破肚的忍者神龟、穿得五花八门的蜘蛛侠。但总有一些干干净净的，比如一只麋鹿。拖着箱子的女人其实也是它们中的一员……我可以和它们展开无数个奇妙的事件，比《博物馆奇妙夜》更精彩。王禹继续点头，没错。那么，然后呢？那些箱子都打哪儿来？最后又怎么样了？

然后呢？我开始了沉重的反思：那本是寻常的一天，我早上九点起床，即便是我早上九点起床，我也没有什么正事可以做。我一直期待着和黄茵一起做一些事情，哪怕她怀着别人的孩子邀请我去宇田荡秋千呢！我总觉得我能遇到更新奇的事情，比如另一个拖着箱子的女人走进了我的望远镜，接着爬上了我的货车，变成了那些玩具中的一员，这太美妙了。如果它们真的能发生就好了……

我摇摇头，干下最后一口啤酒：箱子的出现是必要的，而它们不应该得到解释。所以，故事必须结束了。很多故事都应该及时结束的，比如我今早看的那个话剧，每个人都知道小男孩是男主小时候，这是一个时空游戏，但这么设计完全没有必要，因为探索男主的精神问题、情感回忆对情节的进展毫无帮助……我一开始就知道了。

也不一定吧。王禹重重地向座椅后背靠过去。事情发生了，可不仅仅就是发生了。比如说，没有那个小男孩，那本日记怎么存在呢？那本日记没有了，这个故事就没有了。

我看得出，我们没有交流下去的必要了。因为我和他聊的，从来都不是小男孩是不是该存在的道理。但我仍旧希望今晚的啤酒能够继续，毕竟，还有别的什么值得期待吗？——

为此我终于卑鄙地提到了他的父亲。

"你的父亲……他……"我说,仅仅是个开头,我就被自己的情绪搞得要哭了,在这种情绪中我暗自酝酿着一些东西,在伊拉贝卡的酒桌上,男人们团结、哭泣、畅想,就如同此时此刻。

"我爸?怎么啦?"他大吃一惊似的,又笑了笑,让我觉得毛骨悚然。一个很可怕的预感产生了,但那是什么呢……

我闭上了眼睛。他立刻站起身拍了拍我的肩膀:"你困了,走吧,我们去个地方。"

他的车已经很旧了,但不管怎样它是一辆棱角分明的皮卡,我还是一眼就喜欢上了它。他清醒得就跟夜猫子一样,刚才难道是我一个人在喝酒吗?他打开引擎盖,检查汽油和水,踢了踢轮胎,调整了一下驾驶座,几乎将它扳到轮胎后……这真的是他的车吗?然而车却完全在他的掌控之中。

"我们去哪里?"我问。我疲惫不堪。

"一个你可以好好睡觉的地方,"他说。我看着他如西瓜一般溜圆的脑袋,那会是什么样的地方呢?我每看一眼,他的脸色就变化一下。

车子稳稳地钻进夜色里,时而冲破浓雾,时而将树枝丫举过头顶。一种深深的不安感笼罩着我。这源于黑暗带给我的某种宿命感。我打开窗户,夜风瘦骨嶙峋……一个果园、一排植物、一片麦田,好几块天空被它们分散在各地。现在难道不是冬天吗?一个软糯糯湿滑滑的球体紧贴着我的脸颊,让我喘不过气。它似乎带着强大的穿透力而来,刚刚它穿过了那些无眠的植物,穿过了在暗夜里默默呐喊的门窗,现在它感到困顿、饥饿、口渴,我是它在这种情感下穿过的门。我知道它感受到我开着我的门,我几乎一直敞开着,就像结霜的玻璃一直吸收着阳光……

王禹打开了广播,信号断断续续,一个女声腔调萎靡:

我爸死后我再没有去过水族馆,但是在梦里我总是与一群栖息在浅水海域的潮间带生物为伍,一条非常好看的大鱼喜欢绕着我游来游去,我却被关在一个亚克力材质的透明方盒里。它的触角几乎就触碰到我的鼻尖了。但它终究像以往那样,只是经过我。它的身体一下子扬起海绵般温柔的细沙,一下子又如远远近近的波涛一样,从黑暗的低处向粼粼的波光攀缘……

萎靡的腔调换成了男声,是王禹。"屋里总是很暗,不过也是因为窗帘不透光,但我不信通风的说法,空气太糟了。你知道吗?我只用了几桶水泥就将屋子的结构重新固定了。从人家的工地上我轻轻松松就搞来了一个小型搅拌机、电锯和一些模板,木材市场上有我需要的一切东西——我可以不花一分钱搞到。15平方米,就很大了。设计图纸是用一个晚上画好的,它不能用来干吗,只能用来睡觉。给你这样的,需要睡眠的人……"

那的确是一张很大很大的床,你可以无限地向一边滚去,或者换作另一边,一个粉色的帷帐将它围裹起来,飘飘荡荡。

豚草和魔鬼网安静地趴在窗格上。我紧紧缩成一团,一下子变成了一条大鱼。一些蜜蜂兰,带着香甜和闪光向我迎面扑来;还有旋花,它们疯狂地追逐着头顶上发亮的广袤阳光。这个时候,我清楚地听见火车在最后一个弯道上鸣笛的声音。巨大的雪花从旋花们的身体中钻了出来。

里奥尼亚下雪了。

树　伴

回　家

奶奶的心口上突然长出了一棵树。

最初发现这件事的是刚刚放假回家的我。刚开始它还是一个十几厘米的小树苗,但是短短几天就长成了一米多高的小树了。大概是小树长得太快,吸收了奶奶身体里的大多数养分,她每日气喘吁吁,精疲力竭。每走几步就要坐在路边歇好一会儿。后来,奶奶干脆不出门了——邻居们的嘲笑击垮了她。

我不敢再耽搁,赶紧招呼了我爸、二叔、三叔和小姑回家。全家召开紧急家庭会议,讨论如何处置我奶奶心口上的这棵树。这是故事的开场。

小姑一进屋就抱着奶奶大哭。二叔则抱着腿蹲在一边儿叹气。作为长子的我爸在连抽了三根烟后,提出了建议:"去医院吧。"

三叔立即反对:"见了医生咋说?医生要是问树是怎么种上的咱咋说?难道让医生找伐木队的去医院砍树?"

我爸没了主意:"那你说咋办?咱自己砍?失手把妈砍死了咋办?这树根都连着血脉了,就是工人来也不敢砍呀……谁敢担这责任?"

小姑抹了把眼泪,她愤愤地表态:"要我说,得先把凶手找出来。"

凶手?所有人异口同声。

"当然,"小姑说,"种树的凶手!而且,那句话咋说的?解铃还须系铃人。他为啥要种这树?"

一行人来到奶奶床前。小姑握着奶奶的手,她的目光尽可能地避开那棵盘在自己母亲胸口的、俨然已经有碗口粗的树桩。已经是秋末了,空气颓丧而模糊,太阳焦黄无力,这棵茶树却生机盎然。

显然小姑意识到麻烦比自己预料的还要严重。二叔则像发现了新大陆:"妈呀,这是那棵茶树!"

一朵巨大的乌云从窗口悄然撤离,被屋顶和飞鸟四下分割的阳光瞬时拧成一股,投射在屋里的主角——那棵树身上。

除了不明所以的我,在场的人额头上都沁出一层冷汗。

二叔说的茶树,是爷爷坟上的那棵。它距离爷爷的坟头大概有八米,树种是我二叔从山里挖出来的,而树,据说是我爸种的。爷爷的坟落在村委会南头的洼地里,那里本是不让入坟的,说是村委会留着盖娱乐室的。但是奶奶跑去闹,说是从爷爷的爷爷开始,那块洼地就是家里的宅基地,后来被村主任的侄子以搞绿化为名强征了，却一直闲置着。

奶奶不依不饶："我老头给我托梦了，他就要睡在那里。不然他死不瞑目！"奶奶还吩咐二叔去山里挖了茶树种来，要种在洼地里。奇怪的是村主任居然答应了，没人知道为什么。据大仙张姑姑说，是爷爷的鬼魂去村主任侄子家闹事了。

剩下的故事是小姑讲给我的："你奶奶当时就拍着胸脯说，那洼地里养不活啥树，唯独我家这茶树能活。说来也怪，你爷爷下葬之后，那棵茶树苗就像打了鸡血，一场冰雹没打死，反而就像半大小子一样疯长起来。而后来你爸再栽的其他树，折的折，淹的淹，一棵没活。那棵树也没人管过，但人家就好好的，自己死了又活了……"

这一刻我好像突然去了很远的地方旅行，并且一下子老去了。

那棵树……我的爷爷。他沉默地攀缘着，山峦是他的枕头，月光是他的航灯，川流不息的星星和人群是他的风景。一年冬去春又来，冰雪消散后，他就坚定地醒了过来。

我的眼泪要掉下来了……

我回头看看奶奶身上的树，它也看着我。

我提出了方向："这树也不一定是谁种的，是奶奶自己心里长出来的也说不定呀。"

小姑虚弱地说："那怎么可能？"

二叔站了起来，又坐回去，他用意味深长的眼神迅速扫了一遍在场的人："没啥不可能，那得看是为了什么。这树本来好端端地在爸的坟上站着，咋就突然消失了？消失了之后，今儿个为啥又突然出现了？为啥没长在别人身上，偏是咱妈？"

再没人说话。我知道每个人心里都有自己的答案了。

饭桌上，没人有胃口吃饭。小姑草草收拾了碗筷。饭桌自然又变成了会议桌。

我躲在奶奶身边。

床的温暖包围了我身上的每一个细胞。我嘶哑地小声喊了一声，奶奶。她没有睁开混沌的眼睛，只是用手缓缓盖住了我的手掌，很奇怪，那双手那么细腻光滑……

她似乎正在缓慢地完成一种生死交替。

吵　架

光线渐渐地在窗口退尽了。父亲面前的烟灰缸堆成了一座小山，仍旧没有人开口说话。小姑站起身将屋里的大灯打开。茶树茂密的阴影赫然投射在墙面上，伴随着起伏的晚风，树的阴影在父亲的脸上摇摆不定。

许是这影子激怒了父亲。他终于开口了。

"老二，你先来解释解释吧。爸坟头上的树去哪儿了？"

就像一勺油泼进了早就等候已久的热锅，整间屋子瞬间炸了。

二叔自然是头一个："大哥，你这是什么意思？你的意思，是我把树偷着拿去卖了？"

小姑说："二哥，你别怪大哥，你说那事……除了你，还能有谁?大哥和三哥出去包工那段时间,家里就是你和我。我住在我婆家,一年也不回来一次。那爸坟上的树说没就没了,连个影儿都没看见。你说,不是你卖了,还能有谁?……其实卖了就卖了,你一人照顾妈你最辛苦,但是你该对我们实话实说。"

二叔瞬间把桌子拍得震天响:"你还知道你一年不回来一次?爸在世的时候最疼谁?啊?小时候家里有啥吃的喝的,妈都把我这份扣了给你藏着。你偷了家里的钱,妈非说是我偷的,让爸把我好揍了一顿,我一个月都不敢坐板凳!看见板凳都害怕!可你倒好,嫁出去的闺女泼出去的水!嫁了个有钱的主儿,妈为了给你撑面子,把给我结婚用的买房钱给你陪了嫁妆。陪了也就陪了,当哥的我说啥了?你呢?你念过爸妈的好吗?爸死的时候你那有钱的婆家出过一分钱没有?在爸的坟上,那宝贝疙瘩姑爷掉过眼泪没有?良心让狗吃了?!"

小姑几乎要晕倒了:"……二哥,我过去是对不起你。但我今儿不和你说这个。我犯不着和你解释。咱先说这树……"

二叔冷笑:"你不用解释,我也不听。事实摆着呢,咱们家谁心是黑的,谁心是白的,咱妈比谁都清楚。这树嘛,我也犯不着和你解释。身正不怕影子歪。"

小姑哽咽着不再说话。

三叔终于说话了:"二哥,你别得理不饶人了啊。你这不是指桑骂槐吗?爸死了,我也没出钱。可我也得拿得出来……谁家都有谁家的难处。你当哥的,你富裕点儿,帮衬我们一下,我念你的好。但也……也不能当着妈的面,说咱们心黑吧……咋就黑心了?"

我爸突然站起身,树影和他的身影浑然一体:"你们这都咋说话呢?咱还是一家人吗?什么黑心白心的?你们都疯了?都是狗啦?"

二叔却不依不饶:"大哥,要我说,这树难道不是你拿的?"

我爸一怔,他的胡子重重地从嘴边垂了下去,从黑灰色变成白灰色。

二叔不看我爸的脸:"孙芳那件事,我知道。"

我能看见我爸身体里的某个东西坍塌了下去。

三叔怔怔地盯着我爸的脸:"大哥,不是我说的。我……我拿妈发誓,我一个字儿都没说……"

我爸终于瘫在椅子上,我能感到他急切地寻求和我的目光交流。但是我没有。孙芳?隔壁村那个寡妇?这个荒谬的名字是这个荒谬夜晚的一剂强心针。

我爸的声音很悲哀:"那边的窟窿我早就补上了。用的是给斌子(我)结婚留的钱。你们不用质疑这个……"

二叔又说:"你哪里来的钱?你别以为我不知道你的事!你那些工地,整天出事,赚的钱还不如赔进去的多。嫂子多好的人啊,你说离就离了……"

小姑气得浑身发抖:"二哥!你咋逮谁咬谁?!那是大哥!轮得着你说吗?"

三叔大声说:"二哥!大哥他……"

我爸喊了一声:"都闭嘴!都别说了!说这树!"

那棵茶树似乎感受到了召唤，掉转脑袋，盯着即将发言的二叔。

二叔不知什么时候变出一台计算器："好，大哥。咱先不管爸坟上的树是谁偷的，咱先讨论讨论。他偷这树是为啥？一般茶树不值钱，几百块钱一棵。所以呢，咱的茶树不一般！你们听说过龙井御茶园十八棵吧？一斤多少钱知道吗？"

三叔："1500元？"

二叔："哼哼！没见识。我告诉你，5万！这还是十八棵之外的龙井。而这十八棵树，一棵树采400个芽头，一共采7200个芽头，一年大概能产二两。你们自己算算多少钱了？咱这棵树，我早就研究过，虽比不上那十八棵，但是绝对是一个品种的，品头差不太多。一年能产五两！多少钱这里有计算器，你们自己划拉划拉，心里也有数……言归正传，我问你们，树啥时候不在的？"

三叔插嘴："我咋记得是我们出门打工之后没多久，不到一年？"

二叔一拍大腿："没错！你算是机灵！说到点子上了。"他转过头看着我小姑："你给他们说还是我说？"

小姑的脸红一阵白一阵："今天既然二哥要把家底儿翻出来晒晒，那咱就把这些阴霉事儿都抖搂抖搂。我不怕……"

我成亲前和吴大默处过一阵子，后来我发现他在城里拉货，干的事不干不净。我就不想和他处了，但他不干，还四处造谣说我不是黄花闺女……后来，他找二哥说，要是能把咱家这棵树上采的芽都给他，他就放过我让我嫁人了。那个时候我和二哥才知道那树是好东西，值钱，我俩……我俩就做主把那年采的茶给他了。谁知道，那树没多久后就不翼而飞了。

说罢她看一眼二叔："二哥，所以不是我怀疑你，你说这树值钱这事儿，也就你我知道，吴大默知道。吴大默拿了茶卖了钱就娶了媳妇搬去城里了，生意干得像模像样。他还能千里迢迢回来扛走一棵树？……"

二叔站起身，抖抖衣角上的烟灰，眼睛斜睨着我爸："自然是有人的。大哥，那我就说啦？"

我爸铁青着脸不说话。刚刚还悬在我爸头顶的树梢影也晃晃脑袋，歪过脑袋斜睨着我二叔。

二叔接着说："那年过年，大哥三弟都说不回家过年，小妹也没回来，家里就我和咱妈。初一早上我给爸上坟，那棵树还好好地长在那儿。初二早上，就没影了。我想着，还能有谁啊，这事儿肯定是大斌（村主任侄子）干的呀。谁知道大斌反来嘲笑挖苦我说是家里人监守自盗。我一时没反应过来。我磨了半天，那大斌才告诉我他大年初一半夜喝完酒回来，看见咱大哥和孙芳鬼鬼祟祟从爸的坟上离开。大哥，大过年的回家了为啥不告诉咱们？不光不告诉咱们，还深更半夜跟个寡妇在一起，你要是没有事儿，你说谁信？我看不仅有事儿，还是见不得光的事儿。"

"等我回过神来觉得不对劲儿，我才偷偷找人去打听茶树贩子，最近谁收了一棵龙井。从大鸢那儿我找到了那茶树贩子，说是茶树已经倒手到葛庄去了……你们猜，那二道贩子说，卖树的人是谁?"

奶奶身上那棵茶树屏住了呼吸。

答案显而易见。

光线里渗进了一种模糊的红色,悠悠荡荡地为故事转场。

我静静地看着我爸,我爸也看着我,又好像没在看着我,那棵茶树静静地看着我爸。

我爸点点头:"老二说的是实情。"

夜　谈

天很快黑透了,小姑自告奋勇给每个屋挂蚊帐——除了南屋。

自从爷爷去世,奶奶就搬到了东边的屋里。他们原来住的南边的屋子被用来堆放爷爷生前的东西。无非就是在部队用的军棉被,下乡那几年用家乡米酒换的一些五颜六色的手工毯、毡帽、铁皮架、医药箱、铁蒸锅和大牛皮箱子什么的,竟也塞满了一整个屋。但爷爷的遗像和之前的木板床被奶奶搬到了东边的屋里。

她似乎知道没人愿意再踏进南屋了……

就像现在没人愿意在那张木板床上过夜一样。

二叔、三叔和小姑各回各屋。

小姑搓着手问我爸:"大哥,要不我和斌子挤挤?你开了一天的车。"

我爸摆摆手:"……我们就在妈这屋。"

很快，就像刚才的喧闹从不曾有过一样，家里陷入了故事里才有的寂静，也像是参与其中的人奋力完成的一部分。

那棵稳稳地盘在我奶奶身上的茶树，似乎心甘情愿地服从这暗夜，奶奶睡得很沉，她的呼吸引领着它的呼吸。

我想象着它的梦。

我和衣躺下。我爸在屋外抽最后一根烟，他来回踱着结巴的步子，重重地喘息，显然激动的回忆淹没了他。

不知道为什么我竟有些得意：为我爸受到的惩罚。除了我，没人知道爸妈为什么离婚。谁会理解呢？如果你被肚子里的鸡腿融化了，你会责怪谁呢？

半夜，我被一阵并不弱小的说话声和抽泣声吵醒。

听上去是小姑。我没有着急睁眼。我爸的鼾声就在脚边。

我是什么时候睡着的？我爸又是什么时候？

他的胳膊重重地压在我的左胳膊上，我上半身已经麻了……

微微地睁开眼，我确定了在奶奶床前的人正是小姑。我听不清她在说什么。在确定我爸的呼噜声很好地保护了我后，我才大胆地睁开眼。小姑忧伤地坐在黑暗中。

"我早就知道了，我早就知道了……"仿佛她重复的是这句话。

小姑的故事是这样的：

大概十五年前，她发现爷爷奶奶的屋门被上锁之后，她爬下椅子，本打算用赤脚丫子踢门。但是里面传出来的对白让她惊呆了。

"芽芽（小姑的乳名）的事到底是谁也不告诉？"奶奶的

声音。

"谁也不告诉。"爷爷坚定的声音。

"那咱算是对不起这孩子不?"奶奶哭了。

没人再说话。

第二天,小姑带着这巨大的秘密发烧了,她用高烧对抗着这件她扛不起的事:她是捡来的?她的亲爹妈不要她?所以爷爷奶奶怎么对她格外得好?

所以她坦然接受着所有,她故意偷了奶奶辛苦攒下来的家用钱,嫁祸给二哥;奶奶要她嫁人,她二话不说就答应了,那几万块钱的嫁妆是她的主意。她不愿意回娘家,是因为自己还没有走出那场高烧……

啜泣声渐渐变成了呜咽,小姑终于平静下来,气力耗尽。

她抒展了奶奶身上皱巴巴的毯子,轻拂着那棵树的树干。

"爸……"她说。

等我意识到小姑已经走了。我才艰难地转身,抽出已经麻到失去知觉的胳膊。木板床在黑暗中发出巨大的咯吱声。月光和树梢同时苏醒,萦绕着彼此打转。

另一个人出现了。

他先是坐在椅子上,似乎在确认我和我爸是否睡实了。

他轻手轻脚地从椅子上起身,将一些无聊杂物的秩序一一复原。在一切能做的都做完之后,脚步声终于在奶奶床边停住了。

是三叔。

他把一个不知道从哪里弄来的枕头放在奶奶的枕边,然后躺下，动作笨拙。

奶奶和树，则保持着几乎不真实的安宁。

突然间我爸哆嗦了一下，大概是噩梦的惊悸……

"妈，我想了好久，我得告诉你……"

三叔的故事是这样的：

三叔第二次参加高考那年，正是爷爷生病那年。是他陪着爷爷去县医院做的检查。回来路上爷爷把就诊单撕个粉碎，警告他不许告诉奶奶，不光是奶奶，谁也不准告诉。

"我爸当时说，那些钱是留着给我上大学用的。不能砸在那些没用的治疗上。"

三叔的声音沉溺下去。

"我记得可清楚了，回来的时候下雨了，我和爸走在那条小路上。一会儿我们半个身子都被泥浆糊住了。我们两个人缓慢地走着，从天亮走到天黑。我爸越走越慢，小心地平衡着身子，头低得快要碰到脚下的岩石块。那条路好像永远也走不完。我时而紧走几步时而拖慢脚步，和他保持着一段距离……"

"我紧紧地盯着爸，老有一种感觉：他随时可能死掉，就死在这条路上。他可能一步不小心，摔倒在地上，扭断脖子。或者他那我并不知道是咋回事的病突然发作了……我有点希望他就那么死了，我们家就不会有一个生病的人，我上大学的钱也能保住了，灾祸永远也不会开始……就是这么想的吧，爸的病我就真的瞒着你了，瞒着大哥、二哥，瞒着芽芽……"

三叔疲倦了，他的讲述开始完全变成了一种忏悔、一些琐碎想法的堆积。我被这些催眠了……我开始不确定哪些是真实发生的,哪些是由这些琐屑构筑的幻想。

或者那些,根本就是我自己的幻想,属于我自己的琐屑。

那些钱最终被用在谁的身上了我不得而知,我只知道三叔的心被他自己打了死结,他究竟多少次在梦里回到那条小路上,盯着爷爷的背影,重新审问自己?

炮声时远时近,电光石火的黑夜终于彻底陷入静谧。月的阴影在我爸身上摇摆不定。

另一个女人的声音:"咱得动作快点儿吧?"

一个人刨土掘根,一个人动作麻利将散落在地上的茶树枝收拢在一起装进麻袋。手电筒的光束紧张地徘徊,一下射进月亮里,一下埋在山中间。

半小时后,茶树弯腰呻吟。

又来了几个年轻人,手脚麻利地抬走了茶树。坟头上又恢复了平静。

我爸说:"你先走吧。"

孙芳:"行,明天老地方见。"

孙芳猜得没错,我爸需要在坟头独自待一会儿,用他那衰退的视力数百遍地检查,确保这片坟地不会留有他"作案"的任何痕迹。他脸色苍白地磕了三个头——在那之后他发现自己并不知道坟头在哪儿。

黑暗彻底吞没了村庄,一个孤独的被判死刑的灵魂游荡进了奶奶家。

透过烛光微弱的黄色,我爸在门缝外窥视着奶奶的一举一动——祭台上摆着爷爷喜欢吃的羊肉、桃酥饼、牛油馓子和橘子。三炷香的时间里,屋子沐浴在奶奶温暖的召唤里。

我爸知道爷爷会回来,所以他不得不跪在门外的砖地上赎罪。在那漫长的三十分钟里,他不断地想着一件事:全速飞跑地离开那里,或者冲进门里,对奶奶坦白一切。

月亮愚蠢地向他游来,将他愚蠢的模样照得透亮。刺骨的冷风从脚尖吱吱作响地钻进他的膝盖骨和腰椎,接着游到更深处。

终于结束了,奶奶熄掉蜡烛,整理台面。

我爸支撑起自己僵硬的身体,走进屋里。

他很快在柜子里翻出了那些吃的——当然他不能吃饭吃菜,那样奶奶会很容易察觉,更不能吃那些扎眼的羊肉。

牛油馓子和桃酥呛得他直咳嗽,他捂着嘴巴恐惧地逃进了南屋。

那里居然十分地温暖,他惊讶地发现,奶奶一直烧着南屋的火墙。

他在南屋里游荡——窗帘是崭新的,刚刚挂上的,原来爷爷的茶桌并没有像他以为的那样被废物填满,而是被整齐地摆放着一套茶具——爷爷最喜欢的那套花瓷。它们丝毫没有被灰尘沾染。爷爷喜欢的那个牛角号被挂在了原来放爷爷遗像的那面墙上,看起来很合适。象棋棋盘下面摆着围棋棋盘,下面是爷爷的毛笔字,有一个小圆凳那么高的一整摞,因为有太阳和火墙的温暖,闻起来有细菌的新鲜香气。

它们也被小心翼翼地打理过了……一些被宠坏的秘密。

固执的旧物在暗夜里闪光。

我爸不知道,奶奶没再提起过爷爷,不是他们以为的淡忘或者习惯。在一个几乎被所有人遗忘——不,抛弃掉的房间里,她选择用自己的方式,专注而热烈地守护着她的生活。她的守护有多煎熬,她过去的日子就有多鲜亮。

我爸的眼泪掉了下来……

他又跪了下来,这次他没再站起来,直到黎明破晓前他坦白了所有:

头两年在 G 城,日子和生意还算顺畅,他和三叔攒了些钱,三叔主张拿这钱回家,带奶奶去北京查病(奶奶总说胸口疼),剩下的钱可以开个门市部。但我爸却想赌一把,瞒着三叔把所有钱都投给了一个茶商。偏偏那一年,向来风调雨顺的 G 城却遭遇了一场史无前例的大海啸,那场海啸几乎毁了 G 城……不出一天,茶商带着所有的货和钱消失了。

我爸没有对三叔声张,无论怎样,与其彻头彻尾地绝望,不如找机会挽救——用愚蠢的方法挽救一个愚蠢的错误是我爸的特长:为了不让我妈去莫斯科参加培训,他偷偷毁掉了我妈的护照。

于是,他悄悄潜回村的那个绝望的下午,碰巧遇到了做茶树生意的张芳。

于是,就有了坟地那一幕。

从那天开始,他没再说过一句实话。他退进了自己的沙漠之中。谎言压驼了他的背,他强悍的身躯开始谦卑地向前屈着。他扁平的头盖骨、粗糙的脸和嘴唇……

他必须用一种方式惩处自己——他任由自己的胡子疯长着，却把头发剃光了。

他的生命在迅速凋谢。

挖树的那天晚上，在那片空荡荡的坟地上，他双眼如炬，有如光芒闪烁一般寻找着那个人……那个唯一有可能给他答案的人啊，那个如今唯一他能对之坦白一切的人。

他跪在地上对着苍白的、覆盖着一簇一簇灰色地衣的土坑，与那个人告别——他们其实从来不曾亲近过，在他眼里，他的父亲臃肿笨拙，总是随便跟家里人发脾气，家务活全推给母亲，也不出去挣什么钱，甚至他的去世也没有给他留下太深的印象——他不记得他的坟，如果不是那棵他打算拿去换钱的茶树，他甚至不记得他安葬在这里。

他只记得他病了，死了之后，尸身还不得安宁，被迫在这贫瘠的荒山野岭之中独自彷徨。

别人的故事

父亲的故事似乎是我的一个梦。是吗？……

窗户被明亮的晨曦照耀，我被这流溢的温暖叫醒了。

四下里空无一人：小姑不见了，三叔不见了，我爸不见了。

我忽然觉得今天会是一个大热天。

原本应该吵闹的厅堂却没什么动静，只是依稀有陌生人在讲话。我蹑手蹑脚来到门缝边，几乎要跳起来！

是秦奶奶！奶奶的死对头！

她来做什么呢？

秦奶奶是个出名的人物——从我懂事起，她就是我妈和三婶嗑瓜子时的作料——秦奶奶年轻的时候，一个村的男人都喜欢她，她却偏偏和我奶奶争我爷爷。爷爷当年当兵，秦奶奶一路追着卡车到村口，全村人都看在眼里。谁都以为秦奶奶会一直等爷爷转业回乡，谁知道爷爷走了没多久，秦奶奶忽然就嫁走了，说是嫁得很好。而且再也没有回过村。

头一次见秦奶奶，是我小姑结婚的日子。秦奶奶带着两大箱彩礼光彩照人地出现了，笑声不断地从簇拥着她的人群里爆发出来，有小孩子蹲在地上去摸她锃光瓦亮的皮鞋。

如今她来做什么呢？

我以为我的在场令他们尴尬，但直到我坐在他们中间，才发现每个人都沉浸在自己的笑意里。

笑声从他们的眼角溢出。

秦奶奶的故事是这样的：

五十年前的某个夏天，我的奶奶被我太姥爷许给了城镇里的一个大夫。我奶奶不干，掀翻了家里的饭桌，太姥爷就把奶奶关了一个月的禁闭。

因为这场禁闭，奶奶没有赶得上送爷爷……

不知道过了多久，奶奶终于对太姥爷举了白旗，答应出嫁。太姥爷喜出望外，尽他所能置办了体面的嫁妆，将奶奶风光大嫁。

秦奶奶笑着抿了口茶：谁能有我了解她？她怎么可能就

听话地嫁人？不出三天，那何大夫就气哼哼地找上门来，说你妈消失了。"

是的，奶奶就那样消失了。太姥爷大病一场，说要和奶奶断绝父女关系，不许奶奶再回家门……一个月过去了，三个月过去了，半年过去了，太姥爷才回过神去县公安局报失踪。但奶奶真的就那么人间蒸发了……

一晃三年，到了爷爷他们返乡的时日。

村里已经修了大路。当那辆汽车开到宽敞的岔路口，在几株开着花的大桃树下，村里的姑娘们在那里推推搡搡，各自在心里酝酿着娇艳的情话。每每一辆汽车从黄昏尽处模糊地逼近，姑娘们就屏住呼吸。汽车偶尔停下，带走她们中的一个人。

直到有一天，载着我爷爷的那辆车来了，朝着最后一个下坡冲下去。

没人知道他要去哪里。

直到晚上，爷爷将一个长毛怪人带进了家里……

正是我那消失了三年的奶奶。

秦奶奶已经泣不成声："我是无意中发现她的。你们的妈……我答应她了，谁也没告诉……不知道她是咋做到的——在那最高的茶树上头搭了个窝，白天她就坐在那窝里，望着太阳落山的地方，说你们的爸会从那里出现。晚上，她就睡在那边野鬼都不愿落脚的土屋里，烤着土豆充饥。我好说歹说，让她跟我回家她就是不听……"

另一个浑圆的太阳从那开阔的地带边缘向我们急转冲刺

而来,与我们窗外那个浑然融合在一起。时间先是停止了,接着开始高速运转,在屋顶上方盘出一个巨大的蓝色旋涡。一阵大风从旋涡的中心席卷而来,模糊了太阳的眼睛,卷走了在场的二叔、三叔和小姑,只留下身上盘着那棵茶树的我奶奶。

  周围的很多东西变了样。刚刚被他们环绕着的桌椅焕然一新,三个小男孩推开吱吱扭扭的房门一拥而入,奔向桌上正在冒着新鲜热气的茶果。小姑娘被绊倒在门槛上,又看果子被男孩子们一抢而空,便哭号起来。

  一阵轻微的战栗之后,那棵茶树轻轻地张开双臂,如同玩具一样划过干涸的空气来到女孩身边,将她轻轻扶起,揽入怀中。

  女孩在这双臂的呵护之下,破涕为笑。她挣扎着从那双臂中挣脱开来,去追随已经长成大高个儿的小哥哥们。自己落地时也倏地变成了大姑娘。

  一个夜里:二叔摸着红通通的屁股在被窝里抽泣,小姑不知所措地站在床边低头不语。门外,一丛落寞的树影伸向天际。

  另一个夜里,三叔在庭院角落里支撑着一根竹竿站着,他刚刚被劫走了新球鞋,袜子也被泥块和石子划得破烂不堪。竹竿被当成枕头,少年纯洁的呼吸淹没在知了声中。夜色取代了夕阳温柔地罩在他的头顶。树影深陷在月光里,等到少年的呼吸开始均匀,它耗尽气力抖动着自己。少年的身体上铺盖着一层厚厚的叶衣。这皱巴巴的"毯子"包裹着他的每一寸身体。

树　伴

天空由蓝转白，渐渐在平滑的地平线上隐退。一圈明亮的夜火外围，是我们一家人和秦奶奶。

我问我爸："既然这是爷爷奶奶的新坟，那这和过去爷爷那个老坟有啥区别，怎么不像其他家的坟那样竖个碑呢？"

我爸张了张嘴，最终什么也没说。

空气忽地颤动了一下，不知是不是被几天前的雨水唤醒，盘旋在洼地里的茶树似乎又高了几分。

小姑朝我走来，她脸色明亮，柔和地问我："斌子，你会种树吗？"

车　祸

　　睁开眼睛的同时，剧烈的疼痛袭遍了全身，鼻腔里的血结成了血痂，完全堵截了空气。我只能张着嘴巴，每一次呼吸都反复压迫着我的右侧胸腔。

　　我意识到自己身体的某些部位破碎了，瘫在一片荒凉之中。四肢毫无知觉，它们还在吗？混浊的夜空盖在我的脸上。

　　我知道自己快死了。我竟然没有恐惧，也没有愤怒。但是为什么呢？车祸是怎么发生的？记忆短暂地缺失了。

　　窸窸窣窣的声音出现在我头顶上方不远处，大概二十米的样子。急促的步子伴随着碎石子在杂草丛里翻滚。一阵剧痛袭来，死亡的念头再一次从我脑海里闪过。车的后备厢打开，又重重地合上了。听上去像是我的车。

　　两个惊恐的成年人的声音，一男一女。

　　"这里什么也没有。"男的声音，颤颤巍巍的，有点模糊。

　　"他是不是死了？"女的声音，同样充满恐惧，却显得理智得多,"我都说那样很危险了。"

"你现在倒会说了,刚才我看你不是挺爽的?"男人的埋怨中带着讽刺。

愤怒霎时形成一团火,灼烧着我的胃和口腔,我的嗓子更疼了。就因为这对狗男女恣意妄为地胡来,我就得为此付出沉重的代价?

他们的脚步声渐行渐近,最终停在我的额头前。同时,一束光打在我的脸上。

不知道是因为那束光还是两人谈话的内容,记忆一点一点复苏了。

今天是我的幸运日,假期还有一天才结束,我刚刚送完了最后一单货,比预计的时间整整早了一天。这就意味着,我可以顺路去100公里以外的新桥村——我的老家待上一天,村里只剩父亲的坟头没有修了,村主任已经催过我很多次。事情进行得顺利的话,我还有时间去隔壁镇子一趟。一年没见儿子了,最好他还没改姓。

天黑得很早,大概是阴天的缘故,还不到晚上七点,太阳就已经完全被乌云吞噬干净了。

应该不会下雨吧?我记得很清楚,中午在那家餐馆吃面时,旁边的一对小情侣在谈论明天的暴雨预警被取消了,气象台刚刚更新了天气预报。但我必须尽早开出这条小路。根据以往的经验来看,这条路车少,连信号灯都没有,是赶路的绝佳选择,可要真遇上大雨,那情况就不同了:一侧车道泥沙混杂,陡峭的坡下是跟杂草纠结在一起的乱石,连基本的防护栏也没有,另一侧则是犬牙交错的山壁。哪怕再提高警惕,也不能避免事故的发生。

至少得在午夜前赶到家,我提醒自己。

这个想法只是刚刚冒芽,我就看见了两束隐约可见的光出现在前方山壁拐角的四分之一处。是远光,亮得出奇。我骂了一句脏话,本能地踩了刹车,减弱了自己的灯光,尽力专注在自己这一侧。

但是我没有换来同等的对待——车头掉转,那辆车身披巨大、炫目的光圈向我疾驰而来。

我又骂了一句,愤怒地长鸣喇叭,连续变换着远近光。但这对这辆全程高速的白色跑车来说没有起到一丝一毫的作用。它甚至一下子蹿到了马路中央。我摇下车窗对着它大喊,试图引起它的一点注意——我的行为是理所应当的。

太迟了。虽然我尽量不去注意那些光,向右边猛打方向盘,但一切已经来不及了——我的前灯和挡板遭到了重创,整个车身被掀起,在空中一阵翻滚,划出几道笨重的弧线。相撞的一瞬间我被甩了出去,重重地抛在另一侧的山脚上,随后,翻滚在碎石和泥土里。

这之后的事情我就不知道了,我想我的车应该无可挽回地蜷缩成了一堆废铁,或者和我一样:身体内部已经破碎,外部看起来尚且完好。周围的世界按下了暂停键。我紧闭双眼,屏住呼吸听他们讲话。除了这样我还能做什么?我不可能有力气叫喊。

女的似乎蹲了下来,用手指在试探我的呼吸,我的脸上掠过一丝暖意。

"他死了。"女的声音变得哆嗦起来了,"该怎么办?"

男的脚步声向我靠近了一些,他的视线应该在我身上停留了半分钟之久,但他没有像女的那样来确认我的死亡。随后他的脚步声离开了我,错乱无章地踩踏着不远处的杂草丛。

"你要干什么?"女的也跟上他。

"找他的东西!还能干什么?我得知道他是干吗的,叫啥名字。"

又是一阵翻东西的声音。他们会很快知道我的名字,以及我的职业。我的驾驶证就放在遮阳板上,车厢里全是废纸屑、麻绳和没来得及拉回印刷厂的成捆的过期杂志。

"不会是杂志社的吧?……这是《V》。我怎么能这么倒霉。"女的声音带着哭腔。显然她对这一行有点敏感。

"应该是做发行的人,但不会是正式员工。现在《V》的人都不自己发行了,都是和发行公司合作。他应该不会和那些记者很熟。"男的安慰她,但他的声音没有底气。

他说对了一半,杂志社的发行部早在两年前就取缔了。我只是一个和快递公司签了临时合同的搬运工。但是我恰巧和一个记者很熟——我的外甥女琳琳,就是她给我介绍的这份差事。因为工资尚且稳定,时间也自由,这算是我离婚之后干得最久的一份工作了。

躺在这样一片乱草堆中,我能清晰捕捉到周遭任何一点动静:远处工厂机器运转的轰鸣声,风儿敲打着路边零落的广告牌。蚊虫在我的伤口上爬行,大地在耳边轰鸣,天空垂在我的肚皮上。

不知为什么我想起了尤丽丽，我的前妻。我混沌的头脑被慢慢聚拢的各种阴影占据了，她的样子格外清晰：苍白的脚踝，被阳光融化的左脸颊，在被凶猛的黑夜所占据的河床边上，她孤独寒凉的背影，被毫无特征、变化无常的时间吞噬掉的笑脸。

我忽然非常想她，一股激动的情绪撕裂了体内那些藏得很深的伤口。它们开始逐渐复苏，有一处异常严重。我再一次感受了它。

一阵沉默。

我知道那两对目光此刻全部集中在我身上。就在几分钟前，我还在大喊大叫，我的车灯那么猛烈地晃动，就是为了引起他们的一点点注意。现在我快要死了，他们终于发现我了。不出所料的话，接下来的几小时甚至好多年里，他们也得围着我打转。

一个重要的念头及时出现了：眼前的这两个人，他们会把我怎么样呢？目前，他们已经认定我是一具尸体了，但是我还活着啊。或者说，死神只是敲了敲我的脑壳。

两年前，在梅溪镇拉货的时候我认识了一个红头发、体态臃肿的40来岁的单身女人。认识的当天晚上我们就在一起了。女人似乎真的喜欢我，她常常带着酒来宿舍找我，把我的狗窝整理整齐。给我做小炒肉，赤身裸体地在屋里四处走动。和她的殷勤相比，我显得太漫不经心了。最终在她支支吾吾提出要和我结婚时，我下定决心结束关系。我退了房子，辞了工。作为对她的补偿,我从她那儿买了份保险,花光了当时所有的积蓄——她是一个保险代理人,受益人是我的儿子。我不记得那些复杂的险种,只清楚记得她最后那伤心欲绝的声音:"如果是意外死亡,你儿子能拿到五百万。"

此刻,狂乱的喜悦充斥着我。对啊!我干吗不去死呢?!没有人知道五百万意味着什么——它意味着我余生再怎么努力也未必能换来的儿子对我的思念和好感,甚至,如果有可能的话,还有尤丽丽的。

如果我死了,再加上这笔钱,我的儿子很有可能对抗他的后爸,坚持不改姓。我记得很清楚,上次一起吃炸鸡的时候,他谈起那个人不允许他在家里画画,只为了避免他的水彩弄到桌子和墙壁上。他多么痛恨那个人啊。有了这笔钱,儿子应该可以主导自己的人生,做自己想成为的那种人了吧?并且这将不可避免地存在我的功劳。

一股新鲜的血液涌到我的大脑,兴奋感令我一阵眩晕。大脑飞速盘算起来:我不知道眼下这两个人如果发现我没死会怎么处理我?立即把我送去医院?有这个可能。车祸的幸存者还有一口气,任谁都会救的吧?

依我的判断,我身体的某些部分永久地破碎了,虽还不至于要我的命,但我将一辈子瘫在床上,成为别人痛恨一辈子的拖累。当然了,那份保险会让我领到一部分赔偿金。但是它能用来做什么?一个护工半年多的工资?在那之后呢?

不!我绝对不能让这样的事发生。我必须死。

但假如我一直装死,接下来会怎么样?他们总归要处理我的。报警?或者干脆埋尸?都有可能。显然这两种都不行——我的尸体如果一直都不被人发现怎么办?我不能冒这种风险。

他们是什么关系来着?夫妻?情人?合作伙伴?他们行驶的方向——新桥村的反方向是专门为富人盖的高级度假村,假期的傍晚他们开着高级跑车从小路赶去那里,总不可能是为了工作吧?他们刚刚在车上做什么来着?那么激情,忘乎所以。他们的声音听上去绝不是20岁出头的年轻人,尤其是女的,年纪至少在40岁以上,这个年纪不婚的女人总归是少数,而已婚妇女是不会跟自己的丈夫在车里玩这种游戏的。

从刚才他们谈话的内容来看,两个人既熟悉媒体,又惧怕媒体。只有一种人才会如此:名人。

我的主意逐渐清晰起来了。

睁开眼的同时我试着抬起身,但是做不到——右胸腔那股疼痛的力量加剧了,一股鲜血涌到了喉咙,呛得我咳嗽起来。我看清那两个人的样貌了,他们就站在我的脚边,衣着光鲜考究,似乎一点也没有受伤,他们的豪车看起来也是。我的猜测不错,女的已近中年,体态丰腴,气质很好。男的穿得很好,比女人小很多,稚嫩的脸上全是疲倦和惊慌。

我发出的声音显然吓了那两个人一跳。女人沉闷地叫了一声。

"没死?"男的走到我身边,手电筒在我脸上晃动。我眨了眨眼睛,想避开这没有教养的灯光,但是我没有力气。

"快死了。"我说,不知道是不是喉咙被鲜血浸泡了太久,我的声音就像刀片划过玻璃那般尖利，令人难堪。我被这声音吓了一跳。

紧接着女的也凑过来，两条巨大的人影铺在这条安静的小路上，在手电筒灯光的摇曳下，像两堵危墙。

"他伤得很重吧？应该活不了了。"女的再次蹲下来，把脸凑近我。明明知道我还活着，她的对话对象却不是我。

借着手电筒的光，她打量着我的身体。她的样貌在那一刻出奇地清晰：被染成咖色的披肩发，经过严格保养的皮肤，天然冷酷的嘴角，一颗芝麻粒大小的痣挂在旁边，很合理的位置。我看不出她的情绪，方才她仅有的一丝慌张似乎也消失了。她的眼神在我身体的某个部位停留了许久，有十秒那么久，我猜那是最严重的伤口吧，她在凭那个伤口来断定我的死亡时间。

"你伤得很厉害。"女的站起身，用温柔的腔调同我说话，但那腔调里并没有同情的光泽。

正是这一句话，让我浑身上下一阵激灵。我盯着那颗痣，一个新的重大发现：

就在几天前的凌晨，因为严重失眠，我躺在沙发上，把电影频道的电影翻了个遍。一个年代久远的香港谍战片引起我的极大好感，接下来的两个小时，我的目光都没有从那位风情万种的女特务身上挪开。她几乎是那个电影的音乐感形成的关键。影片最后，鲜红的长指甲夹着长长的烟腿，公寓的门半开着，等待接纳故事的结局。"你伤得很厉害，好好休息。"女特务对一具尸体说。走廊上悠长的背影结束了影片。

眼下，很显然，她早已过了迷人的年纪，虽然皮肤保养得很到位，嘴角却不可避免地多余了两块肉，只有那颗痣还鲜明地标志着她曾经的风光。

上天都在保佑我，我心里流淌过一条碧绿的、宽敞的、激昂的河流。我知道，它即将引我渡向天堂。

"我经常看你的电影，你的普通话讲得真好。"我说。

两个人迅速对视了一下，大概没想到在这样的情况下，我还能认得出一个过气的香港中年女演员。

"嗯……谢谢。"她的声音里满含苦恼，我明白她意识到真正的麻烦来了。

"我们不知道你伤在哪儿了，不敢抬你。我现在就报警，只要不下雨，我觉得不超过四十分钟，警车和救护车就会到。"女演员说。我看见男人吃惊地用胳膊肘捣了女人一下。

"我的外甥女，叫琳琳。她是娱乐记者，和很多明星关系都可好了。去年，托她的福，我给儿子拿到了成龙的签名照。"我缓慢地、清晰地说出我刚刚构思过的、绝对有效的台词。

女演员的脸上掠过一丝不易察觉又意料之中的变化。

"哦……是吗？琳琳……"

"你还没说，你知道不知道自己伤在哪儿了？"小伙子的声音听上去有些恼怒。

"唉，叫救护车吧。"我继续埋怨，"我真的不知道你是怎么开车的。"

"大叔，你这是什么意思？刚才这只是一场事故。"

"任何事故，都是因为有人犯了错。"

又一阵沉默,那两个人面面相觑。

过了一阵,男的不甘心地说:"在这样的路上开车,谁也没法论对错。就是警察也不能保证。"

"不。"我虚弱地对峙,"事情明摆着,事故百分之百是你的责任……你开着远光。你不知道这是大忌吗?你拐到主路来的时候,一点儿都没减弱灯光。你们的车直冲过来了,我把窗户摇下来大喊大叫的,手都快长到喇叭上了,你也没啥反应,你们的车就像喝醉了一样,不管不顾地向我撞过来了。你们难道不是喝醉了?或者,你们在干什么呢?"

"天那么黑了,这条路又这么险,我不开远光才危险呢。再说了,我记得你的车也很亮。你也开了远光。"

"在那种情况下,我只能那么做。你别忘了,我怎么避让你都没有用,最后你把车开到我这一侧来了,事故现场很清晰,警察来了,一看就知道。"警察二字,我故意说得用力一点。

男人的影子缓缓地向后退了两步,向女人看去。两个影子大概用眼神交流了一下,然后离开了我的脚边,站在稍远的地方。他们悄悄地说着话,可我清楚地听见他们说的每一句话。

"你确定要报警?"男人问。

"不然呢?怎么办?"等了几秒,女人才回答。

"出门的时候我的右眼皮一直跳,没想到真的灾祸临头了。真倒霉。"

"现在说这些有什么用?你倒霉?是你倒霉还是我倒霉?你顶多就是花几个钱,也不会坐牢。你刚才没听见吗?他认

车祸

得我,还认识《V》的记者!我看他也是个贱人,他要是活过明天,所有人就都会知道我今天晚上和一个小白脸去别墅开房。"女人一阵嚷嚷,忽然没了气力,"还有我老公……怎么办……"

"几个钱?"男人的语气愤懑起来,"你没看过这种报道吗?只要事故定性了,确定是我全责,他要是个半死不活的,下半辈子就得靠我养着了!我能养得起吗?你答应我的那个项目的资金呢?几年了?你不是要离婚吗?几年了?"

"我没给你买车吗?你开的跑车,是谁给你的钱?难道是从天上掉下来的?"

男人的鼻腔发出很大的嘲笑声:"一辆车能比得上我为你做的事吗?你可别忘了田苗馨。"

田苗馨……田苗馨……又是一个熟悉的名字。啊!没错,上期杂志的封面女郎。"杀出新界的混血美女神秘失踪",标题上是这么写的。一个月前,这个花瓶女演员似乎突然失踪了。除了《V》,其他所有娱乐媒体也都在梳理报道和她有关的八卦人物。

"哦,所以说,你和她鬼混,也是在'报答'我?"

"现在这个时候,你扯那个干什么?你别忘了她已经……"

女人应该做了什么手势,男人立刻噤了声。

"要是今天这件事捅出去,一切都完了。所以……"那个声音缓缓地用更小的、但坚定无比的声音说,"他不能活。"

他们离开刚刚谈话的地方,向更远一点的地方走去。一阵猛烈的风刮起来了,几乎撼动了我整个身躯。一滴雨落在我的额头和眉毛上，紧接着是第二滴、第三滴……

冰雨宣泄而下，大颗的雨珠相继滚落在小腿和裸露的皮肤上。

喧闹取代了方才的静寂。我试着转动脖子，看到他们手挽手向车的方向跑去。我平静地躺着，心里充满了幸福，一切进行得如此顺利。在这个不安静的夜晚，各种色彩的故事同时上演，混合在一起。

但我才是唯一的赢家。

老天爷像是在发脾气，暴雨愈演愈烈。我抬眼看着天空，乌云如同一团团肮脏的棉絮在我的眼前飞驰而过。

有车子路过，经过我的时候，似乎减缓了车速，但是终究还是继续向前开去了。

女人出现了，她撑着伞，优雅地蹲在我身边，她的痣变得更大了。我想她这么做，是为了和我对话。雨声太过吵闹了。

"这雨下得真是时候，对吧？"她说，神情释然。

"没猜错的话，他应该是在挪车吧？雨下得这么大，出车祸像是理所应当一样。况且……等我一死，你们随便在警察面前编些瞎话，就一点责任也不用担了。"

"你确实很聪明。"她由衷地说，"不过你反正要死了，何必一定要拖累我们呢？你活着离开这里，我们都会不得安宁。"

我心里忽然有了一点愤怒：这两个苟且在一起的自私的人，因为他们自己的快活，让无辜之人付出生命，却连一丝愧疚和悔过之意也没有。真是可恨至极！大雨反复重击着我的伤口，藏在身体深处的疼痛加剧了，疼痛的面积也逐渐扩大。

车祸

我出现了幻觉，凶猛的黑夜幻化成强光浮沉的日头，日光重重地落下。漫长而炎热的一天，时间再次停止了。

我有了新的决定：他们必须为我的死负责任。但我不能寄所有希望于警察，我必须有所行动。

"我这种人，活着也像臭虫一样，死不死对我来讲，是早晚的事。不瞒你说，我死了是件好事呢。"我开口说道。

女人微微侧过身，等着我说下去。

"我买了保险，死了我儿子就能拿到一笔钱，一大笔钱呀，我也不用每天为几个小钱儿奔波了。"我顿了顿，接着说，"你和你先生的感情不好吗？"

"这不关你的事。"女人起身，向男人的方向看去。

"我只是奇怪哟，你这样的人，怎么却得应付这个穷小子呀？我猜你一定不想离婚吧？但是这个小子应该不会轻易放过你的，我可懂这些小年轻的，因为长得好看，就过不了苦日子了。为了钱什么都干得出来……但愿你没有什么把柄落在他手上。"

女人的沉默有一瞬间暂停了雨帘。

"田苗馨……是你们杀了她吧？"

懒洋洋的沉默换成一种无声的惊愕，显然她承认了，脚下的鞋发出咯吱咯吱的声响。她死死地盯着我。

"你以为你们之间牢牢地捆在一起了？啊？……我可没什么意思，就是一种，一种设想……我不知道是你帮他杀了那个演员，还是他帮你杀的。但是我认为……没有什么是永恒不变的，对吧？尤其是男人，年轻男人，精力旺盛，今天是田苗馨,明天又会是张苗馨、李苗馨。要杀个没完?你只会越来越老,越来越累……"

"闭上你的嘴吧!"女人猛地站起身,但重重地跌坐在雨地里,雨伞滚向路中央。我明白将她拉回地面的是突然袭向她心口的悲怆。

我的神志无比清醒,我知道要在男人回来之前彻底"打动"她。

"你看,他刚才好像很着急要一笔钱呢吧?你就不怕他拿田苗馨要挟你?谁知道以后呢?毕竟,你处于不利的地位。"

"怎么说?"她的手腕撑着地面,脸上找回了强势。

"这你都想不明白?杀人的是你,掏钱的是你,随时被他抛弃、被丈夫抛弃的也是你。要是有一天,你不想再给他钱,又摆脱不了他,怎么办?……要我说,你和我一样,要感谢这场车祸。"

大雨仿佛在女人的世界里消失了,她垂下思考中的头颅,任凭雨水顷刻覆盖了她。我知道,她明白我的意思了。激动、滚烫的鲜血在我体内流动,替代了致命的冷。

吧唧吧唧,强劲的脚步践踏着水洼由远及近。是那个小伙子,他换了一双锃亮的雨靴,跑到女人身边的同时,用轻松的眼神扫了我一眼。

"车里竟然真的有一双雨靴……你干吗?怎么不打伞?"他捡回那把伞,竖在他们二人的脑袋上。女人没有作声,仍旧死死地盯着我。

"车挪好了,放心吧。"小伙子举着手电筒,完全没有察觉到女人的异样,在自己的身体周围寻找着什么。

"找什么?"

"你说呢?"男人反问。同时,他再次把那束光打在我脸上,"他看上去不像是要死的人,反而越来越精神了……我们得按另一个计划来了。"

其实不是这样的,我在心里想,致命的损伤是在身体的内部。但我不会告诉他们的。

小伙子把伞交到女人手里,再次跑开了。杂草丛里传来石块翻动的声响。

"他是在找石头吧?找一块能一下子解决我的石头?"我嘲讽地说,"你们可真粗心,如果要改造车祸现场,至少得把我移送到草丛那边去吧?石头也不会飞过来砸开我的脑袋。"

"闭嘴,我们会那么做的。"

朦胧的雨雾里,小伙子踉踉跄跄地回来了,他双臂下沉,拖着一块热水壶那么大的石头。

虽然走得慢,但方向却很明确:径直来到我的脑袋前。

女人低吼了一声:"你要干吗?"

"怎么了?我们不是说好的吗?"

我平静地躺着,我可以看见女人的眼睛如同一台缓慢转动的雷达扫射器。她显得格外沉着,像一头野兽那样冷静而智慧。远处的厂房不知为何,猛然发出一声巨大的轰鸣声,大地一阵悸动。一股气流似乎飞扬起来,弥漫着我的视线。瞬间雨下得更大了。

女人许久没有应声,我知道她是在考虑合适的措辞,或者说是，方法。

"这个石头……我是说，这个石头太小了，未必能一下子砸死他。如果一下砸不死，砸好多下，伤口就不是一招毙命的样子……警察法医什么的也不是傻子。"

男人放下石头，他的头发湿透了，衣服也湿透了，他用手抹了把脸上的雨水（以及汗水），仔细地打量着我，眼里透着卑鄙的光亮。

"而且，"女人补充道，"如果要用另一个计划，我们首先要把他搬到那边去。你先去那边看看，找一个合适的位置，我再检查一下他的伤。"

男人骂了一句脏话，转身离开时看了女人一眼。我知道女人洞察到他眼神里的厌恶了，那种厌恶很直白。女人注意到了那个眼神。她看着男人迈向杂草丛的背影，而我看着她的侧影，听见一个东西在她心里轰然倒塌的声音。

一片乌云像轻盈的鸟儿那样飞走了。

翻江倒海的疼痛忽然袭击了我，我的眼皮滑了下来，闭上。眼前的世界消失了。

一阵柔软的温暖停驻在我的额头，伴随着儿子叽叽喳喳的笑语。身体正在经历颠簸。我昏昏沉沉地睁开眼，秋日的微风反复轻拂我的眼角。

我们正行驶在路上，尤丽丽在开车。我的头靠在车窗上，不知道这样的姿势有多久了，脖子已经动弹不得。看见我醒了，儿子一跃而起将手里的坦克开到我的身上。

"别吵你爸。"尤丽丽头也不回地斥责儿子，声音里满是温柔。这时太阳已经完全融入了她的左脸颊,她全身都沐浴在耀眼的光芒之中。我瞥了一眼车窗外,与我们平行的是一条深黑色的铁道线,在视线中上下浮动。山间蜿蜒的公路上,群山在眼前忽隐忽现,延伸向平原的深处。

车子忽然碾到了什么东西,经历了一阵剧烈的颠簸,我被猛烈地急转和扭动。

坦克从我的肩膀上滑落到地上,然后我无论如何都寻找不到,儿子放声大哭起来。我有些恼怒地把头伸出车窗外,想看看刚才究竟碾到了什么东西。尤丽丽用苍白而颤抖的声音说:"等一下……"

宽敞的岔路口。一块像热水壶那么大的石头。一个安静地躺在那里的我。

白昼瞬间被落日吸了过去。

疼痛唤醒了我,睁开眼睛的同时我发现我的周围变了样:雨还在下,只是小了很多,耐心地洗刷着我耳边的草地。是的,我的大半个身子正躺在泥泞的杂草丛里,下半身则搁在路沿上。由于地势的落差,我已经严重受损的腰应该彻底报废了——彻底无法动弹一下了。不过这不重要。反正我身体里其他的部分早就已经死透了。

"醒了?"女人的声音。她蹲在我的身边,离我很近。我能看见她的目光,十分坦然。我知道,在我昏迷过去的这段时间,她处理好了一切。她绝对有这个能力。

"他死了?"

女人点点头。

"你怎么做的?"

她的目光问询似的看了我一眼,似乎在问,反正你马上也要死了,问这些做什么。

但是很快,她内心好像找到了和我沟通一下的必要性:
"用石头。"

"一下子?"

"嗯。"她笃定地点头,"我力气很大。"稍稍顿一下后补充:"特别大。就像我电影里演的那样。"

一个想象:她弓着身子,走得异常稳健。在她的怀里,是比方才那块石头要大一倍的、沉甸甸的巨石。在男人生命的最后一刻,只看见一块巨石悬在他的头上,他一句话都没来得及说。

不等我发问,她继续说:"都布置好了,我所有可能有的东西,现在都在你的车里。这次的事故是这样的:我在假期最后一天,安排了去新桥村看景的行程。由于和发行人员,也就是你,平常关系不错,我搭了你的顺风车。开到这个路口的时候,突然下起了大雨,紧接着……车祸自然就发生了。"

"他呢?"我问。

"他嘛……"她眨了眨眼,嘴上咧开一种复杂的微笑,"一个在车祸中被残忍地甩出去,因为头部和山石猛烈撞击,当场脑袋开花的可怜人呗。"

她头顶上空的雨帘乱作一团。

如果能动弹,我一定会由衷地献出我的大拇指。

女人忽然走开了,从我的视野里消失了,我能听见她在翻找着什么,草堆里响起一阵动静。我知道,她无外乎是想到了自己刚刚疏漏的某处细节——鉴于车祸现场,男人尸体摆放的方位,或者遗留在他口袋里的、车里的关于女人的什么东西——一切必须天衣无缝。

夜空忽然升高了。群星伴随着雨一起坠落。

她一定会是天衣无缝的。无论怎样,暴雨仍在继续,指纹、脚印、血迹,所有可能残存的证据都会被冲刷得一干二净。

我知道,我真的快死了。女人的结论和我设想的大概相同,她走到我身边蹲了下来,再次试探了我的呼吸。然后,她没有再看我的眼睛,她一定知道,自己没有必要和一具尸体进行目光交流。

紧接着,她站起身,从贴身的裤兜里掏出手机:"我在新桥村中环路岔口位置……我这里有一场事故。嗯,车祸,有人死了……到这个路口的时候,突然下了雨……雨太大了,我们的车和一辆跑车撞上了……太突然了,对,我的司机死了,对方应该也死了……"她在哭泣,既悲恸又隐忍,更含混不清。一个优秀的演员。

挂下电话,她美丽的脸孔再次悬在我的眼前:"我处理了你的手机,也在里面找到了琳琳的电话,我想她会愿意相信我的故事。一定会的,对吧?为什么不呢?我们以后还会是互帮互助的朋友。但现在……对不起,警察来之前你就得死。我仔细检查过你的伤,虽然都是致命的,但不会让你马上就死,你的生命力太强大了,救活的可能性还是很大,麻烦……我必须再处理一下……我不敢信你会帮我。就算你会,一个活人说的话总没有一个死人说的让人放心。"

出现在我生命最后意识中的，是她扭断我脖颈的那一刻，乍现于我视线前方的、躺在山壁那侧那具穿着雨靴的新鲜尸体。我几乎可以听见警车和救护车的鸣笛声裹着夜风和细雨由远及近。我想雨快停了。

但是，一个前一秒还好好地坐在车里，下一秒因车祸而死的人，为什么会穿着一双沾满着新鲜淤泥的雨靴呢？

101次飞扬

我在马叔那儿赚到了一笔钱。

我本不打算把钱的事告诉乔岩,但是我直觉她正在酝酿着和我分手。我有点泄气——每当我觉得生活会好起来的时候,总是会发生一件改变走向的事。乔岩立刻跳了起来:那我们出去玩吧。说这话的时候,我们正踩着各自的影子朝黑夜深处走去。影子时而碰撞在一起,时而被往来的车辆撕裂。她神采飞扬地谈论着我们的旅游计划,就像它们原本就长在她的嘴边一样。分别的时候,我注意到她眼睛凹陷,闪烁着许久未见的快乐、奇特的火花。当初我正是被这火花迷住了。

我指着地上的一块石头说:"我老家有这种石头,一到下雨天它就长出那种长长的、滑滑的青苔,我小时候特别喜欢摸它,手感特别像我妈的肚皮,也有点像我奶奶的……"她打断我,显然她对到底是哪一种肚皮完全没有兴趣:"那就说定了。到时候我们车站见,你不用来接我。"

我蹲在地上,双手抱臂看着那块石头,绿油油的月光覆盖着它。我内心里生出疑惑:假如乔岩对石头完全没有兴趣,我们为什么还要去深山里?

三天后,我们出发了。乔岩一路上都戴着耳机在睡觉,她瘫在我的身上,发丝间时不时地就飞扬出一股股花香。她的脸真是美丽。这样美丽的人,怎么可能属于我呢?从小到大,我从来都没有拥有过美丽的东西。我注意到她的手上戴着一枚崭新的玫瑰金戒指,我不懂首饰,但我一看就知道这是我买不起的那种东西。说实话它和美丽的乔岩也不般配。它属于另一种人,一种未必美丽的人。

汽车突然加速飞驰起来——就像有人猛推一把那样。我的头重重地撞在座椅扶手上,疼得我火冒三丈。我恼怒地盯着司机的背影,他的头硕大无比,一顶火红的司机帽挂在额头上。他稳稳地坐着,笨拙、坚定,副驾驶上有一个敞口的塑料袋,方便他时不时从中抓一把槟榔,大嚼特嚼,然后扭头使劲儿把核吐到窗外去,他饶有兴致地指挥着这场比赛,看哪一颗飞得更远、最远。它们中有的狠狠地砸在挡风玻璃上。

喉咙里的怒火很快平息了。我知道他是我常见的那一种人——一种永远也不用与之沟通的人。

"什么事?"乔岩醒了,她小声叫道,面色苍白。我有一种直觉:她刚刚做了一场旧梦,梦中她正在遭遇某种熟悉的践踏。在现实生活中她已经很小心了,但是旧梦还是反复光临。

这个世界上有三种人,一种人从不做梦,另一种人从不思考梦,还有一种人怎么也分辨不清现实和梦境。我就属于第三种。不过我丝毫不在意，我的人生早已终止了，就在以前的某个时刻（可能是比较重要的一件事后，也可能是毫不起眼的某个瞬间）。生命是什么？我对它没有期待，任由它好坏。但我知道它不会放过我，它会尽其所能，向我证明它的价值。

我们顺着陡峭的斜阳上上下下，走到最后天已黑尽了，大路的尽头挂着一盏月亮，光亮漫不到我们脚边。冷风把我们裸露在外的肌肤都吹成了石头。乔岩紧紧用双臂环着自己快步走着，我跟在她身后。我们穿过一些植物，最后在潺潺的麦浪里穿行。灯光渺小如水滴一般弥散在其间。我忽然觉得很奇怪，我怎么不揽住她互相取暖呢？越是这么想我就越感到冷，越冷我就越止不住地感到奇怪——我的步子死死地被什么拽住了。

从地图看，我们的旅店应该就在附近，可是我已经在波起浪涌的麦浪间迷了路……我忽然对一切都失去了信心，对自己，对乔岩，对这次旅行。

就在这个时刻，我身体中的一部分逐渐离开我向麦浪的中心飞去。那里有一棵大约直径两米的千年古树。不是每个人都能看见它，它也只在6月和12月的最后一天显现。树根深深地四下蔓延开去……每一个树根的出口都连接另外一个时空，就像一截长长的滑梯那样，从上面呼啸而下栽入湖中。

一只独木船刚好就在洞口。很多小山或者大石头在湖中晃晃悠悠。最高的岩石上矗立着一个防卫森严的城堡，城堡只有蓝色和白色，由一个灯塔和数不清的迷人细节构成。城堡里有市集、图书馆、洗浴中心、学校、歌厅、监狱、警局……居民有几百人，但是，除了政府人员和维稳部队，人们不享有永久居住权，每过一年，他们就会通过市政厅的议会投票，来决定是继续在城堡内生活，还是回到木船上生活——木船才是每个人的"老家"。但是城堡并不是我的乐趣所在，我有更大的秘密：木船停靠的泊位下方有一节直通湖底的长梯，它最终通向一个无人知晓的密室。密室分上下两层，上层有两个房间，它们全由木板镶嵌，精致的铜制细节无所不在。上面大多雕刻着欧洲中世纪色彩的神秘暗语。当然了，它们不是摆设。只要它们被解读出来，整个密室就会被重启至相关的故事场景。下层是我的两个工作间——在那些故事场景里，有很多工作可以做，比如陶匠、裁缝、酿酒师……每到夜晚，天花板上就挂满了流动的画卷……

"为什么要走这么远呢？"乔岩小声嘀咕。我一下子回到了她身边，感觉时光已经远远地走到我前面去了。

我惭愧地等着她继续说点儿什么，但是她像以前那样，又闭口不言了：上一次我弄丢了她的行李箱，害她错过培训；上上次我答应帮她借钱给她哥动手术，却一分钱也没借来的时候，她就像现在这样，什么也不问，什么也没说。

强劲的西北风由远至近。我们终于走到麦浪尽头，直抵一条灰色的泥土路。前方不远处的路牌下有一团雾蒙蒙的东西在晃动，极力辨认下我认出那是两个人影。我和乔岩壮着胆子走过去问路。她仍旧走在我前面。

这是一男一女，男的头发乱糟糟的，大约30岁，女的非常诡异,她全身上下——耳朵、手指、膝盖……七八处,分别被不同程度地缠上了纱布,看得出来这些纱布下在渗血,或者她因为这些伤口行动不便。她看了看我,忽然笑了起来,嘶哑的笑声令我毛骨悚然,好像是她好几天没有喝过水了,又像是被水浸泡过好几天。

"你笑什么?"我问她。

这时候我注意到他们面前铺着一块脏兮兮的大约一米的麻布,上面放着长长短短、形态不同的器具,有点像美容院里处理毛囊的镊子,或牙科诊所里那些恐怖的钳子。

"这是什么?"我问。

女的回答我:"摆摊当然是做生意啦。"男的也盯着我看。

我和乔岩对望了一眼。我没有从她的眼神里读到任何情绪。我看着那个纱布女人,觉得她身上散发着一股股腥气。

"你们知道亚运宾馆吗?"乔岩问,她完全没有我的困惑。没人理她。

之后我们继续上路。我们的视线前方现出一条宽敞的公路,每个蜿蜒之处都竖着一个昏黄的路灯,一些和那对男女一样的摆摊人坐在光影里,同样的麻布上摆着同样的器具。稍远一点,光就彻底被黑暗吞噬了,就像路灯是专门为他们而设的。有雾气穿过灯光,从中可以清晰地看到流动的形状变化。

在麻木的惶恐中,一辆车在我们脚边停住,是一辆崭新的白色轿车。车窗乌黑乌黑的,从那乌黑中露出来一副坚实的臂膀和一个脑袋。一个留着山羊胡、大约20岁的少数民族的人,操着很熟悉的汉语问我:"去哪个宾馆?"

"亚运宾馆。"我回答。

山羊胡一下子笑了:"被租车公司给蒙了吧?"

我说:"这是什么意思?"

他还是笑:"上车吧。"

"还要走多久?"

"开车嘛,就十分钟。"

乔岩坚持让车窗开着,这让车里并没暖和多少。外面的群山越升越高,直到没过车顶。

"外面那些摆摊的,究竟做的是什么生意呢?"我问山羊胡,说完这话乔岩突然瞪了我一眼。她的下巴被围巾严实地裹着,这让我难以判断现状——我不知道哪里出了问题。难道乔岩看出什么猫腻了?她为什么不和我说呢?

山羊胡回答我:"不会超过今晚,你就会知道的。"

一切都如此混沌不清,我实在是难以忍受。不知哪里来的冲动,我一把拽下乔岩的围巾,她吓了一跳:"你干吗?"她又立刻把围巾重新包裹严实,不再发一言。这个动作激怒了我,过去那种不必拥有她的肉体就可以拥有她的自信,在这一刻土崩瓦解了。我向她靠近,强硬地拉住她的手。乔岩看起来非常反感和愤怒,她朝车门靠过去,并使劲地将手从我的手心挣脱。接着她忽然凄厉地喊叫起来:"啊!你看我的手!……"

借着偶尔刺进车内的光亮,我看到她的手掌外侧,分明有一个血窟窿正在汩汩地冒着血,伤口迅速呈糜烂状。再仔细看：就在那恶心的腐肉上，还深深地驻扎着一两根黑毛。就在这个血窟窿的周围，还有几个和它一样大小的长着毛的黑斑。我一把扯下乔岩的围巾，她的下巴、前额、耳边也有几个差不多的黑斑。说实话，这真是恶心至极。我忽然间明白些什么了，但又实在是什么也不明白。我感到自己的身体慢慢和座椅融为一体了，我希望它马上彻底融化掉。一股奇异的痒从右边肋骨升腾起来，它稳定地顺着血液方向四散开来。有血腥味在我的口腔流动。

山羊胡捋了一下他的山羊胡，然后把后视镜调整到刚好融进我的角度，一个和乔岩脸上一样的黑斑跃然于我前额正中。虽然有点距离，但几根深棕色的毛却看得很清楚。它们是我见过的最邪恶的东西，我敢保证，如果人的一生中总能看见一些令人发指的事物，那么它们就是。几乎是条件反射，我马上动手去拔那个黑斑。它和我的皮肤剥离开来时发出滋滋的油脂声，完全没有痛感，一块猪皮离开一头死猪大概就是如此。

"我的天啊！"乔岩的身体就像一个失控的发条那样猛烈颤抖着。我知道，我和她之间，彻底完了。

一股奇异的清香飘进车内，应该是迷迭香和晚香玉发出的淡淡清香。

山羊胡将车缓缓地停靠在路边，车的影子悠闲地遮住一块绿油油的大石头。它似乎就是我家门口那块石头。

"现在知道了吧？"从后视镜里看，山羊胡的表情很兴奋，

"外地人到这里来都会长这种带毛的黑斑。哪怕是本地人,但凡离开一个月以上,再回来也会长。而且医院治不了,就得用一种镊子来处理。那些摆摊的就是专门给外地人做黑痣的手艺人。"

"你有那种镊子吗?你能做吗?"

"我?我没有。"

"那,亚运宾馆那里有摆摊人吗?"

"没有。"

我真的很想一拳揍在那张生机勃勃的脸上,但是羞耻感耗尽了我的怒气。我忧伤地盯着他的山羊胡,说实话我很害怕它,很难想象活在那里面的生物是如何自处的。它让我想起了小时候长在爷爷家院子里的桫椤树,它们从来都不开花,一年四季都是一个样,充满了羞耻感。当然了,一年四季都一个样的东西还有很多,比如我。

我努力平静下来:"那么,能原路返回吧?"

乔岩突然说话了,我才意识到她在黑暗中注视了我好久。她说:"你自己回去吧。"

她的话让我瑟瑟发抖,我反问:"他刚才说的话你听不到吗?他说只有那段路上那些摆摊人能搞掉这些玩意儿。这个东西你不拔掉,不恶心吗?"

山羊胡这时插话了:"我这人不走回头路。如果你要回去,你现在就可以下车,或者我带你去宾馆,宾馆有蒸馏水儿。"

乔岩补充道:"我刚才网上查了一下,这个黑斑没那么厉害。确实像他说的,每个宾馆都卖一种蒸馏水儿,蒸馏水儿就能洗掉它们。"

我抖得更厉害:"多少钱?"

山羊胡说:"蒸馏水儿 100ml 卖 1000 元,你这些,差不多 500ml 就能全部洗掉。回去拿镊子拔的话,100 元拔 10 个。"

"洗掉会再长出来吗?"

"不会。但是用镊子拔的话,就会一直长,一直到你们离开这为止。"

大概有两分钟,三个人在黑暗中一动未动。

乔岩说:"我有 10 个斑。你有几个?"

我说:"我大概有 15 个,或者 20 个。"我使劲地绷着身体。因为我感到裤裆那里骚动着新鲜的麻木感,那里至少得有几个吧?说完这句话我觉得自己已经死了。有一丝光擦过我身边,它好像在车外等了我一会儿,然后飘走了。

乔岩对山羊胡说:"开车吧,去宾馆。"

我说:"我要下车。"

乔岩说:"你真可笑。"

我说:"我只有 5000 元钱。"

乔岩想了一会儿,说:"他刚说了,用镊子拔,还会长出来,你没听见吗?"

我说:"但我只有 5000 元钱。"

山羊胡发出一种奇怪的笑声,那声音竟是从胃里发出来的。

乔岩说:"我也有 5000 元钱,够我自己用。"

天已经快亮了。我沿着唯一的一条山路往回走,不知走了多久。嘴唇上有热乎乎又黏糊糊的东西,大概是血,也可能是汗。视线越飞越高。有一层青色的光镀在天边上，我伸出五指盖住那层光。我惊讶地发现，那些黑斑不见了，我解开裤带，裤子全然褪到脚面上，我仔仔细细地检查了一遍，无论哪里，一个黑斑也没有了……我渴得要命，想着来时路过的那些小卖铺——5000元钱，足够在这个地方开一间小卖铺了。

我很想给乔岩打个电话，问问她的斑是不是也都消失了呢？但是我没有，因为我忽然记起来了：乔岩根本没有出现过。我没有在车站等到她，她的家里也没有她。她妈妈说，早上，她和一个姓赵的老板刚刚离开。

一块绿色的巨石横在路中央，一个金色的裂缝横在它的肚皮上。裂缝越长越大，晃动着刺眼的光。我一靠近这道光，它就把我吸了进去，我能感到飞行的轨迹是呈线性的，一条泛光的河，一座蓝白相间的塔楼，一段由阳光铺就的云梯……

就在我试着触碰什么的时候，我摸到了太阳。

花园派对

> 我是神圣的动物,惊恐地站在那里,无法理解正在出现的神。
> 我是来自东方的智者,在远方怀疑这个奇迹。
> 我又是蛋,环绕又滋养着里面神的种子。
>
> ——《红书》

李 宇

接到何军的电话,正是狂风大作的一天。我在公交车上,前排有两个学生正在激烈地争论一道题,一些枯枝败叶和塑料袋时不时摔打在玻璃窗上。电视塔被乌青着脸的天空盖住了大半,显得比平日里更远了。车厢迟钝地颠簸着,终点似乎永远也不会到来。

我只听清了一件事——他要我把那台旧相机带过去。

我不明白是什么让我鬼使神差地应了这差事,或许是我内心的某个声音提醒我：去看看吧，说不定对你那绞尽脑汁还一无所获的论文（有关城市群像的课题）有帮助。

　　回国已经整整一个月了，除了料理卖掉老房子后续的一系列杂事，还有一些临时安排的约见——与中学时代的同学、大学社团和联盟的成员，甚至还有我曾经热爱的女人们。我以为曾经那些刻骨铭心再次被我勇敢拎起，定会在我内心掀起某种波澜——但是，什么也没有发生。他们亲切地招待我，我们喝多了就抱着对方的脖子；与女友约会时，她们多半带着丈夫一起来，然后我们坐下来聊天，风趣幽默，妙语连珠。但她们已经和可爱无关，好像女人长大的结果，就是由混浊变得更加混浊，女人长大的任务，就是发自内心地戏假情真。

　　有些丈夫似有不快，但并不抱怨，他们很清楚我待的时间不会太长。他们不知道的是，整个过程我其实无聊得要命，如果有一阵旋风吹来，我都恨不得借口离去。虽然一开始，我算得上情绪高昂，以为自己能融入他们的话题中去，但一临近一小时这个时间，我就开始躁动不安，以至于不得不找一个蹩脚的理由匆匆离去。结果就是：我主动发起的这些愚蠢约会，最终彻底清走了我身体里的情感余渣。

　　我比来之前变得更空空荡荡了……

　　我开始独自行动。我一个人漫无目的地晃荡在树影里、细雨中，或者几个小时站在桥墩前盯着不远处聒噪轰鸣的工地出神，时不时地有关论文的琐碎创意会划过脑海，但多是些无足轻重的想法；我凭借记忆带着自己去往任何可去之处——终点有时候是一条被涂鸦和废铜烂铁塞满的死胡同，有时候是一片萧瑟的空地。我努力扇动自己创作力的火苗，但效果甚微：我的大脑仍旧一片空白。

我决定提前回伦敦。

我联系中介，告知他们我不再等待政府那些没完没了的批文，我将写一份委托书给他们全权代理。中介对我突然要走的决定很是惊讶，但他们表示尊重并提醒我接下来的几天需要保持电话畅通，应该会接到几个由政府部门打来的确认电话。我就是在这样的情况下接到了何军的电话，那时我已经订好四天后飞伦敦的机票。

我竟然完全忘记了他！他可以说是我的舅舅，一直以来他都住在郊区的一家叫作维安院的精神疗养院，至于他的病究竟是什么，以及他为什么要在那里住那么久，我完全一无所知。

有多久了？我飞速地在脑海中计算了一下后吓了一跳：竟有几十年之久了！

我必须要描述一下他。

他是我母亲的养父的另一个养子。在他进维安院之前，我们见面的次数屈指可数。他是那个年代的大学生，虽然复读了三年后才得以在北方一个三流大学拿到电气专业的大专文凭，但这足以是那个家庭的一件头等喜事了。据母亲回忆说，他浑身上下没有一点大学生的样子，痴痴呆呆的，就像被什么诅咒了。行为也总和大多数人不同：他总是昂着头看天上，即使在房间里，也总是注视着天花板的某个角落，让人害怕；好好的西装口袋，总是塞满乱七八糟的东西。还有他的眼睛……那好像并不是人类的眼睛，拥有某种动物的穿透力……

就像是某种诅咒得到了应验……何军在大学的最后一年，突然被劝退。

我对那个时候——他回到家后的那段昏暗时光，有着鲜明的记忆。那是一个暴躁的夏天，我大约8岁。日头会在树梢上待一整天，夜晚来得很慢。尽管姥爷家被一层绝望笼罩着，但我还是非常高兴能跟着母亲回到那个爬满牵牛花、凉风习习的小院子里。我很清楚那些路过我的人在指指点点什么——那个因为精神疾病被学校劝退的舅舅何军。但是那个人和我有什么关系呢？他的存在一点也不让我觉得尴尬。

我只记得有一次，他的房门微微敞着（我从没进去过），他背对着我躺着，似乎是睡着了，肩膀却可笑地耸着。我就站在那里有几分钟之久。我已经不记得我为什么那么做，或许在看正渐渐从斜墙上消退的窗户轮廓，或许是被那种真真正正的孤独感所吸引了。而这个画面以这种既模糊又清晰的印象存在于我的记忆中，只有一个原因：某种东西穿透到我的心里了。

虽然只有一丁点。

夏天快结束的时候，何军被送去了维安院。在那之前，我们竟没有交谈过——他一直待在他的屋子里，有时候孤零零地坐在角落里，目光偶尔追随他视线所及的人。我通常都视而不见，只沉浸在那个生机勃勃的院子里放风筝，抓蜗牛，放生，再抓再放生，或者在泥里埋一只筷子、一根鞋带，几天之后再把它们挖出来……总之外面的一切都是如此有趣，而屋里的人充满绝望。

何军再也没有回来过。

大约是我读初二的时候，姥姥姥爷搬进了楼房。与那座小院子告别令我十分伤感，加上学习任务变重，我很少去看望他们。有一天我突然接到了姥爷的电话，他在电话里先是叹了一会儿气，接着用一种很萧条的愤怒情绪向我描述了一件事：大概就是姥爷前些天去维安院带何军出去照相，给护士长写好保证书，天黑之前就会把人送回来，结果何军却趁姥爷不注意逃跑了。失踪了一天一夜后，他们在一个油烟味弥漫、满地狗屎的油泼面馆子里找到了他。他的衬衣口袋里被一堆杂草塞得鼓鼓囊囊……

姥爷彻底失望了。他在那通电话的最后说明了来意——何军答应不再逃跑，但是他需要很多本关于植物学的书或者杂志。

我是在一年之后才真正落实这件事的。在我中考失利的那个暑假，我整天窝在家里听废话连篇的广播，我的理智对自己说："这有什么呢？"眼泪还是止不住地流。母亲建议我出去和朋友聊聊天，爬爬山。我相信她是真的怕我生病。于是我和一些朋友在酒吧厮混到半夜，天气太热时，我们就去南山避暑。那是一个被无数奇妙植物拥裹的王国，是一个可以深深呼吸的新天地。我第一次感到，生命的生机原来随时可见。松树和花草向着大地生长，它们先是拨开自己的脚趾缝缓缓爬到自己的头顶，又倏地沉入土地里去了。阴郁的太阳从不远处的天际传来巨大的轰鸣声。正是在那段时间里，我认识了很多奇怪的植物，并对它们产生了兴趣。我在某个周一来到邮局，把几本厚厚的关于植物方面的书——我只记得其中一本叫《杂草故事集》——寄去了维安院，还有一本同桌送我的诗集。诗集的封面有这么一句话："某种东西已经真正成为历史，而其诞生的地方也已离去。"为了表示对它们晚到的歉意，我写了一张纸条，纸条的开头本来是有一个称谓的，先是"你好"，改成了"舅舅"，后来还是删除了。最后一句话是客套话，我当然从此以后把这件事抛到了九霄云外，对杂草的兴趣也很快消失殆尽。

  姥爷是在严冬里一个冷得让人无法忍受、窗棂布满冰柱的日子里去世的。姥姥养的几盆植物却在那几日奇迹般地开了花。丧事办得很简单，那之后的一个月，姥爷的骨灰被送回了老家下葬。姥姥坚持不让母亲把此事告知何军。而从那时起，我每隔两三年就陪姥姥去维安院一次，给何军送一些日用品和香烟、零食等。对那时候的我来说，这项任务是一件可怕的事：维安院在郊区近一百公里以南的一个小镇里，而要抵达这个镇子，要坐两个小时的公交和一个小时左右的大巴，再坐一种必须把整个背弓起来才能填塞进去的蹦蹦车，经过两个大下坡，我们才能到维安院西区门口。但这还不是终点——从西区住院部到达何军所在的南区住院部，还有二十分钟的步行……很难想象当时的姥姥是带着怎样的意志开启旅程的。而对于那时的我来讲，即便几年才有一次，这漫长的、让人颓丧透顶的一天仍旧足以摧毁我对生活的美好认知。当我们拖着疲乏的步履赶到何军的病房,我已经愤怒到不能自已。我坚持在会客厅的外厅等姥姥,绝不踏进那扇门——以示自己的抗议。姥姥似乎并不在意我的反抗,她只是迟钝地、虚弱地坚守着她自己的做法。有的时候,我能听到姥姥亢奋的嗓门——好好劳动、好好吃饭、少抽点烟。也会有两三个人(大概是何军的朋友)反复进去讨烟抽。他们携手并肩地走路,扮演连体人,路过我时,会警觉地放慢脚步……过了一会儿,浓烈的烟草味儿从门缝里溢出,伴随着姥姥的咳嗽和一些呆钝麻木的笑声。

现在想来,我对那几年的生活印象不深,反而是这个最令我反感的任务牢牢占据了我的记忆。而对姥姥的其他印象,都随着她的离世从我的脑海中逐渐隐退了,退进贫瘠的角落里,但是我始终都记得在大巴上,她的侧脸将阳光割成条纹,旺盛的爱写在她的眼神里。即便她被他的存在消耗得只剩下一副躯壳,她的生命也因为他迅速地凋谢了……

一年后,因为一条高速公路的建成,去往维安院的艰难路程被大大便捷化了。但这个任务却随着姥姥的去世就此终止。我与何军最后一次通话,是在我去伦敦读书前,那个忙碌一周中的某个黎明。我记得很清楚,我刚结束一场宿醉,游荡进家里,外面就开始下雨了。初升的太阳忧郁地停歇在某个树梢上。母亲正在把一扇窗合上,我不知道她是刚醒,还是整夜未睡。

她看起来气色还好,但手脚却好像软弱无力。在湿漉漉的尘埃中,我看见几个大箱子瘫在客厅一角。我疲惫不堪地冲里屋指了指，示意自己急需一场睡眠。

"等一下，"母亲说。她站着不动，眼睛低垂着。

从她断断续续的描述中我大概明白了三件事：一、她跟我父亲已经商议好离婚，他们一会儿会去办手续。二、我去伦敦之后，她会结束目前店铺的生意。她有新的人生打算。三、我得给何军通一个电话，对他撒两个谎，一是姥姥姥爷已经太老，不能再去维安院了；二是她的生意很忙，不会有空去看他，如果有什么需要，可以打电话。

这是有关何军的全部回忆。

到维安院的时候，他们正是午饭时间。走廊里混杂着令人作呕的汤饭味和抹布味。

何军坐在我对面。可以说，这是我第一次正视这张呆钝麻木，并且已十分衰老的脸孔。可以说，我根本不认识这个人。如果姥姥还在世，那或许就没有今天的见面。

我很难描述清楚他的笑容带给我的感受，他的笑声带着一种古怪而不连贯的、介于说话和唱歌之间的节奏，一串短促而呆板的颤音。我注意到他左手食指和中指之间有深深的焦黄色。

很快我就发现了最为怪异的地方——他几乎不看我。他的眼神总是看着我身后的某处。

我朝他笑笑，他也抿着嘴朝我笑笑。这是真正的沉默鸿沟——我们能沟通吗？

我问他是否吃饭了。显而易见，一句废话。

他朝我点点头，露出一个很轻松的笑容，他的门牙也是焦黄色的，焦黄的手指搓着裤子上的皱褶……

然后呢？我在心里问自己，还能再说些什么？我突然感到后悔，我或许不应该来。

我欠了欠身子，从包里掏出一个相机。

他没有像我想象的那样立刻高兴地把相机抢过去，而是很有礼貌地等着我递给他。我解释道，姥爷的那台旧相机已经拿去检修了，因为年份太久，坏掉的零配件需要有一个等待的过程。"这是我的相机，"我补充道，"新的，送给你。"

他静静地听我说，我才注意到他戴着眼镜。他用干燥的手掌摩挲着相机。

我告诉他我的职业是什么（我撒了一个谎：我说自己正在一个国家级别的科研所搞一个神秘的研究），接下来我又花了大概三十分钟编造了我的日常工作内容，可以说是天花乱坠。很难说清我为什么这么做——在一个与世隔绝的人那里赢得一点赞美，还是说我必须做点什么来弥补对自己失去的信心？我满面潮红，期待着他的反应。

他一直在点头，偶尔露出一点难过的神色。

他是怎么想的呢？他是看穿了我吗？

不，他没有任何想法。自始至终他都没有听我在说什么。他在盘算另一件事，一件我可能永远也不知道的事。

蔺俊从没有想到过要自杀，甚至相反——他比很多年轻人都有耐心，还有很多爱好。八年前，他的哥哥蔺海死于一场车祸。像任何一个有如此遭遇的家庭那样，蔺俊的家庭像一间地震中的屋子那样，只一秒钟就土崩瓦解了。父亲一夜白了头，母亲则进了精神病院。好在这一切终于在五年后有了改善，母亲逐渐康复被接回家中，父亲决定在秋天提前退休带母亲去旅行。

那是一部新上映的贺岁档国产喜剧，讲述的是一个小镇青年因为父亲抱病，家中需要用钱，踏上了漫长的啼笑皆非的替父讨债的路程。是父亲在电视上看到了电影预告，大概他觉得那是一家人恢复生机的最佳契机：一个晴天，高考成绩优异的小儿子，恢复身心健康的妻子，一部励志于家庭的喜剧电影。

他们刚刚能够开始平静地谈论蔺海，还有那场车祸——完全可以避免的事故。母亲每日在家抄诵《心经》，她打算放开蔺海也放过自己。没有人再以"如果那天……"为开头谈论蔺海，每人都决定以今后的生活为重，这真是一件好事，尤其是对蔺俊来说。他已经三年没有与父母交流过了，当然他们每日都"交谈"。

他打算等电影一结束，便找机会和爸爸谈谈自己的问题——当然不是心脏脆弱的妈妈——他决定放弃本专业。如果爸爸一定要追问原因，他也不介意实话实说：他唯一感兴趣的只有杂草。如果父亲同意他报考生物学，他愿复读一年。但这是不可能的。

银幕上出现了一个陌生小男孩，应该是主角小时候。他步履蹒跚地走在一片空地上——熟悉电影的人都知道，这是第二幕转折点，很快故事会有一个华丽翻越，返回过去或翻到未来。小男孩突然转过身，幽怨地看着银幕，长达十秒。

瞬间蔺俊的心脏狂跳起来,灰尘钻进他的鼻孔,他打了一个喷嚏。

这喷嚏令他镇定下来,他开始将注意力重新放在故事本身上。

然而,这不起作用,虽然小男孩幽怨的脸早已经从画面上消失,但还深深地印刻在蔺俊的视线里。伴随轻微的耳鸣,他的脑海里出现了基于方才那张脸展开的故事情节。惨剧在他的眼前挥之不去,一件件接踵而来,小男孩的脸已经替换成了蔺海。他的心跳比"剧情"的变动更快,字幕、父母轻声的交谈、观众的欢笑声就在身边,可他已然跌入另一个空间,那个连做梦他都未曾涉足的世界,他和蔺海的世界。

他也从来没有离哥哥如此近。

他吓坏了。就像平时挣脱梦魇那样,他使劲蹬脚,努力大声吼叫想把自己叫醒。但显然这不同于梦魇:他并没有睡着。他也不是只身一人在自己的床上,而是在小一百人的电影剧场。周围的一切都在高温中骤然模糊、融化……

突然,意识一下子回来了。他首先看到的是自己的母亲,正用绝望的眼神看着自己,紧接着是父亲,然后是无数双投射向自己的眼睛。

"我心脏不舒服。"蔺俊愧疚地解释道。

母亲忧心忡忡地看着自己的丈夫:"总不会是心脏上出了问题?"

母亲的话提醒了蔺俊,他几乎就是在同时百分百地确信,自己一定是突发性心脏病。他绝望地联想到好几个影片里心脏病突发的情景，人就那样捂着胸口突然倒地而亡，无论身处菜市场或者是楼梯口，不过几秒钟的时间，绝没有从那个地方活着离开的可能。

也许下一秒，接下来的每一个下一秒，都有这种可能，蔺俊已经确定自己无法离开这间电影院了。他试着和父母说话，安慰一下他们，告诉他们尽快带自己离开这里，但舌头就像刚刚经历了一场宿醉，僵硬地在口腔里转了一圈后回到原点。他意识到不仅仅是舌头的问题，整个面部都是如此。

他对父母挥了挥手，示意自己要出去。他尽量让自己做出微笑的表情，好令他们安心。父亲站了起来，又坐下，他判断自己的孩子一定是睡着了做了噩梦，这个时候他一个人出去透透气不是坏事。同排的观众纷纷迅速起身腾出一个通道。但是站起身的同时，蔺俊整个人向后倒去，失去了意识。

癔症，又称分离性障碍，是一类由精神因素作用于易感个体引起的精神障碍。一部分患者表现为各种形式的躯体症状，另一部分则表现为分离性症状。简单地说，医生耐心地对蔺俊的父亲解释，病人无法解决内心冲突和愿望的象征性转换，具有自我暗示、表演、幻想等精神行为表现。父亲痛苦地捂着脸，并不是因为听懂了医生对病症的分析，而是他知道自己根本没想到：相同的苦难重来了一次。

维安院的生活由数字号码构成，房间是305，储物柜是99，床位是19。他开始了真正的"监狱"生活。但他度过了一段踏实而满足的时光。他有大量的时间来看书了,不用活在父亲阴霾的脸色里,也不用整日忧心母亲发病。一开始的日子是非常完美的,像是度假——除了应付那没完没了的检查。但是兴奋感很快消失了。因为维安院里住着真正的疯子。和他同一房间的人,是个叫何军的梦游症患者。白天总是没完没了地睡觉,到了晚上,他整夜地翻书,就算睡着了也在房间里四处走动。在一次发现了自己的植物学杂志后,不知道为什么,开始叫自己蔺教授。

蔺俊还不能确定自己是不是真的有病,唯一能确定的是,他知道自己是清醒的,而既然清醒,他就必须理解自己。

心跳的次数越来越多,伴随胃部的强烈抽搐,蔺海也越来越多地出现了……并不是以鬼魂的方式,而是附在海报的照片上、电视机中正在讲话的脸、偶尔擦肩而过的陌生人……

"幻觉?代表什么?就是说我的脑子出现问题了?"

"严格来说,"医生谨慎地回答,"这只能说明,你过去生活中的某件事、某个人,给你带来了一些精神上的创伤,而你不能够很好地与它相处,它在你的身体寄存太久,释放了太多毒素,让你中了毒。所以你需要治疗。"

"可是我没有创伤。"

"你刚刚高中毕业,应该学过质变、量变的哲学道理吧?量变到质变是需要一定过程的,质变也是量变的必然结果。我听说,你的哥哥是意外丧生……抱歉提起这件事,我想说,很有可能,它就是。"

"可我觉得不是,我早就想通了这件事。"

"人的大脑是很复杂的,孩子,你也许根本不了解你自己。"

"那就算是这样,我这个病,吃药就可以治好吗?"

"当然。还需要配合一定的心理辅导。"

"您的意思是说,只要我配合治疗,我就能把我哥哥给忘了?"

"当然不是这个意思,这是两回事。"医生失去了刚才的耐心,他有些后悔和一个疯子展开这场谈话,疯子要么都沉默,要么都善于诡辩,"我刚刚已经说过了,治疗的目的,不是去除,而是与之相处。"

"我看过很多关于精神治疗的外国电影,好多病人都活得很惨,那些药物,还有电疗什么的,都是用来麻木大脑中的创伤记忆吧,把您刚才说的那个'创伤'忘得一干二净之后才能出院。如果真的是这样,那我真的有可能忘了我哥哥。我还怎么与之相处?"

医生现在彻底后悔了:每个疯子都有执念。他们会把自己想不通的事物统统变成武器,伤害别人。更可气的是,有些人是故意为之。他看出来了,眼前这个小子就是后者。

正是因为有他们,社会才会变得如此乌烟瘴气,不得安宁。就在自己工作的这家医院,最近,一群疯子要申请什么花园派对,他不理解院方居然同意了这个荒诞的请求,一周以后,他不得不荒废两个小时——和费娜共进晚餐的时间,站在一群疯子中间,为他们发生的任何声响、做出的任何举动拍巴掌,真是可笑至极。当然了,精神病医院的医生并不好当,和治病救人相比,他们更需要做的事情是维持秩序。

他耐着性子终结这场对话:"恐怕能,小伙子。"说完,他挥了挥手,护士走进来带走了蔺俊。

何 军

何军感到时间在消逝。他是住进了维安院之后,开始接受时间存在的。

我为什么进了维安院?

视线里的任何事物都会让他头晕,会让他产生一种古怪的飘忽感。他尝试过很多次,努力盯住一样东西看,试着不让那些恍惚的念头分离自己的意识。但是没有用,这件东西都会猛烈地颤抖起来,如同撞击上一座意识冰山那样,在他的眼前经过震颤和摇曳之后,化作一堆废弃的爆炸物,或者消失不见。一个安静的皮质沙发也好,一张正在说话的嘴也好,一辆须臾而过的汽车也罢……一开始他有信心克服这个问题:应该就是失眠引起的毛病,过几天就好了。小时候我也这样过。

但情况越来越严重,他开始短暂地失忆,先是一段时间,后来是上周的事情也会忘记。只要他努力回忆,就会头痛欲裂。十分钟变成二十分钟,一小时变成两小时,后来变成三小时。

时间本身对他来说就是一种折磨。

我才20岁,日子还长着呢。

他很确定,自己不能再待在学校里了。教室黑板上的数字,女生身上五颜六色的装饰,那些整日缱绻在眼底的书本和卷子,那些蔓延在大地上深深浅浅的沟壑,在头顶上方萦绕不散的云朵……随便一个什么都可以将他摧残。他无法想象之前的自己是怎么面对这一切的,他曾那样深情地注视人生,认真计划过对那些疯狂的攫取。如今的自己对这世界而言,已经不能算是一个完整的人,而是一个被一堆故障零件拼凑而成的幻影。

他很清楚,由于某种未知的原因,他的神经不可逆地受损了……

老师并不赞成他休学,但他们也没有合理的建议来解决这件事,学校没有这样的先例——如果一个学生因为精神问题住进了精神病院,他还有没有回来继续上学的可能性?

他被学校送回老家。为了不让父母看到他发病时的痛苦,最好的办法就是避免交流,时间在卧榻上反而流逝得快一点。

他不是没想过死。但是每一次思考生死,对他而言就像是重置一次时间流沙瓶,只要翻过来重新想一遍——濒去的生命带来新生的死亡,与死亡的诀别也是真正的新生,它们几乎同时发出悦耳的鸣叫,同样值得选择。

待到真正的夜晚,黑暗在窗外发出巨大的吞咽声,连月亮也睡去的时候,他的视觉就会恢复正常。他会在院子里走走,望着古老而矮小的苍穹,无垠的亮光中有一团灰点,那是过路的飞机。繁星轻抚他的额头,它们离他如此之近。一种说不出的安适和感动在他的心里涌动。雨还没有完全消退,一阵灰色的风卷来灰色的小雨。比起令人混沌的阳光,这种既不阴郁也不吵闹的天空正好适合他。他小心地走着——他刚刚成功地跳过了一个大水坑,此刻正站在平坦的大道上。

他能在清醒中看清任何东西的轮廓。

昆虫在他的衣领间盘旋,古铜色的手掌可以盖住对面那座山。

我为什么会想自杀呢?

他为自己有过这种想法感到抱歉。他想起父母今天在门里小心商议的那件事——他们打算送他去维安院,一个将他这种人聚集在一起的地方。他偷偷查过:现代的电休克治疗与以前已大不相同。每一次电疗需要大约 30 焦耳的电能,也就相当于一个 30 瓦灯泡亮 1 秒钟所需的电能。你醒来后,甚至不知道刚刚发生了什么。

问题在于,那些人知道该对谁使用电击吗?

一开始,和他同房间的都是和他差不多年纪的人,也是和他"差不多"的人——并非像电影里那样歇斯底里、疯疯癫癫,正好相反,他们起居规律,饮食健康,与外面的疯狂世界相比,这里的一切自成体系,安静、平和得要命。有偷偷恋爱的人,有明目张胆争斗的人。要是非说有什么特殊,在何军看来,就是没人主动与谁成为朋友——因为没有这个必要。

这正是他想要的——沉默主导一切,绝不代表一些事物的死去,相反,是一些东西正在被培育。后来几年,他换过几个不同的室友——就像是一家旅店的长居客那样,看着周围人来人往。他们大多数并不疯,只是一心想建立一个外部威胁进入不了的世界,严防死守外面的一切。

他的房间永远都有很多花和劳动时摘来的杂草。当然了,护士们不能知道这一切,为了避免自杀事件,她们连一片发干的柚子皮都会带走。但这难不倒他,杂草群里到处都有盆盆罐罐的碎瓦片、废弃的汽水瓶和酸奶塑料罐。午饭后的例行巡访结束后,护士绝不会再踏进房间。那正是阳光最好的时候——路经布满皱褶的墙面,接受藏在墙角的植物们竖起喉咙来捕食。

当然了,在维安院自杀的人数不胜数,想死的人会偷偷藏药、换药,或者偷偷打磨伤害自己的利器。(虽然这件事也以很高的概率在外面的世界发生——不是每个疯子都能住进疗养院的,外面的疯子会一边积极地参与社会工作,一边想方设法给自己建立与世隔绝的堡垒。他们深谙此道。但在这里就了不得了,你失去自由的同时意味着你的人身安全被保障了。很多人为了保障你的存在而工作,而非随便让你死去。)但是对于其他不想死的人来说即便维安院够不上天堂,也称得上暖巢。那些活跃的人群和一些团体。爱音乐的人聚在一起,喜欢读书的人聚在图书室里,当然也有宗教人士,他们自己手写一些传单,塞进别人的门缝里,希望有人能去听他们在花园里开办的灵修讲座。小团体每天都在诞生,因为利益关系在不断更新换代。他们并不会强求你参与。

何军很喜欢这个医院的名字:维安院。

这些人,他们还是某种社会角色的时候,不可能做到像现在这样为所欲为,畅所欲言。

但同时何军很清楚,无论如何,对那些真正的病患而言,这里仍旧是人间地狱:人的哭声、呻吟声,仪器的鸣响声,走廊里匆匆的脚步声,冷静而专业的低语声。

头两年,由于那些可怕的症状一直困扰着他(自闭症与视觉噪声敏感症——医生对他的诊断),何军几乎没怎么踏出大门。直到有一天,他意外地被治愈了——事物的幻觉影像和头晕症状都消失不见了。

他研究了很久,认为这和某一种杂草有关——在一次和农场的合作劳动中,他曾带回一些色泽和形状很怪异的杂草种在花园里,在那之后的几个月,它们疯狂地生长,四下蔓延。也就是在这期间他意识到了自己的症状变化。他在大学图书馆曾偶尔看见过一本关于植物的书,书中宣称某些杂草对于神经症状有一定治疗作用。

他本来以为这种好转只是暂时的,很有可能会反复或者演变成一些其他的毛病。但是什么也没有发生,他的视力一天比一天稳定。幻觉彻底离开了。

他偷偷停掉了药,也没有复发过。

这个天大的好事无疑让他兴奋:他可以离开这里了!他可以回到父母身边,或者去他想去的任何地方,自由自在做很多事了!但是,新鲜的兴奋还未退去,另外一种未知的恐惧很快攫住了他。

不是别的恐惧,正是生活本身。

如果不出意外,他会找到一个不错的工作,遇到优秀的伙伴。他会全心全意投入某一件具体的事情上去,获得别人的认可,也得到应有的报酬,工作之余他学习烹饪,甚至重拾很多乐趣。比如下军棋,上学的时候他就是常胜将军。在很多人眼里，他算得上聪明、英俊，有涵养，找个恋人不算难事。她可能很漂亮，更可能只是普通人的长相，但对生活认真而热忱。他给她做饭吃，也吃她做的饭，他们做爱，怀孕，还会生个孩子。最好生个女孩。

也许他的旧病偶尔复发，但是有她在身边，克服不是难事。他们波澜不惊地过日子。几年之后，他的工作遇到了瓶颈。在面临的所有选择中他选择了辞职，换了几份工作都不顺利。他的工作波动影响了家庭收入。后来他找到了问题所在，所谓的工作瓶颈不过是他对它的热情消失殆尽了。他试着重新投入另一份工作，但无济于事，结果还是一样。他干脆不再尝试，安于现状，把更多的精力投在杂草上。

她开始抱怨他——工作不应仅仅是每天早上上个闹钟就完事了。他试着向她解释，自己并没有浪费时间，他最近在研究杂草，他会找一个学校完成相关进修。而杂草专家在果园、植物园和农场是最受欢迎的。

他的话令妻子震颤，她坚决地告诉他："你首先是一个父亲，你的梦想应该要么早二十年，要么晚二十年去实现。现在你必须去赚钱。"

他们开始吵架，她一天比一天冷淡，一家人在饭桌上停留的时间越来越短。他们本来也很少做爱，现在干脆不再做了。也许她说得对，他想。我得先完成我的责任，工作本来也没有太糟糕。他很快找到了一份保险代理人的工作，只要肯努力，业务的提成很高。

这个好消息着实让妻子脸上的笑容变得灿烂。但他们交谈的内容一成不变：孩子、医院、房租、保费……他的岳父母偶尔来这里，一家人在一起时总是讨论时政大事，他的岳父很喜欢他的稳重。

某天，妻子忽然向他摊牌——她爱上了别人——一个有作为、有热情的新闻工作者，她特意强调。可是就在前一天晚上，她还主动和他做爱。

他们的婚姻在那之后维持了一年。也就在那一年，他们的孩子突然长大了，物质需求的增长速度远远快于他薪水的增长速度。他不可遏制地开始发胖、脱发……离婚后大概第三年，他跟一个在咖啡馆认识的纺织女工好上了。这是一个和前妻比起来，对生活质量很无所谓的女人，她永远不会提出他无法满足的要求。

就在和纺织女工确立关系一年以后，他下定决心放弃了和前妻争夺孩子的抚养权。她立刻带着孩子远走他乡，再也没有出现在他的视野里。

他向纺织女工求婚，她却立刻收拾东西搬离了他家。她很遗憾：她永远也不会嫁给一个没有精神志趣的男人。

他问她，什么样叫作有精神志趣？

她用平时那种懒洋洋的声音说，爱好，懂吗？人总得有一个爱好。

他则依然干着保险代理人的工作，也逐渐适应了单身生活。脱发已经无力回天，但肥胖的问题应该还可以解决。他开始节食，大量运动。瘦下来之后，他觉得自己精力充沛，便决定重拾杂草的研究。这一年他刚好 46 岁。无论如何，他想，这是一个干什么都不算太晚的年纪。虽然自己不再年轻，胆子变小了，害怕受伤，也害怕死，但他的生活之前没有陷于阴郁之中，从现在起也不会。除了视力变弱和肝脏的小问题，他称得上是极其健康。

不知从何时开始，他的身体产生了变化：晕眩，精神很难集中，对光线和声音都变得异常敏感。一开始他觉得是节食造成的低血糖，他便调整了饮食结构。但是并没有好转。他身体的温度忽高忽低，周围人的面孔不停地变化。视线里的任何事物都会让他头晕，让他产生古怪的飘忽感。他无法让视线聚焦在任何一件事物上——这件东西都会猛烈地颤抖起来，如同撞击上一座意识冰山那样，在他的眼前经过震颤和摇曳之后，化作一堆废弃的爆炸物，或者消失不见。最后他在头痛欲裂中缓慢地恢复正常。

熟悉的感觉，可怕的预感……但他无论如何也不相信，那古怪的病会再次复发。

"自闭症与视觉噪声敏感症，"医生怕他听不懂，又详细地诠释了病因以及即将到来的并发症，"会有短暂性失忆……"

医生还想再多说几句，但是何军已经离开了。

他并未对谁声张此事，只是辞了职，回到了维安院。

还有其他的可能吗？当然是有的。

此刻，何军独自躲在维安院的花园里，除了几棵毫无生命力的树，几处像随意涂抹在夜空上的不明建筑物，被冻得纹丝不动的乌云，还有一条伸向远处看不到尽头的长路，脚下是黑色的杂草丛,月亮不知所踪。

护士们早已睡熟了。在黑暗带来的浩瀚璀璨中,大片繁星坠落向何军,呈扇形从他手指间流过。他猫一般的身体也在其中。他就是繁星中的一个。他在高高的围墙里,而墙外的人,也不过在他们的围墙里。

在这里很好!这个我要自己一个人知道,我不会告诉任何一个人。

今天,何军做了一个重要决定:为了继续留在维安院,他不能"健康"。如果说,之前生活给他什么,他便接受什么,那么现在,生活给了他一次选择的机会。

蔺 俊

蔺俊又来到这个房间里:一间隐约在青山绿水之间的瓦房,空气里是棉花糖的甜味。他随便走了走,房间随着他所及之处在变化颜色,格局也随之改变着:正南那边牵引而上的阁楼不见了,换作一面落地窗,晨曦温柔地趴在窗格上等候。

"在这儿!"是蔺海的声音。在某处召唤他。

他立刻激动起来,他能确定是梦幻卡片起作用了。

这还是蔺海告诉他的——他很小的时候,曾在蔺海的枕头下面翻出来一堆明信片,图案大部分是世界各地的名建筑和花鸟鱼虫,每张卡片上面都写着一些奇怪的字,"我的婚礼""黑海旅行""侦察坦克"。他追问这些字的意思,蔺海很得意:"这是梦幻卡片,我往上写什么,晚上就梦见什么。"

这晚睡觉前,他找出一张空白的卡纸,在上面写下了"蔺海"。

声音似乎就在耳边,视线可以抵达任何细微之处,一个木头做的太阳挂在海面上,太阳上有微笑的眼睛,浪花猛烈地摇曳着窗框。

时间不知道过了多久,在等待和孤独之中,他开始思索这间屋子强加给自己的信息,代表什么?他写下了一张梦幻卡片,于是听见了蔺海的声音。他就在某处,但他不可能在这个梦里与他相见。

蔺俊叫他来,就是仅此而已——将他安置于沉默不语的孤独之中。那孤独将永不开口,永不终结,永不消逝,永远停留在现在,凝聚着他们二人的全部生命。

他安静地感受着此刻,又抬头看了一眼窗外的木头太阳,心里忽然流动起一首美妙的旋律……

随着旋律的高速旋转,房间消失了。他被一股力量猛烈推搡进一片明晃晃的田野里,细雨像蒸汽一样弥散在地面,金色的草地摇晃着远处的天际,有锄草机像深海航船一般上下颠簸,阴郁的太阳从不远处的天际传来巨大的轰鸣声。

世界突然安静了。"我这就来!你要把眼睛蒙好!不许赖皮!"是蔺海的声音。他们3岁的模样。草地猛然间盖过眼梢。

微风让田地像麦浪那样吟唱起来,盖过了他们的笑声。他们一高一矮、一前一后慢悠悠地钻出草地,身上枝叶繁茂,披着灰白色的光线。

"快看!薰衣草!一大片!"蔺海忽然大叫道。

接着阳光为他们锄开一条金色的大道,他们顺着那条路奔向远方。

李　宇

一个圆滚滚的、擦着玫红色口红的女护士在我们身边打转："他这两天吃药吃得很好。"

我礼貌地报以微笑。

"明天上午我们这要举办花园派对。参加的家属不多，你也一起参加吧。"

我向窗外望去，吃了一惊，刚刚来的时候我没有注意到：花园里所有的植物都被披上了一层黄色和白色的气球，五颜六色的矮沙发和高凳子堆砌出一个古怪有趣的观众席。舞台中央有一只麦克风，看上去很无辜。它的后边是两张冷餐桌。两个厨师正慢吞吞地把盘里的饼干一一放上去。

"半个月前，我们的一个护士突然死了。喜欢她的人太多了，为了避免一些麻烦……否则这个花园派对不可能通过。不过，谁知道是怎么回事呢？"

支　俞

支俞是蔺俊的监管护士。几个月前她几乎和后者同一时间进入维安院，她负责凌晨的执勤。巡房、发药的工作虽然很简单，但特殊的是这个时间——在维安院，所有的自杀都发生在凌晨。

支俞护士来的第三天,她负责的病区就有一个人企图自杀——一个40岁左右的女画家。她拔掉了输液管,摔碎了瓶子,吞下了沾着药水的玻璃碴子。但终究再次被救了过来。一连一个星期住在监护区,四肢被绑在床架上。

这不是画家的第一次自杀。支俞听护士长说,她尝试过很多花样——藏药配药,撞墙,用汽水罐拉环割手腕……女画家似乎是年少成才,不到20岁就去很多城市举办过个展,在艺术圈曾小有名气。倾慕她的人能装满一火车。

30岁她选择嫁给了一个才华横溢又非常爱她的画家。他们在当地开办了一家画廊,经营得也很成功。第三年,女画家怀孕了。不幸的是孩子在七个月大的时候意外夭折,她经历了一次身心的重创。又过了两年,她再次怀孕了。这次是个意外。当时,她正打算带着一些作品去欧洲巡展。鉴于之前的手术,医生建议她取消巡展在家静养。当然了,她没有这么做。她在西班牙的一个美术馆门前晕倒,被送医院救治。

她再次流产了。由于一开始就没有做好迎接这个孩子的准备,她并没有像第一次那样伤心。她的丈夫依旧爱她,他们的画廊生意也如日中天。

但是一些事情还是悄悄发生了——她开始无法安眠,噩梦整夜缠绕着她。一开始她深陷在一个高耸、无数巨大金属柱子支撑起来的地下迷宫里,几个白色的影子在追赶她——她看不清是什么。但她几乎无法逃脱。

但凡她外出巡展,当晚一定会有新的梦魇:她所下榻的酒店房间，总是有两个女孩子来找她，请她带她们回家。在房间的门口，则始终有人从车上往下卸什么东西，麻袋重重摔在地上的声音，接着有另一个麻袋被重重地摞在这个麻袋上。她肯定：那是尸体被层层叠叠摞在一起的画面。

医生给她开了镇定药。叮嘱她必须暂停工作。但是事情并没有好转。她的噩梦场景被固定在沙漠上：沙漠里挤满了追逐她的人，骆驼、骡子……他们的任务本不是要捉拿她——绿洲里有许多田地，他们的任务是开辟新地，挖出水渠。有一个圣人，他是队首，是一个姿态庄重的白胡子老人，他显示出无法模仿的自然尊严。他命令人群和驼队："你们的任务，以捉住那个女人为终结。"

她整夜哭叫，很快形神涣散。有懂玄学的朋友介绍了驱邪大师，她的丈夫花重金在家里做了一场法事。效果似乎不错，夜晚她恢复了平静，不再哭叫。全家人都松了口气。

但真正的灾难才刚刚开始。

有一天丈夫回到家，看到她正在打包行李。他惊讶地问她要做什么。她郑重地向他告别道，她必须要去那个沙漠，找到白胡子老人。接着她把她最近的作品给他看，他跌倒在地上。

每一张画上，都有一团黑色的浓雾，无数个婴孩飘荡、掩映在那雾中……

她的丈夫绝望了，他拿起电话，拨打了维安院的电话。

在一个静谧的黑夜，支俞偷偷来到女画家的床前。她在装睡，支俞很快做出判断。女画家的身体被绑缚在床架上，身上的管子插了个遍。

"你醒着吗?"她问道。对方纹丝不动。

"那我说着,你听着。"支俞一字一句地说,"我的家乡在乡下,我从小就喜欢玩各种杂草。小时候出去玩我不小心吃了山脚下的一种草差点死掉。医生把我从鬼门关拉了回来,但我却记住了那种杂草的名字。它不稀罕,到处都是,据我所知,维安院的花园里就有。如果你需要,我随时都能摘给你。"这时,病人睁开了眼睛。

她躬下身子,帮她注射一针镇静剂,女画家第一次没有反抗,而是认真地盯着支俞的嘴巴。

"我知道你没病,你只是不想活了。比如我,我也总想死。这些年我已经可以算是一个毒草专家。我随时都可以体面地死,你也可以。但是在那之前,你最好好好想想,在维安院,没有人会真正对你的生命负责任,把你的命就结束在这个冬天,还是再等一个冬天试试,是你的自由。但总有一次,你的自杀会成功的。"

说罢支俞就离开了,她知道她的病人今晚不会做梦。

深秋了。冷风已经开始试探着侵入骨骼。蔺俊用指甲在一页书角上重重画出一个"*",然后合上了书。他把书塞进枕头旁的凹陷处,从小到大他的枕头旁边都有这样一块空地。和蔺海一样。

支俞将他的药递给他:"你看的是什么书?"

其实她知道那是什么书。

蔺俊闭上眼睛,并不回答她的问话。

支俞盯着他的脸：他多么年轻，多么帅气啊。他只有20岁吧？为什么会来到这样的地方呢？她记得她来的第一天，廖医生曾经提醒过她，这个年轻人所得的病并非真的癔症，或者说，那是"疯子"善用的策略。他只不过是个没骨头的撒谎精。

但是，支俞想，这世上有哪一家疯人院全部住着真正的疯子呢？外面的世界才叫疯呢。疯人院最主要的功能，从来就不是接纳患者，而是为了与外面的世界达成某种公式性的秩序平衡。这里还有那些真正热爱自由的人——与其戴上面具、耗尽气力搞定其他人，不如好好地拥抱自己。对于那些藏在石头下方的虫子，人们对于它们如何出生，或怎么死去毫无兴趣。人们往往以为它们已经被碾压致死，但它们只是深深驻扎到土地里去了。

支俞刚刚给这个大男孩注射了一剂血清素，他还需要吃一种叫作氯硝西泮的抗焦虑的药物。她心里很清楚这并没什么作用。但是大多数患者都会老老实实地吃下去，并非不敢反抗，只不过他们不屑一顾。这个正在看《杂草故事集》的人，他想从中得到什么呢？植物和人类是一样的，有猛兽，有诡诈，有神仙，它们可以在破败的景致间肆意疯长，也可以华丽地开在花田之间，或者只是想要成为生态群的一部分，从大地的角度看这个世界。……有些人利用它们更好地活着，有些人则用它们去死。

三天后他们在后花园相遇。

正午的阳光毒辣地跟着蔺俊，他身上湿透的汗衫已经被风吹出了盐渍。

一些匍匐类植物不紧不慢地向远处延伸而去，一直从花园矮墙下的缝隙里钻出去，向更远的山上攀爬而去。何军坐在一旁的树荫下休息，不一会儿他站起身，将一些种子平铺到刚刚被培好的新土里……他们周围的时间完全停顿了。快乐存在于劳动仪式中。

支俞凝视着头顶的天空，她知道不消一刻钟就会有雨落下来，眼前这两个人的工作非常及时。

"我们应该为这些杂草的丰收而高兴吗？"她很想走上前问问他们。但他们最好不去思考为好。她停留在原地，看着他们用劳动修复眼前这块伤痕累累的荒地。她知道，即将到来的雨会冲走一些掩埋得不合理的种子，但那些种子不会就那样听凭死亡，它们会借着风的力量抵达任何可以容身之处——从开裂的水泥中找到营养，或者从鸟儿凿开的裂缝中吮吸其他植物、莓果、草丛的养分；它们甚至能覆盖在其他植物之上，爬到最高处。

天已经完全亮了，支俞端着女画家刚刚拆卸下来的滴瓶，看见蔺俊踟蹰在走廊边上。

"你是一夜没睡，还是刚起床？"

"我要找廖医生。我需要申请一个假期。"

支俞看看眼前的男孩，哦不，今天他们是第一次这样面对面相见，她第一次感到他是一个男人，比她高很多，可能也拥有很多她意想不到的能力。他有过性爱了吗？

她的念头使她的脸红了。正在这时，廖医生推开了办公室的门,他朝蔺俊点点头说:"进来吧。"

廖医生

廖医生将办公室的灯打开,方才在窗棂上打转的晨曦顿时消失了,整间屋子像是曝光了。

蔺俊微微闭上眼睛:"廖医生,我想申请一个假期。如果我还需要在这里住很久的话,我要去购买很多书。"

廖医生为这次谈话做了一晚上的准备,在他负责的病区里,这是最难对付的一个病患。问题就在于他根本没有病,实际上只要他的父母找个专家,就能发现他健康得要命。这个男孩的癔症其实只是一种突发性的心理障碍,他身体里的能量完全可以自愈。但是这个孩子因为其妈妈的病史,最近刚刚被专家团队列为重点临床观察对象——他们最近刚刚在德国参加的实验课题刚好涉及遗传基因领域。如果他现在将这个孩子放出去,那就会令维安院的处境尴尬,他没有必要这么做。

头疼的问题只能他自己来扛——这个孩子一点都不好对付。他有缜密的逻辑思维,善于诡辩,而且他是维安院为数不多的知识分子,似乎对那些杂草又格外感兴趣。鬼知道那些玩意儿有多可怕!廖医生并不懂杂草,但是他知道人类社会的几乎所有生物研究都基于植物研究,而且到目前为止,世界上最高明的科技研究、科学实验,甚至传统玄学文化,都以提炼植物能量为前提。他并不知道他的病人对植物的痴迷程度有多深。他必须尽可能地打压他,抑制他正在觉醒的身体。最重要的是,他必须让他离那些杂草远点儿。

廖医生思考着各种可能性——他昨晚上已经得出结论:首要的事就是在专家团队的项目结束之前,务必不能让这个孩子离开维安院一步。但是,什么理由能让他接受呢?

"最近你感觉怎么样?从护士那里听说,你药吃得很好。"

"是的。"

"还会经常看到你的哥哥吗?"

"会。但是我……"

"这说明,"廖医生及时打断他,"你的病症还没有完全好,况且你入院还不到半年,按照规定,只有入院一年以上且至少一个月无复发症状的人才有申请资格。"

"问题是我的幻觉消失了。我只是在梦里见到我哥哥。我也再没晕倒过……我发誓。"

"小伙子,"廖医生停顿了一下,换上一种轻松又庄重的口吻,"维安院里没有誓言。"

蔺 俊

蔺俊明白了,他不被允许离开维安院。虽然他不知道原因,但他能确定这不是他的错。他隐约地觉察到自己似乎正在被什么控制着。当然,自己不会是唯一的那个。

其实他早已经搞明白癔症是怎么一回事——它和精神病不一样,并无神经系统的器质性病变,一旦诱因消失,患者会霍然而愈。静脉推注钙剂及电兴奋治疗都是医院常用的疗法。但是蔺俊很清楚,长期以来他只接受过维生素针剂的治疗。也就是说,他并没有什么病,就算有,也和活在维安院外面的那些人差不多。但其实他们大可不必这样,他根本不想离开,他只是想买书。

他从廖医生的办公室出来,看到支俞护士正在门口,似乎在等自己。

"走吧,"支俞说,"去晒晒太阳。"

暮春时节,正是花园中野草蔓生的好时候。蔺俊让自己保持深呼吸,他能感受到它们在吞吐某种能量。这是他和何军的秘密——没有人知道维安院的花园里住着这些神奇的植物,就算知道,他们也不知道它们意义何在。园丁只会粗鲁地使用锄草机罢了,当他和何军把新伙伴带回来的时候,他们竟然丝毫没有察觉——每周一次的农场劳动,何军都会从野地里发现新的杂草,只要合理移植,它们全部都能变成花园的新主人。他们在一块空地上扯上了带刺的铁丝网,经常会有黄鼠狼和野兔从里面钻出来,这里被透过的阳光照成红色。还有壕沟的土堆上长着千里光和耀眼的虞美人。像硫黄三叶草、红芒柄花这样迷人的野花则遍地都是。据何军说,这个花园在三年前被重新设计过,杂草被重新种植了。那个时候,是花园最鼎盛的时候。从某种程度上来讲,他和何军不仅仅是喜欢这个花园,而是已经有"造就"、培育它们的责任。许多杂草之所以出现在维安院,并不是因为他们发现了它们,恰恰相反,是它们选择了他们。

支俞从口袋里掏出几本书递给蔺俊。

蔺俊惊讶地接过来，那正是他打算要买的一本《杂草通论》，还是早已绝版的珍藏版本。这个女人是怎么知道的呢？事实上他没有对任何人讲起过。

这几乎是不可能的。

"你不应该让他们觉得你太聪明，这样无论你做什么都不方便。维安院需要的是傻子或疯子，明白吗？"

"我没病。为什么不让我出去？"

"医院、学校、公司和军队都一样，都有自己的一套规矩，有些事情别说你搞不懂，谁也搞不懂，那些制定规矩的人也未必懂。再说……"支俞想说的是，她知道蔺俊只是想要这些书罢了。

接下来她想要的反应发生了。眼前的这个男孩看她的眼神中充满了兴趣，甚至是爱慕。一直以来，她就是有这种力量。她能决断别人的心思，只要她愿意，她会是最耀眼的那个人。可是这又有什么意思呢？她什么也得不到。男人们都喜欢她，也都害怕她，尽管她并没有刻意把自己包裹起来。一旦她付出真心，他们会更怕她——在爱情中，总是不那么聪明的人才能幸福。

蔺俊看着眼前的女人，感受到了她身上的某种力量，甚至他的心好像被她攫住了。他记得有个杂草故事里记述了女巫利用花贝母（一种非常灵活、具有狐狸味道的杂草）施法迷情男子的事。他感到自己下身正在偷偷崛起。在这之前，他没有对任何一个陌生女人产生过性趣。这太疯狂了，他甚至连她的脸都还没看清。

一股浓烈的香气悠闲地加入了他们,好像忽然从午睡中清醒。几只淡黄色的小鸟刚刚停留在不远处的马蹄叶上。叶子有节奏地摇摆着。

我真想亲她那两片苍白的嘴唇,还有眼睛。她的眼睛太美了,闭着的时候一定更美。

蔺俊第一次感到自己空虚极了,似乎不能再承受深深的孤寂。

"如果晚上你睡不着,我们可以再来这里。我那里有点酒。"

她和这里的疯子们差不多,甚至比他们疯多了。蔺俊不敢相信,但同时又绝对相信。

风一遍又一遍地摇晃着,不远处有一棵树已经全然光秃了。维安院又一个死掉的生命。

支俞已经穿戴整齐了,她微笑地看着蔺俊毫无章法地把裤子胡乱套上,然后借着微微发着血色的月光在草地上搜找袜子和眼镜。

今天晚上很好,但是这只有这一次。我不会让它再次发生的。如果再次发生,那说明我爱上了他。那就是我该死的时候。

支俞很喜欢眼前的男孩,但是她知道他对她的迷恋不在于她本人,而是因为杂草。只是这一点他未必清楚。

蔺俊坐回支俞身边,他和她保持了半米的距离。他回想着刚刚才发生过的肌肤之亲,整个过程陌生感从未有所减弱。他想再靠近她一点却动弹不了。他感受到一种彻骨的寒冷,紧张得几乎要犯病了,但是同样地,一种迷人的、宁静的喜悦整个地占有了他。

"你看，酒也喝完了，我们该回去了。"支俞站起身拍拍身上的灰尘。

蔺俊心跳加快，他迫切地想要知道对方有没有爱上他，尽管这对他自己而言都是个问题。但他只是轻轻地说，"谢谢你的……书"。他感到自己的心因为无法宣泄的情绪而沉沉地坠落。

"你知道吗？除了太阳历之外，还有很多种物候历，比如花历、树历、鱼历、鸟历……我妈妈的老家就是用树历。家家户户都种有柳树、桃树。种树的目的就是用它们来计算农耕的日子，柳树吐絮时，开始育秧；桃树开花时，开始插秧。海拔不同，柳树吐絮、桃树开花的时间也不同……让我们来场约定吧，等到这棵树开花的时候，我们还在这里见面。现在，你该回去吃药了。"

李宇、何军

派对结束后，我立刻找到了胖护士，希望能从她那里打听到一些关于自杀护士支俞的事情。我隐约地觉得，它将对我的论文大有帮助。但令我失望的是，整整一个下午，她始终沉浸在支俞私生活不够检点的话题里，而当我问到具体的事例时，她却支支吾吾的，什么也说不出来。于是我站起身，准备结束这场毫无意义的谈话。

"你知道的吧？这里天天都有人自杀，就像每天都有人偷偷发生关系一样。支俞和三号床那个小伙儿睡过，就在花园里，我亲眼看见的。可我不明白，为什么自杀不行，那些混账胆大的家伙们却能恣意妄为。"胖护士气急败坏地说。

何军带着我穿梭过几个汤饭味儿和抹布味儿更浓郁的走廊。笑声和哭声时不时地从一些房间里飘出来。何军时不时地停下步子，和一些"朋友"打招呼，并介绍道："这是我的外甥女。"有人痴痴地看着我笑，有人伸出手和我握手，向我说明："何军太好了。"有人立刻给何军的口袋里塞一包烟或者一个橘子——大概用来表示一种喜爱。何军也从他的口袋里掏出一些真空包装的零食回赠。

他带我进了他的房间，是四人房，一个不足30平方米的空间。挨着窗边的床上，有一个像臭虫一般正在昏睡的人。

唯一一张看起来轻飘飘的木桌上堆满了书。

"一般你们的换洗衣服在哪里？"我问。我实在看不出。

何军指了指挨着门的一个壁橱，"其他的东西都锁柜子里，钥匙在护士长那"。这是一个九宫格柜子，但只有一个格子稀疏地塞了几件衣裤，剩余都整整齐齐摆放着一些书和杂志，它们大多数有年头了，书脊已经花白。我很快瞄到了我寄给他的那几本。书的旁边摆着一个太阳徽章，它激起了我内心深处一点温暖的东西——姥爷曾将它终日佩戴在军装大衣上。我的鼻子发酸：我是多么想念他啊，多么想念那条宁静的大路，被树和篱笆围砌而成的天堂。

他从床底下拖出一条树脂材料的凳子示意我坐下，然后推醒了正在睡觉的"臭虫"，后者伸展了一个懒腰——如同过山车那般长长的战栗之后,缓缓地坐了起来,似乎尽了所有努力。好几分钟后,他似乎从孤零零、无望的自我状态中恢复过来,看了我一眼,嘴唇不被人察觉地动了动。

我认出来了:这是方才派对小品中扮演鬼魂的那个。

"这是,蔺教授。"何军谦卑地、一字一句地说。

阳光在蔺教授亦步亦趋的肩膀上抖动,耳边尽是昆虫震颤着翅膀呼啸而过,树叶窸窸窣窣,和我们踩踏着剥落的树皮、树叶和松果的吵闹声。阳光在松树枝间闪耀着,晃着我的眼睛。远处是一片炽烈而乏味的天空。四周除了我们人影全无。

这座城市一到夏天就变得忧伤和迟钝。

我又累又渴,觉得自己一步也难以挪动了。实在是不明白我们在这样的天气里要去哪里,以及要做什么。我又为什么一定得出现在这里呢?

让人聒噪的高温,让人心烦的无聊,被浪费掉的时间。

我用眼角的余光追随着何军的身影。他始终弯着腰,肩胛骨从单薄的衬衣下顶出来。鬓角的白发被汗水打成了结,一只小苍蝇停在那里,紧接着第二只围了过去,他毫无察觉……蔺教授则远远地走在前面,他沿着斜坡上的那堵矮墙,勾着腰,整个脑袋几乎埋进了杂草丛(一团团遍布在碎石之上的奇形怪状、盘根错节的植物)里,他一次也没有回头,好像完全不在意我们是否还存在……我开始烦躁不安。

真是疯了,为什么我要任由两个疯子摆布?

突然,蔺教授大叫起来,他的声音像换了一个人。整个人又跳又叫。何军也立刻跳了起来,向那边飞奔而去。这时一辆沥青车拖着笨重的身子碾过我面前的道路，大地露出了狰狞赤青的面孔。司机从车窗里伸出脑袋向我喊话：一个小时内不能踩过去。

于是我远远地站在这边。看着一路之隔的他们用一个我从没见过的铁钩子（他们平时把它藏在哪儿？）将一些杂草小心归拢，再将另一些拔除塞进布口袋里，每完成一次，何军就动作娴熟地拿起相机为它们拍照，完全像在进行某种交感巫术的仪式。基本上每十米他们就会停下来，俯伏到草丛中，摁住某个爬虫类的动物欣赏一番，讨论一番，嘻嘻哈哈地放走它们；当他们的注意力集中在某植物身上时，他们就立刻安静下来，又或者是一番激烈的讨论，一些我从未听过的名字——关于杂草的种类和属性。何军总是把一种淡紫色的瘦长叶子收纳起来，而蔺教授更感兴趣的是土层和夹缝中的荆棘草。

阳光轮番在他们的脊梁上滚动。太阳的熊熊火力似乎增强了他们的能量。天空一会儿送来鸟儿的啁啾，一会儿送来一阵救命的轻盈凉风。一群工人出现了，他们开着压路机缓缓向西倾轧着刚刚铺就的沥青马路，其中几个人则用钢丝把路围挡了起来。这几乎是一种爬行，但与何军他们的前进速度惊人的一致。时间大概过去了多久？两小时？三小时？……显然他们彻底把我忘了。我只好沿着一排排被柱子高高顶起的燃烧着的柏油桶跟着他们。难闻的沥青熏得我头晕目眩，且除此之外我没有其他半点可做之事。

只是我很快意识到，我没有自己以为的那么痛苦。也许是两个疯子之间的默契打动了我，抑或是眼前的一幕唤醒了我对小院子的愉快记忆。不管是哪种情况，这很快就演变成一种仰视，这种仰视又激发了我真正的好奇心——他们看起来已经是它们中的一部分了，他们是怎么做到的？

那些铺路的工人中，有人会时不时抬头看我一眼，眼神里充满奇怪的笑意，好像在说：这个人一定是疯了。

终于……那面无止境的矮墙消失了，那令人难挨的燥热也骤然退去了，远山送来了夏日的清凉。一大片空地的中心地带出现在我们眼前，那块地面积不小，大部分都荒着，裸露着大地的皮肤。由近及远地有一些藤条围栏出现，它们的数量很多，甚至星星点点地分布在远山和广阔地平线之间。围栏里则是高高矮矮的荆棘和五颜六色的我不认识的杂草。何军似乎突然想起了我的存在，朝我招手："你来这边看，这都是我和蔺教授做的……"

"这里有很多朝颜。"[①] 何军指着深深驻扎在树根周围的一些小花丛向我解释——朝颜，拥有几乎最美的名字和最坏的品格。

"一开始，我觉得很好笑，在维安院里长着这么危险的杂草，简直是一种讽刺，后来我和蔺俊发现了越来越多的，更

---

① 朝颜，原本出产于美洲热带地区，种子被墨西哥土著制成迷幻剂使用了几百年，阿兹特克人称其为"tlitliltzin"，意思是"黑色"。这类植物的发现始于1941年。在60年代的报告中，朝颜的种子被用于某些宗教圣礼中。有时还可以和神奇喇叭花的种子混合使用，后者也含有相似的成分。服用朝颜后会出现形形色色的幻觉。

危险甚至更恶毒的杂草。说来奇怪,它们越是危险,越是美。这一点和人差不多,美这种品质,与一棵植物按自己的规则在同类中努力生存时的样子是完全无关的。大多数人觉得花才是植物存在的一切和终极意义。但是我……我们的眼里,总看不见花,我们的心也不会因花儿感到愉悦……所以我们才住在这里。"

他从布口袋里随意拿出一把杂草,用食指错开,叶片伸展部分布满了皱褶及细细的小刺。叶片上尽是昆虫的咬噬、病毒侵蚀后的斑点和冰雹打穿的窟窿。但是,我惊奇地发现——当我越是去注意那些窟窿,我的注意力却越是被叶子本身精巧的结构所吸引——有几片叶子甚至被昆虫啃噬得十分彻底了,只留下了叶脉,仿佛冬天里落尽叶子的大树的主干。

他喃喃自语,也像是在给我解释:"这是牛蒡。你仔细看看,没有两片叶子是完全一样的。你给我的那本书里有这么一句话'如同埃夫登喜欢寻找饱经风霜的面孔,比起稚嫩无瑕的叶子,我也更喜欢老旧的、有瑕疵的叶子——它们才是有故事的叶子',你看我们几个,如果不是在维安院里,我们就不会接近它们、了解它们。和那些生活在外面,同样需要它们的人相比,我们是不是太幸运了?"

眼前的一席之地忽然变成了宏伟美丽的地方,就像忽然之间,它们从原本的土地中生长出来一样:一株蓟草、一棵荨麻、一丛枯死的灌木……它们格格不入地长在溪边、任何潮湿的角落、墙脚下与布满石头的河岸边,也与花坛苗圃抢占一席之地,甚至在那些车辙下、沙砾形成的小坑中,也有凸起、不规则的、毫不优雅的、我完全叫不上名字的小草。它们如此简单如此倔强地存活着,从生的那一刻就做好了被碾轧致死的准备。

蔺俊和支俞

他还闭着眼睛,照进来的光线越来越强,几乎吵醒了房间里任一所到之处。这时候一股由远及近的崭新空气钻进了他的鼻子。他缓缓地睁开眼,一个正方形的欧式烛台灯饰正对着他的眉心。

这是一家高级宾馆,洁白的挂毯一尘不染,洗手间的香氛机慢吞吞地滋着高级的香气。支俞冰凉、洁白的胳膊正搭在他的胸膛,就像涌上海滩的泡沫。距离他们不远处的榻榻米上,是他们昨夜吃剩下的蜂蜜蛋糕和刚刚开始发霉的银杏果皮,酒杯里是喝剩下的酒,酒杯边缘残留着痴缠彼此舌尖的唾液痕迹。

丝绒地毯上四处可见的是他们从对方身上撕扯下来的衣裤。整个空间还荡漾在性爱的余味里。

昨天,他,哦不,是他们,从维安院逃了出来。那几乎也不能算是逃走,他只是换上了一套她拿给他的衣服。然后从花园里那条挂满荆棘的葡萄藤架起的拱门下面钻出来,就来到了他们曾经张望过无数次的公路上——维安院没有真正的防护措施,因为没有必要。真正的疯子逃不了,而装疯的人不会逃跑。他们向更远的山路跑去,不时地超越身边井井有条的车流。有些车辆会缓缓地跟着他们,似乎打算给他们提供帮助。他们的手紧紧攥在一起。

公路的尽头是一个巴士集中站,他们上了车。在车上快乐地大叫,旅客们只是回过头看了他们一眼。车子来到市中心,他们找到一家小超市,像一对夫妻那样,购买了毛巾、牙刷、水杯、酒杯、洗洁精,还有蜂蜜蛋糕、牛奶、葡萄酒、啤酒……几乎花光了支俞身上所有的钱。

蔺俊抱歉地说:"对不起。"

支俞给了他一个长长的吻。

"你给我的更多。"

他们在两个完全不同类型的旅馆之间挑选了半天,还争吵了一番:支俞认为旅馆房间必须要有露台,而蔺俊则觉得必须有一架专业的投影设备供他们整夜看电影,最后蔺俊妥协了。他同意支俞的说法——他们将一直做爱,激情持续到午夜,那个时候,露台上将有星星在等他们。在星星下,他们交换了彼此的吻和故事。蔺俊拿起相机,翻看他拍的照片,支俞在睡觉,支俞在奔跑,支俞在刷牙,支俞在喝酒,支俞在微笑,支俞的脚,支俞的发髻……夜的光辉在他们身上来回流动,最美的那颗星星在对着美丽的支俞眨眼。

第二天的午夜时分,他们对门房间里似乎正在进行狂欢。有侍者不停地敲门,为其送上食物和酒。有两瓶苏格兰威士忌和几瓶香槟。那完全是有钱人才喝得起的。

是激情的电音派对。支俞建议他们加入派对。于是他们敲了对面的门。只消十分钟,支俞就已经和对面房间的两个妙龄女郎跳起了舞。

蔺俊一直盯着支俞的身体——那对他来讲仍旧是陌生而美妙的。她是一个娴熟的舞者,她是她们之中最美的。屋里那些只会找乐子的女人永远不会懂得——在这狂热之地,有一个因对剩余生命时光感到厌弃,而将自己全然投入当下的灵魂正混入其中。

一个刚刚正在弹吉他的外国人凑到蔺俊旁边,向他举起酒杯,赞叹他的女友非常优秀。门仍旧在不断地反复地被推开。蔺俊和他的新朋友热烈地交谈着,他说了一堆他从没说过的话——他向他们谈论杂草和音乐,甚至大声地朗诵着自己的诗。他被自己吓到了,他从来没有想过自己会这么做——在大庭广众谈论自己的所爱。一个时髦女人坐在他对面,向他投来了深情的注视。蔺俊侧身走向她,为她倒了一杯酒。

"干杯。"他说。

女人喝光了杯中的酒,露出了玩味的笑容:"你叫什么?"

"我们干杯,就好了。"说罢他走向舞池,揽起正在热舞的支俞的腰身,给了她一个长长的吻。

酒精开始起作用了,蔺俊觉得头疼。那不是正常的头疼,他的眼前划过一个他忽略掉的画面——刚刚,似乎就在他走向舞池的某个瞬间,有人向几瓶葡萄酒里投放了一点药粉。他用舌头舔食着上颚,感受那熟悉的气味。他佯装不知,将杯中剩余的酒一饮而下。他知道,很快,它会帮助他见到蔺海。

一片雪白。紧接着那雪白渐次缩小,向远处退散而去。是一件雪白衬衫的背影,那背影正逐渐远离蔺俊的视线,向一条由木板铺好的田间小道上走去。田里是一望无际的玉米地，他欢快地蹦跳着，好像忘记了地震、疫情、暴雨、洪水，忘记了所有烦恼，那个背影深情地歪着头说：今年又是一个丰收年啊。

他从一个金属大喇叭的深喉处醒来，那黑洞正有源源不断的食物输送出来，喇叭的边缘挂满了青色的云朵，时而有暖风从深喉处传送出来。他似乎有一种错觉——这难道不是天堂？他试着移动自己，但他立即向那深喉处滑去，他向外栽去，白云身后是深不见底的深渊……

空气里充满了奇怪的、断断续续的声音，远处有女子狂放地大笑，雪茄和吉他的音乐融合在一起，在屋顶上方出出进进。他试着爬起来，试着呼喊支俞，但是他只是抓了抓床单就把全部气力耗尽了，剧烈的头晕令他动弹不得。他听见了愤怒的叫骂声、酒瓶掉在大理石地板上粉碎的声音……有人哭泣，脚步慌作一团。紧接着天花板消失了，所有的声音被一个飞速旋转的巨大旋涡吞没……他感到自己也正向那深处滑去。

他从医院的病床上醒来——是的，并不是维安院，而是一间有着宽大的对折窗户的普通人住的病房。他从护士那里得知：昨天晚上，连同他在一起的几个人被送进了医院——那些饮料对有些人来讲是致命的。检查结果显示他的肺部良好，血压正常，心脏也没问题。但是，他刚刚所关心的名叫支俞的女人，则情况就不一样了。

支俞？一种恐惧袭上蔺俊，她怎么了？

她病得很重，护士用一种很惋惜的口吻说，你是她的爱人吗？

"是的。"他补充道，"对，是的。"

你必须准备好接受打击。长期以来，一种有色有毒物质都在持续进入她的身体系统，恐怕已经很多年了。医生们正在研究它的类别，他们希望能够做点什么来减轻它对她的伤害，她的重要器官已经被毁坏了。他们说，在这种情况下大量饮酒以及纵欲，简直就是将慢性自杀转化为快速自杀。为什么她看起来毫无症状？他们感到不可思议，这是一种类似发光毒药的药剂，会在黑暗中发光，或者它就是一种液化激光微尘。总之如果医生们找不到针对性的治疗方案，恐怕她不会活多久了。

蔺俊充满了愤怒，他无法相信。这是不可能的！他大叫起来。他们一定搞错了，一定是出了错，他疯狂地用拳手捶砸着床单。但他心里非常清楚，那正是支俞做的事。一定没错，他们没有搞错，她在谋杀自己，用那些毒草！那就是她结束自己生命的方式，轻描淡写又毅然决然。

如果这是在维安院，他的举动定会招来两针镇静剂，而在这里，护士只是站在他的不远处，用同情的眼神看着他，酝酿着宽慰这个可怜男人的言辞——这令蔺俊更加地愤怒，他咆哮道："让我去见她！""你们能得出什么狗屁结论？！她活得好好的，好得不得了！"接着他冲出了病房，冲出了那栋大楼，开始在医院里奔跑，他回头看了一眼：没有人跟着他，他冲进了一个急诊中心，既怒气冲天又自由自在，他是一个快要爆炸成碎片的疯子，但他的灵魂从未像此刻这么完整过，这么像样过。

支俞是自杀的,这一点只有他清楚。或者蔺俊也清楚——正是他的爱情"杀死"了支俞,她对死亡一直义无反顾,正如她活得热情而炽烈一般。这个世界上,无论是那些整日里光芒四射的人,还是始终活在死亡诱惑中的人,都未必清楚——真正的魔鬼绝不是生活的践踏,而是绵延不绝的、因死而生、因生而死的希望。

廖医生

下午两点,派对准时开始了。

家属的人数控制在30人以内,其中至少有5个是托儿。人实在凑不齐,正经人谁会闲得没事在这种事情上浪费时间呢?护士们今天都化了妆,可惜她们没一个好看的。而且她们根本不是为了什么花园派对——派对结束之后,院里安排她们晚上和新来的专家组一起聚餐。除了高手云集的海归高才生,还有下任院长的候选。她们当然会武装上阵。一心盼着疯子们的闹剧快点结束。

廖医生的心情一直未能平复。支俞已经死了半个月。他仍旧浑浑噩噩。在这个人间炼狱一般的地方,支俞的出现就像是沙漠里的一抹清泉。对他来说,她当然是危险的,但绝对充满魔力。有关支俞的流言蜚语一个比一个更难听,但在廖医生看来,所有的沟渠里都填满了枯死的叶子和掉落的枝丫。在其中最显眼最夺目的,自然是破陈而出的、最具生命力的野蔷薇。

廖医生很庆幸：男医生中没人有能力认识支俞的美。他们是那种只分得清白玫瑰和红玫瑰的蠢货。但是疯子们就不一样了。疯子们的嗅觉非比寻常，他们像狗一样灵敏。他们都喜欢支俞。当然了，支俞也是疯子，不是吗？喜欢支俞的自己八成也是疯了。

第一个节目是舞蹈。扮作火车头的人，每过五秒就会揪着鼻子仰头发出一阵嘶鸣："呜——"接着他用力地吸吮手中的香烟，容光焕发牵引着列车通过。灰绿色的床垫涌动成一列有序的"火车身子"，肢体们在那下面夸张地晃动着。

滑稽又生动。周围爆发出了由衷的掌声。

在这之后是一个小品，蔺俊上台了。廖医生立刻头晕起来，见到这个孩子，他总是非常难受。从一开始的心理上的厌恶转变成生理上的晕眩。他也不知道这是为什么。廖医生甚至没有勇气分析支俞喜欢这孩子的原因，或者说，他只是无力面对那些再清楚不过的事实。即便一切都没有发生过，他心里仍旧充满了耻辱感。

小品立刻吸引了所有人的注意：两个刚刚离开人世的鬼魂之间的争吵。两个鬼先是狭路相逢，一番寒暄之后认出彼此竟是高中同学。当年的旧人旧事重提，客气的寒暄演变成面红耳赤的争论。直到他们大打出手，才有好心的神仙小姐前来劝架。女人的出现让二鬼回忆起了自己的爱人，尽管他们生前经历的婚恋都堪称失败，但其对真爱的执着深深打动了神仙小姐。她最终做出了一个决定,行使自己的魔法将二人送还人间,给他们多一个月的生命。

接着场景退去,还是此地。却已是一个月以后的时空了。二鬼的开场白:

"你好,这里有人坐吗?"

"你好……没有人坐,我一个人坐了好久了。"

"你来了多久了?"

"我也一直在想这个问题,这里好像没有什么可以计算时间的东西。"

一切回到了开场,什么都不曾改变。

台词设计得极其精妙。有人禁不住哭了,更多人乐得直拍巴掌。廖医生目瞪口呆,眩晕感加重了。这确实太"令人震撼"了。

但很久以前他就知道,这种震撼是独属于他自己的,而非维安院。在这里,医护人员都接受过训练,他们不会与病人建立亲密关系,因为一些人会离开,一些人会死去。只有他们是永存的,他们必须具备"观众"的基本质素。他们自然会伤心一段时间,难过一些时期,但是忘记和漠视是他们的专业要求。至于病人们(疯子们)——他们的情绪就像他们午饭浪费掉的米粒那般无足轻重。

何军和支俞

"酒窖"并不隐蔽,就在维安院废弃的一间工具房的地下室。一开始，他试着想办法撬开门上的锁，后来发现那只是虚掩着的。对这个屋子的灵异事件，维安院里的员工早就心照不宣。一些锄草工具横七竖八地躺在里面，新鲜的杂草和衰老的杂草丛生其间。它们极好地隐藏了通往地下室的栅栏门。

何军并不常去，只在周三下午（护士们休息，护工换岗的繁杂空隙）偷偷地把原料和必要的水送进去，酿酒本身的工作很简单——只需经过煮沸和澄清，发酵或陈化留给时间就好。果酒会比较麻烦：果肉需要压榨、浸泡和提取，还需要特别注意酒精的体积。他会用两个大桶来回使用。

春天到了，天气还是很冷。植物们已经破土，低矮的草本植物已经竞相开出各种形状的小花。空气中激荡着不知名的芳香。这个时候，是采集树液的最佳时间。维安院里四处都是桦树，但只有像他这样的人才知道它们的用处——蜂蜜、丁子香、少量的柠檬皮，加热煮沸，再加上适量啤酒发酵、装瓶，就成了桦树啤酒。这间屋子的湿度很适合酵母的挥发。

下午四时，他将两瓶桦树啤酒塞进大衣里一路带到了他们约定的地方——花园深处的长椅上。以至于他把它们交到支俞手上时，它们还带着他身体的温度。这是他们之间的协定：两瓶新酒换一本新书。但除此之外，支俞还是他的重要合伙人，她会定期给他带必要的糖浆、黄油、锡纸、葡萄酒，负责帮他清理酒桶。有时候何军会发现酒窖里多了很多密封的瓶瓶罐罐，他知道那是支俞的试验品。

他记得非常清楚，一年前的春天，这个新来的护士突然出现在"酒窖"门口。他以为一切都完了,结果两个小时后,他们喝完了两升的苹果酒,醉倒在"酒窖"里。当然,两个小时的话题都和酿酒有关,也和与其相关的一切有关。自然发酵的桦树树液可以治疗肾、泌尿道和肠道疾病;那些攀爬在绿篱上野蛮生长的蔷薇果实,可以制成低度数的果酒,缓解神经症的焦虑和恐惧。茎秆和花朵通过蒸馏,也可以得出毫不逊色的酒饮。还有那些更为常见的、在维安院比比皆是的原料——橙香木、甜黄番茄的深红色茎秆,都能易如反掌地被调制出各种饮品——它们最大的功效当然并不仅仅是娱人,而是治病。

那之后的两周,何军在图书室见到了正在着迷于画三尖树的自杀未遂的女画家,她仍然在服用正常配给的药剂,但何军知道她的好转和那无关。他的猜想终于得到证实:支俞的轻描淡写并非源于畏惧,恰恰相反,那来自某种真正的强大、能把握住一切的自信。只要她想,她就能进入人心。维安院里的病人都爱她,因为她给予他们爱。

他们曾经的对话。

"如果这件事被院方知道了,轻则你会被辞退,严重的话,还会有刑事责任……那个女画家,你们已经是朋友了?"

"我不和任何人做朋友,我只做自己觉得对的事,或者我觉得合理的事。"

"那这个'酒窖'合理吗?"

"你知道杂草和疯子的相似之处吗——可以随心所欲地栖身,任自己仅有一次的生命被随意践踏。连牲口的粪便都可以毫不留情地甩向它们。但是它们的选择仅仅是它们的选择，它们的选择不代表它们本身。总有人发现它们，从荒废的铁道上，从果实华丽的苗圃之中，在停车场的花盆里，在排水沟或人行道的罅隙里，在窗台的花箱里……他们发现它们，挖掘它们，穷尽一切压榨出它们的价值，它们会变成更疯狂的东西，比如酒和毒品，也可以变成拯救别人的英雄，这完全取决于它们的宿命。你不觉得，这种宿命很迷人吗？而最迷人之处是，它们毫不自知，只是单纯地选择自己。"

"你为什么告诉我这些？因为……"何军下定决心坦白，"因为，你早看出来我的病好了？"

"不，恰恰相反，因为你是真正的疯子。"

李　宇

天色稍晚一点的时候，派对刚刚结束，我接到了学校打来的电话，要求我出席他们两天后的学术会议。我下意识地撒谎：自己正在如火如荼地写论文，还有老家房子的事情，有个重要的文件必须本人亲办……但随之而来的是对自己如此行为的困惑——我为什么想赖在这里呢？我明明已经浪费了太多时间了，一堆麻烦事等着我去面对。明明是这样，我却仍不想离开。我的心里充盈着空虚感，可它如此让我满足，紧紧地攫住我，几乎淹没了我。

带着这种不可思议的情绪，我找到了我的舅舅，向他告别。他神秘兮兮地告诉我，医护人员晚上有一个单独的聚会，所以我们可以溜出去开花园派对。你一定得去。

我吃了一惊:"又一个花园派对?"

"对。真正的派对。"

一个小小的地道。

一个类似实验室的地方。藏匿在篱笆的最深处。

杂草掩盖下的是一个横置的直径45厘米的废弃烟囱,我们沿着这条阴暗湿滑的、诡异的幽径向前爬行。我浑身战栗着,不是因为寒冷或恐惧——而是因为直觉接近某种真相的不安。就在我以为我将继续向一个黑暗的深处无尽延绵时,终点到了。

当然,我惊呆了。一个密室。一个约有30平方米的梯形的空间,高度约160厘米。一些透明塑料管被固定在洞峭壁的沟壑处,塑料管里被一些植物填充,散发着影影绰绰的光。洞里是干燥的——大概因为某种植物的吸水性。

这是什么?萤火虫吗?

可以这么理解。和萤火虫的发光原理一样……一些荧光素霉酶和荧光素分子之间的作用。大多数植物本身就能发光。只不过人的肉眼看不见它们。就像它们也不是真的在发光。你听说过那个实验吗?苏联的一个电工和他的妻子,柯连夫妇……

一个故事

1950年的一天晚上,在苏联南部库班河上一个内陆港口克拉斯诺达尔的一个实验室里,电工兼摄影爱好者谢苗·达维多维奇·柯连和他的妻子瓦莲金娜,用自己发明的仪器在莫斯科温室里摘下的两片相似的叶子上,发现了一种奇怪的发光现象,并拍摄到了照片。任何生物似乎都有这种发光现象,只是人的肉眼看不到它。有个人听说他俩能把这种奇怪的能量在胶卷上显示出来,便从遥远的莫斯科赶来找他们,希望能得到这种照片。来人从皮包里取出两片叶子,递给柯连夫妇,柯连夫妇很感动,马上工作起来,一直忙到深夜。结果他们很失望地告诉客人,在一片叶子上获得了闪闪发光的清晰图像,但另一片叶子只有模糊的轮廓。出乎他们意料,客人却惊奇地叫了起来:"你们已经发现了它!你们用照片证实了这一现象!"原来这两片叶子一片是从健康植物上摘下来的,另一片是从病树上摘下来的,表面上看没有什么区别,可照片却把它们区别开来。

实际上,柯连夫妇证实的树叶发光与发光树可能还不是一回事。数百年来,科学家断言,植物像动物和人体一样,具有由亚原子或等离子能量所形成的薄膜表层的能量场,能够渗穿过由分子和原子组成的固体。许多有特异灵感的人都把这种附在生物外部的东西或"辉光",描绘成古代圣人肖像头上的光环。用胶片或底片与被摄物体相连,再用高频火花发生器向该物体加以每秒75000~200000赫兹的电脉冲,柯连夫妇拍到的就是这种"辉光"或类似的东西。

"它们有寿命吗?"我问,我指的是这种"辉光"。

当然,可以解释清楚的那部分肯定有,解释不清的就不知道了——一开始,我们只是搭建了这些管子,想要做一些发光装置。但是神奇的事情就那么发生了，那些植物，它们自己长了进去……后来我们继续延接管子，它们就那样继续生长。有一部分也不会发光，只是极少数，就像怀疑论者总是少数。

是吗？是吗？这可能吗？

但是如我所见。

没有比支俞更难以理解的人了，前一分钟她还像太阳一样火热，但下一刻就是黑夜。你会觉得，啊，原来太阳也会死亡。支俞死了以后，蔺教授指着塑料管的末端说，通往太阳的路也中断了。

显然，植物仍在里面蔓延，却停止了发光。并且光亮不是短暂地失踪，是彻底湮灭。就像失去灵魂的人仍旧可以呼吸，呼吸比灵魂更真实，而真实的东西看起来充满希望。

一只灰色青虫停留在上面，露出某种微笑。它看起来昏昏沉沉，又似乎沉溺在美梦之中。

火苗燃起来了，塑料管在火苗中抽搐。火苗蔓延，不消几十秒便将它们揉成一团，化为灰烬。无尽的黑暗将我们包围。

月亮很快就会进来的，何军说。月亮总是充满怜悯心，好像就因为它吞下了黑暗，就能厘清所有困惑，还能顺便预言未来。但是在这里，它不会是主角。你看……它进来了。一条溪流会坚定地朝自己最深的目标流去，而火只会燃起，死去，再燃起，再死去。

一场永不会有的对话

何军:"这场祭祀,也是给我死去的爸妈。"

我:"你怎么知道的?"

何军:"他们一次次来梦里找我,却在现实生活里消失了。"

我:"姥姥的坟迁回老家了。"

何军:"但他们还在这里。"

我:"魂魄?"

何军:"爱。"

不知道为什么,我已经泪流满面。我很想说点什么,或者拥抱他们,用尽全力与他们告别。但是我知道,我仍在自己的梦里,我毫无力气。

欢迎你加入这个派对,这是唯一一个,曾经没有,此后不再。有一天你会回来,你会发现我已经死了,或者我还活着,但将永远离开。这个派对,是你唯一用来记得我的东西。

从今以后,我们会和我们的朋友一起前行,她已经死了,而我们会活着。生活还很长。

何军将一个杂草编织的头环放在地上。他的脸上散发着晶莹的光。维安院从此以后不会再有毒草了,你说对吗?

来自论文《论杂草型人格成长》

它们的果实宽阔软绵,经常在风景画中露脸,成为低调的中心角色，或潜伏在画作边缘——连成一片，风格浮夸却难以辨认。它们就像是艺术家埋下的符号，是具备绝对天才的表演者；而另外一些植物则热烈地活在艺术的世界之外，一片杂草可以如同森林般丰富。一棵巨大的猪草往往有大树般的尊严，在彩虹下开着花的荆豆是金色的海洋。那些茎上的卷曲，花瓣上的斑点，明亮的毛茛……在显微镜下色调绚丽，明艳耀眼。

鹿回头

颠簸,锋利的条纹,条纹;紧紧追逐着一种红色的气味。而我一整夜都跟随着这气味,去了很多地方。一开始是巷子里,阴暗的小巷里。她脸色素白,时不时回头看我一眼,怕我跟不上吗?她真是健步如飞啊。我跳过一个个小水坑,心里满是委屈。那些总是比我高的建筑头顶上有一层白色的羊绒,那是白雪,雪只有在那里才存在。我想让她慢一点,为此我踢打着路边的石块,我甚至拉一拉她的拐杖,可她就像完全没注意到似的。一个又一个巷子地继续朝前走。天上的雪就没停过,真希望它们能别落在地上,就那么盘旋在空中,盘旋在我的眼前。[①]

"我已经看得到他的样子。他衰老的样子,穿条纹上衣的样子。说话,或者不说话。他会去开车,车上坐着和他一样

[①] 本文中此类文字均以另一个"我"——"鹿"的视角进行描述。

不够聪明也没有什么钱的男人或女人,他会思考一些关于艺术的东西,比如蜡烛,燃烧的蜡烛让他想流泪……但他从不孤独。他会得到很多人的评价,有些人的牙齿让他感到害怕。"

昨晚我又回来得很晚,虽然我已经尽力轻手轻脚了,但英子还是醒了——虽然她装作没有。她的侧影透着顾虑和矜持。月光被窗帘严丝合缝地锁在外面,我只能通过黑暗本身的光盯着她看,一万种声音在这具身体里奔腾着,她一贯这样,不知道她自己知不知道——沉默就是她最躁动不安的表现。

一次我们在一条错误的路上开了很远,最终开进了一条胡同。那是一条热闹的胡同,星星点点十几家店。英子忽然高兴起来。上一秒钟她明明还疲惫不堪。

"说不定从这些店里能买到一些合适的东西。"她说。

没什么值得高兴的,她心里很清楚——那些商店里也不会有什么"合适"的东西。她只是不允许一件事以糟糕收尾,做点什么来弥补是她的本能。简单来说,她总坚持一些我一开始就想放弃的事情。

英 子

木制楼梯,墙上贴着暗木纹花纸。一家私人牙科诊所。在房间的角落,一个穿着短袍的高大女医生递给我半杯饮料,淡白色的液体。"含漱几分钟。"她简单明了地说。当然了,一种替代麻醉剂的暂时性纾解的药物,对孕妇专供。他搬了一把椅子坐在窗边,脸上好像带着些许兴奋。窗边那奇妙的光。

那液体没有味道，却感觉很沉，它滑下喉咙，像一种明澈光滑的重物，跌落在我的胃里。一种很静谧的感觉，我已喝下一种满载意义的东西。高大的女医生一边和他攀谈着什么，一边一件件地把器械摆在托盘里。药物生效了，好像在胃的最深处开出一朵花来。

忽然他开始说话了，含含糊糊的，好像他的嘴里含着液体。

"卢家人打电话来了，我要回青岛一趟。是大哥给打来的电话……明天早上有一班飞机。"

困意翻天覆地地袭来。天，我是不是药物过敏了？他说的是我，还是我们？我紧张地看了他一眼，他的脸融化不见了。窗边那奇妙的光。

"我昨天就做了一个奇怪的梦，梦见好多好多鱼，特别大个儿的那种，有些从树洞里钻出来，有些在沙滩上开会……"

这和他回青岛有什么关系？关于他回卢家这件事，就这么轻描淡写的一句话？这就是他唯一能跟我说的？而且他的梦我都听不懂。他又不是不知道！我仔细地打量着他，那件肮脏的衬衣，皱巴巴的衣服，一双穿了几年——大概三年半的皮鞋，还有一包在他手里逐渐变软了的柑橘。

他回青岛穿什么呢？我很久没有给他买过衣服了。他还在窗边的光里继续说着什么，我试着抬起手指让他停一下，再说下去可能我会哭的，困意把我拽入一个旋涡。

但我那么做了吗？我和他对话了吗？他订好票啦？应该没有我的票吧？

我真的睡着了。

清晨六点。一团团絮状的雪砸向飞机的翅膀。天空还没苏醒。这场雪有可能会耽误起飞吧？有人小心翼翼地担忧。

我盯着远处凝固住的灰色，希望能看到一丝变化，可它纹丝不动。过一会儿，飞机就会在那里钻出一个黑洞。

我睡着了，又一次。短暂的梦。英子正在找一双配对的丝袜。英子套上一双，发现长短不一，英子脱下，继续配对，又发现颜色不对。英子高举起每一双袜子对着光线配对。

刺眼的光。客舱里的光全亮了。乘务长在广播里通知因为全国范围内突降大雪导致航班不能准点飞行。刚才的窃窃私语变成了一阵喧哗。

前排角落里，一对头发花白的夫妻正在吵架。

男："我早就说过了，不应该坐这班飞机。一晚上没睡来赶这个夜班飞机……结果呢？"

女："你什么时候说过？我就记得说这个机票半价的时候，你高兴得不得了。"

男："我的天，你，你现在还有不糊涂的时候吗？你给大路打电话之前，我们吃鱼的时候，还有，还有那个，在晶晶那有一天……"

女："糊涂的是你，你一直说的都是去哪儿的问题，不是坐哪一班飞机的问题。无论坐哪一班，老天爷也都会下这场雪。"

男："这当然是一回事了。如果不去青岛，我们就不用坐这班飞机。这班飞机是这班飞机，意思就是，就是今天，现在，这场雪……"

女:"你没听到吗?全国都在下雪了,所有的飞机都会排队……你这个老糊涂。"

几秒沉默。

男的声音沮丧起来:"我就是觉得如果下雪了,就看不到跨海大桥了,那还去青岛干吗。上次就没看到,上次,只是坐车路过。"

女:"你可真能抬杠,你坐车的时候眼睛不往外看吗?那些桥梁什么的,还有,还有大海,其他景色,那不都是桥吗?下了雪的桥,怎么就不是桥呢?"

男:"那怎么能算是桥呢?你说了,那是大海,那是雪,是其他景色,那不是跨海大桥。"

女的不再说话了,男的也沉默了。几秒后,他们相视一笑。

男的从里层的衣兜里翻出一个拇指大的口琴,伴随着四周的喧闹轻轻吹奏起来。女的愉快地望着机舱外的大雪。

海尔兄弟

我夹杂在人群中。一片白茫茫的混沌中透进一束强光,强光之中有模模糊糊的红色。我感觉有点发晕,东西看不太清楚。还有点幻觉,像是来到一个夏天的世界。我深一脚浅一脚地踩着像海浪一样翻涌的路面,我应该是发烧了?

有个人在叫我,我听见他的声音了。"老三,这边这边。"

我的——大哥?

我骤然感到一阵恐惧。但我笑起来,并向他走去。

一张和我一模一样的脸。

"哎呀!"他说,"大哥在车上等你呢。"他忙着接过我的行李,复又放在地上,给了我一个拥抱。他的身上有一股湿漉漉的青草味。

他看起来很疲惫,大概为了接机整晚没睡。夹克经过了精心的熨烫——很显然。袜子也是新的。他比我矮很多,也不是很有力气。那只大挎包总是从他的肩膀上滑下来,扯拽着他夹克的领子。我们绕过广场的拐角,远远看见一个高大、蓄着胡须的中年男人摘下墨镜,朝这边挥手。那是我的大哥,我想。

车子发动了,在适当地停顿了一会儿之后,在副驾驶座上的大哥扭过头对我笑了一下。

"这说下就下……路上搞不好要堵车。对吧,老二?"

"不堵车的话,也就半小时。"

"本来爸妈要来接你,我没让来,怕,怕他们控制不好情绪。就让他们在家做饭等了。"

突然安静下来了,外面的雪花汹涌地在车窗上扑腾。一股青草的气味掠过我的脸,没人再说话。

天快亮了。往来车辆很少。隧道和弯道很多。车开得很快,经历过最后一个急速而膨胀的隧道,我们的车开始了在雪地中的缓行。

"倒没堵车,"大哥侧过头看着二哥,"但路不好走。"

"还没到扫雪的时间点儿。"二哥说。

"开不开导航呢?啊?"

"走这不用。"

"下高速了走海尔路？"

"那就走海尔路呗。"

"那你看……"

"我咋知道……"

不远处一栋耀眼的高楼，全身上下闪着金光，是海尔集团的大楼。离大楼很近的时候，大哥像是早就准备好那样忽然转过身——对我说："这就是海尔集团，海尔兄弟的海尔。"

二哥看了他一眼。车厢里再度陷入静寂。无言的焦虑。

电话响了。二哥接起电话："啊？……还有二十分钟。"

最后一句是大哥说的："咱妈他们做好饭了。"是对我说的吗？

海尔兄弟？我静静地看着他们俩的背影，穿条纹上衣的背影。

雪下得更大了，但是刚才那团迷雾散尽了。有一瞬间我都怀疑她把我丢掉了，她的裙角从我的眼角消失了。但她仍在那里。巷子的尽头是街道，街道的尽头是房子。我们在房子里会合，我总是在房子外等着她，房间里总是传来歌声，简直要把我融化了，我呜呜地哭着，搞不清楚自己是伤心还是高兴。我们常常在黄昏前就出发了，我们把一栋栋房子扔在身后，为了什么呢？又为什么要停留呢？我逐渐适应了这种说不清道不明的相遇和诀别，开始把注意力放在那些美味的甜点上,世界变得轻松了许多。有一天晚上我做了一场梦,梦见雪下得寂静无声,它们盘旋在空中,却没有落在地上。

我望着车窗外的雪,它们好像一瞬间下得更大了,汇集了所有力量穷凶极恶地从黑色天空中猛冲下来。二哥开着远光灯在几个弯路上兜转,公路旁边的护栏已经很模糊了。不远处有楼群悬挂在狭长的山谷上方。天已经大亮了,一辆货车从群山处现身,突突地向我们开来,有节奏地响动着。一团积云梦一般地离开了太阳,一片强光倾泻而下。困意翻涌,我很快睡着了。又是梦,英子的袜子蒙着我的眼睛,一会儿是灰色的那只,一会儿是金色的那只。在一片砖墙和瓦房中飞行。我大概是只飞鸟?飞行的感觉原来一点也不轻盈。

"甘之如饴?清风拂面?我觉得火车是最美丽的,火车不会脱轨,也不停止爬行,它的目标是太阳。"

是谁在说话?那司机的嘴唇好像不被人察觉地动了动。也有可能是副驾驶座上的大哥……

"所以,"那个声音继续说,安静地稍微有些粗哑地,"你不是什么飞鸟,你也没有飞行,你只是在爬行。"

那团积云又梦一般地缓慢地爬向太阳。一只鹿的模样。那只鹿下,车子穿过最后一片楼群阴影,停在一栋插着红旗的楼前。

二哥和大哥交换了一下眼神之后,先后下了车。

二哥背对着车门点燃一支烟，似乎并不着急让我下车。大哥仰头望着楼上某个阳台，面露难色。我知道那是我"家"。车门外二哥在重重地吞吐烟圈，也好像在激动地叹息。

我下了车，立刻明白了怎么一回事——二楼的阳台那边传来哭丧一般的鬼哭狼嚎。几个女人尖锐的嗓音弥漫在一起。欢迎仪式的环节之一？天已经大亮了，客厅的灯仍然大亮着。一栋结构坚实、很是气派的公寓楼——正是用当年卖我那6000块钱买下来的吗？

我不知所措地望着二哥，他看见我下了车。立刻甩掉烟屁股。从后备厢拎出一大包——烟和酒。

"走吧"，他在前面带路。我走在中间，大哥在最后。我们三个人在雪地里踩出惊天动地的咯吱声。干燥的荆棘替代雪地在脚下沙沙作响。忽然夏天了。这里的夏天是什么模样呢？我抬起头想看看刚才"那只鹿"——而天空复又陷入巨大的混沌之中。

短短几步路好像走了一个小时那么漫长。

二哥敲门，"是我们"。

刘寅荣

二十分钟前我给他打电话，他说还有二十分钟。

可这二十分钟咋这么难熬？

这大雪天，屋里闷得透不过气。

我几乎一夜没睡。从昨晚开始就在家里熬皮冻了。今天凌晨四点就到了。虽然想到了今天会忙一天累一天，但怎么也想不到婆婆今天什么活儿也不做，只剩下哭了。这些年我什么阵仗没见过，今天的事真是在我意料之外了。公公的脸上带着一种僵硬的庄重，一会儿从椅子上站起来，走到什么也看不见的窗口一站就是半小时，好像老三能从那黑漆漆的窟窿里突然钻进来似的。婆婆也差不多——一会儿去屋里收拾一会儿，一会儿又去收拾一会儿——不过就是把和老三相关的，或者她认为能让老三觉得她当年那么做，是"用心良苦"的一些"证据"摆在显眼处——好让人家一眼就能看见，行得通吗？自欺欺人。

说实在话，我也不明白，卢家人当年为啥要卖老三？造孽。

时间一点点地过去，就好像油尽灯枯似的，谁也不吱声了。我和大嫂炒完了大虾、海参、韭黄八爪鱼，烙完了饼，快累死了……就差二十分钟了，我咋还觉得这么漫长呢？

我看过几眼照片——不用说，就是卢家人的脸，尤其是那鼻子。

公公不知道怎么了，脸红通通的，看上去像喝多了，还是犯高血压啦？不过我也没敢吱声，婆婆都没说啥。过了一会儿他起身去倒烟灰缸，突然哇的一声哭起来。婆婆就像早就准备好似的，也立刻号起来。不知为什么我被这气氛闷得透不过气来，我也泪流满面。但我没有啥好哭的，我为什么哭呢？

要是这几天都得这么过，也太折磨人了。

不知过了多久，站在窗边的大嫂严肃地提高嗓门说，"在楼下了"。

屋里的空气立即收缩成一团。

螃　蟹

像月亮一样的圆桌。

墙上的挂钟看起来是德制的，很有艺术感，但它走得真慢。

我被提早安排坐在桌前。每个人好像都很忙，女人们在厨房和饭桌之间打转，陆续端上的菜几乎要把圆桌撑爆了。一桌陌生的菜，大部分我见都没见过——应该都是我的"家乡菜"。男人们则不停地起身离开，不一会儿又坐回来。卢父始终坐在我对面，他时而看我一眼，脸上笑盈盈的，不看我的时候眼神是呆滞的。比起刚进门，我已经有点习惯这张面孔了，不难想象他更年轻一些的时候——腰杆笔直，常常气呼呼地在屋里走来走去，大声呵斥着孩子。只是突然有一天，他变得谦和了，常常无精打采，不愿意做决定，也不再挑剔饭菜。他想要孙子，因而想到了当年被他卖掉的小儿子，这二者之间的联系让他的想法越来越僵硬，但是他得容忍这种僵硬。

过了一会儿他拿起一根烟，好像忘记烟灰缸放在哪里了，四下里看。我知道在哪儿——它就放在窗台上，一进门我就看见了。

我该去拿过来吗？——我并不想。我想他也不想。焦虑袭来了……我再一次去看那个挂钟，它走得更慢了，几乎像是要随时停摆。

圆桌的最后一个缝隙被填满的时候，所有人都落座了。一共七个人。两个女人（无疑是我的大嫂和二嫂）之间的最后一句耳语也平息之后，屋里终于真正第一次陷入沉默。

这沉默增添了挂钟的烦躁，它开始加速运转。

卢母——而不是卢父，打破沉默："没在屋里转转？"

我摇摇头。很反感那一脸自信又忽明忽暗的笑容，但这张脸立刻被养母的面容替换了。

卢父："这是你大嫂，这是你二嫂……"我对着两位嫂子笑了笑，二嫂用怪怪的眼神看着我，脸色苍白，当然了，可能是她没休息好。

大哥说："也不知道你爱不爱吃，都是咱家乡菜。"

大嫂殷勤地起身，把我旁边的土豆丝换成了螃蟹："这个是今早上刚打上来的，新鲜着……"

我说："谢谢。我吃不惯海里这些东西。"这是事实。

雪好像彻底停了，大雾退散，屋顶和天空都陆续出现在窗上。

大嫂迅速瞄了一眼大哥的反应："你大哥本来说吃进门饺子，我和你二嫂寻思，饺子啥时候不能吃，你回来第一顿，咋说也得弄几个菜……"

我说："挺好的，饺子也挺好，在我家那，过年过生日才吃得到饺子。"这也是事实。

二嫂看了一眼卢母。

电话响起。英子打来的。她把钥匙弄丢了。

我起身到窗边接电话，示意大家先吃，但窗子上的倒影透露着一团和气，没人动筷子，我们花了五分钟商讨解决办法，通话的最后她更换了一种语气问我，那边人怎么样？但这句话被挂断了。倒影中我看到卢父重重地向座椅后背靠去，而二嫂悄悄把那盘螃蟹换走了。

挂钟——咣当。午时整。

植物园

雪停了半会儿，又下起来了，比刚才更大了。来植物园是我的意思。哪儿都冷，植物园四季如春。

这是近两年招商引资的门面项目，老韩他们一手弄的。只要来了外宾啊领导啊，都给带到这儿来。这儿的变化真大，几天不见，感觉周遭新起的楼群就像填空一样，一点点把能填的都填满了。但我不喜欢来这，总有股假惺惺的味道。

在机场看到老三的一瞬间，我有一种被闪电击中的感觉。我俩长得太像了，眉眼鼻子——明明一模一样，却又是完全不同的两个人。突然我身上一点劲儿都没有了。

应该感谢这场雪，要是没有它，这一路上我真不知道能聊点儿啥。我的心一直在发颤。一见到老三我就知道，事情没那么简单。爸妈理出来的那套在他身上行不通的。刚才他和弟媳妇打了那么久的电话，我一直盯着妈看，我知道她期盼着能和电话里头的人儿说两句。但似乎关于这家人的事儿，人家一句也没问。

我跟老三走在最前面,爸妈在我俩身后。大哥大嫂和寅荣拖拖拉拉在最后,我们是今天这里唯一的一行人,也难怪,这么冷的天。

老三基本不太问什么,任由我一路讲说这些我熟悉不过的石楠、落羽杉、水松、苏铁、红豆杉……然而我的心没有一刻不在思考着接下来的重任——老三他会留下来吗?我该和他摊牌吗?现在我终于理解什么叫如鲠在喉了。

我麻木地在绿植王国里穿行,这些过于充满生机的绿色让我头脑发晕。二哥喋喋不休地给我灌输这些陌生植物的属性、喜好。它们如今就像木乃伊一样地活着,它们的属性和喜好还重要吗?它们还会喝风饮雨,与鸟群嬉戏,与星群做伴,也时常担心被雷电劈死吗?但我耐心听着,试着记住一些名字。透过一片巨大的树叶,我看见窗外与光线纠结成团的大雪,偶尔有阳光透进来,停留在一些枝叶之间。我盯着它们看。

"累了吧?"卢母突然问我。她从手拎的布袋子里掏出一瓶水递给我。

我将水递给二哥:"谢谢。给二哥喝吧,他又开车又一直讲……"

我接过卢母手拎的布袋子,竟然沉甸甸地塞了五六瓶水。

"哎呀不用……"她紧紧攥着,不可思议地笑了。我注意到她的眼睛仍旧是红肿的。我想象着她刚才号啕大哭的样子……我坚持从她手里夺下,径直向前走着再没有回头看她一眼。

一些低矮杂草吸引了我,它们栖息在那些藤类植物的草地和石缝间,几乎每走几步就能看到。有粉色、白色或白色底纹的花朵,卷曲的茎十分精巧。

我问二哥,"那些是什么?"

"什么?"

"就这些。"我蹲下来。"是新的品种吗?"我问。二哥摇摇头,一副为难的样子。

"感觉就是杂草,"他说,杂草不都是一个样子吗?

我拿出手机,为一株小花拍照。茎的尖端拼命地探寻着我的镜头。

大嫂忽然大声说,就这个,多好看。她站在一株缀满果实的红豆杉前。

"妈,就在这照吧?多好看这个。是吧?……"原来他们计划照一张全家福。余光里二哥探寻的眼神,我默默向那里走去。二哥兴奋得一路小跑喊来一位工作人员,我听凭他们安排位置——我和大哥二哥站在前排,父母大嫂二嫂在后排,工作人员嘟囔着:"咋看着不对劲……肯定得老人在前面呀。"父母二人被推到前排,"兄弟几个和老人站在一起吧",工作人员指挥。

二嫂:"那后面就俩女的,看着怪别扭的。"

"那……前面三个,后面四个吧,对吧?这么安排看着就……你站在前面吧。"工作人员笑嘻嘻地对二哥说,"你个头合适。"

二哥的声音很严肃:"你胡说啥呢。"

最终,我和父母二人站在前排——一颗小卵石卡在我们中间,二哥试着拔没拔掉。

"统一往左挪两步来。"工作人员指挥。

"哎呀,"大嫂在后面嚷嚷道,"这里咋有一摊水?"

最后我们维持在原位。

"来,一、二、三……茄子!"

植物园里的光突然汇聚到一起,好像一洼洼的水坑似的。

水坑之上,是"一家人"的背影。

五叔的乐队

像月亮一样的圆桌。

挂钟已经很困倦了,屋里却热闹非凡。圆桌上多了一个人——我的五叔。

仍旧是满满的快被酒菜撑爆的圆桌……五叔,一个看起来比卢父雄健十分的、还没喝酒就已经红光满面的人,眉心有两道深深的川字纹。他自然是坐在上宾位,挨着我。他时不时地就会接起一个电话,交代合同的细节,呵斥下属,安排着某个饭局,他讲的是普通话,偶尔夹杂着英文。

"咱五叔……"坐在五叔另一边的二哥绕过五叔背后,悄悄向我授意,"是家里有头有脸的人物。"

在夜晚的凉意中,挂钟的疲倦慢慢地变成了温柔的耐心。黑夜沉沉地向窗口上笨重的屋顶压下去,几个孩子的脑袋向里张望,哧哧地笑。

五叔频频举杯:"这个酒好,是内供的。一般外面喝不到……柔呀。"二哥一边点头,一边绕着圆桌把空杯都斟满。他们二人时不时咬一会儿耳朵。我都听得到——分明是要我听得到:谁的工作安排好了,他上周的时间全都耗在了谁身上,他们正面临怎样的混乱;庞杂的话题,真正的成功学逻辑。

"我说两句啊。"五叔站起身。窗口的孩子又多了几个。大哥在犄角旮旯里抽着烟。卢父放下筷子,重重地向座椅靠去。

"老三回来了!大喜事。我们老卢家,天大的喜事。"他低头看了我一眼,像是专门对我说,"人都说啥最珍贵?失而复得,对吧?"挂钟沉闷地响了一声,晚上八点整。讲话暂停了,五叔用青岛话对大哥小声交代了几句,大哥起身便出去了。

不消一会儿,大哥出现在门口。他的身后,是四个手持小提琴和一个拖着大提琴的身着半身裙的女人。

大哥一脸振奋:"这是咱们当地……哦是朝鲜乐队。"

一股古怪的气味。已经靠在椅背上轻微打鼾的二嫂骤然醒了。

五叔再次站起来,像主持人那样:"这个女子乐队了不起,曾经在咱们国家巡演……"拖着大提琴的女人熟稔地站在圆桌的正前方。"今天我们要热烈欢迎老三回家,迎风破浪志在四方,乡音写照好男儿心系家乡。第一部分的曲目是《北风吹》《歌唱祖国》《社会主义好》……"

杜　理

他有时也做梦吗？他也会把自己的睡眠浪费在无聊和愚蠢的梦上吗？

我们都生在 1988 年，但我得叫他三舅。没人告诉我他要回来，也可能因为对于这件事，没人想听一个哑巴的看法。三舅来的前几天，家里每个人都变了个样。说不上是什么。电视里的人都显得勤快了许多。舅爷魂不守舍，拳头总是轻轻握着，让人觉得分外紧张，舅娘则像变了个样，也不出门，也不打牌了，她总是皱着眉头在集市上买东西。

我是跟着那个朝鲜乐队进门的。雪一直没停过。而就在前一天的午夜时分，我突然醒了，房里点着一盏小小的灯。外面的风悲伤又单调。我出了房间来到走廊上，又回到房间，怎么也睡不着了。我想再过一个小时，三舅就应当到了。他们的车一路向东，从海尔路下来后就是高陵路了，那一路都是我的墙画。三舅他会看到吗？

我立刻开始换起了衣服，衬衣、裤子、黑外套、帽子……我把自己打扮得像间谍一样。我在做什么？我要干吗去？我的车驶向机场了。我对自己的行为感到无比惊讶，但我来不及多想了，我最好趁黑钻进雪里。

四周空无一人，多么美妙啊，我从来没有在这个时间出过门。时间又是我自己的了。

我跟着大舅二舅的车，他们的车就像还没醒过来，开得犹犹豫豫的。太阳隐匿在铁青色的天空之后，偷偷注视着我。它认为我很可笑，我也这么认为。

车开过跨海大桥转了个弯向西开去,他们这是去哪儿?我也只好跟着。车拐进了二舅的公司大院停了下来,一个穿着白色毛衣的人钻进雪里,把两包东西熟稔地塞进后备厢,把一份文稿塞进二舅打开的车窗缝隙里。车子复又开进风雪里。

他们在机场拥抱了彼此。我看不清他的脸。二舅在前面带路,他挎着他的包,但它总是从他的肩上滑落下来。我想象着我发给他的第一句话,该是什么?"你没怎么变化……"或者"你变化挺大……"瞎扯,他该是什么样子?我压根没见过他……

一团积云梦一般地缓慢地爬向太阳。车子在一片楼群阴影中穿梭,最后停在一栋插着红旗的楼前。舅爷家到了。恍惚间我好像是做梦一般去了很远的地方,尽管我的身体还坐在我的车里——一条掩映在窄小楼群里的宽敞大道,只是这条路看起来很是不安,像是要随时取消那样,一男一女在前面带路,我一边紧紧跟着他们,一边在想着他们到底是谁。男人竟然有点像我爸年轻时候。这个想法让我开始发慌了。我想着:"抬起头看看天吧。"他们照做了。我想着:"来一首歌吧。"一首曲子飘落了。我想着:"左转吧。"他们也照做了。一面白墙,我想着:"别停,穿过那面墙吧。"他们径直走着,用身体将那墙一分两半。

一些声音从天上而来,碎片一样的词句砸向地面。光线太亮。

我的引擎忽然熄火了。突如其来的安静惊醒了我。

想也不用想，舅娘肯定在楼上哭号……天已经大亮了，他们哥三个排成一列，无比缓慢地行进着。不知怎的我好像听到了蟋蟀"啾啾"的鸣叫……

演出开始了。

演出开始了

我意识到不仅仅是我自己，所有人都长嘘了一口气——二嫂放松了她紧凑的步子，慢悠悠地收拾碗筷，大哥拿起烟推开门走了出去。这本是一个最安全的时刻，我却在这个时候迎来了最尴尬的一刻：我的亲生父母，一左一右围坐在我身旁。卢母一会儿摸摸我的手，一会儿捏捏我的脸；卢父则时不时地拍拍我的大腿，就像是和着舞蹈的某种节拍，像触摸一个新婴儿那样。那一瞬间我似乎真是一个新生儿——我紧紧地吃惊地盯着地上狂乱扭结在一起的影子，就像人生中第一次看见影子那样。

大约十一点钟，热闹一点点退去了。屋子的灯光也变得安静了下来。经过这么奇怪而精彩的一天，我困倦极了，恨不得马上睡去。他们像梦一样地领我到了一个铺满照片的房间，但他们没有走开——真正的谈话终于来了。

我长吁一口气。床单是新的，枕套是新的，外面的狗吠声是崭新的，我扫视着墙上的照片，在一张合影上停留住。

卢母注意到了，就像解说员那样，她说："我抱着的就是你……"

我笑了笑:"照片很新。"

她似乎大吃一惊,整个人立刻缩小了一半。她知道我看穿了什么……这个时候我注意到她宽大的毛皮大衣与她娇小的身躯显得极为不匹配。

"这衣服您自己买的吗?"我问。

"你等等……"她像想起来什么似的,出门而去消失了片刻。

卢父还在刚才的情绪之中。他其实很累了,眼睛里布满了血丝。此时此刻,到了今天他一直等待的一刻。他不会允许自己松懈下来。"第二年就到处托人了,找关系……就是咋找也……"卢父被自己的话呛得开始咳嗽起来,然后流出了眼泪。他骨骼粗重,头发已经开始花白,皱纹却几乎没有。

时间懒洋洋地待在一边,似乎并不愿意跟随他回到1988年。

卢母回来了,及时地。她抱着一摞衣服,"这是这些年给你买的衣服,想着能找到你的话……不管咋说,想寄给你"。她看了卢父一眼,约莫着卢父已经说完了该说的话。

我接过了衣服,礼貌的沉默。它们也很新。但这次我没说出口。

她显得很感动:"妈今晚和你睡吧,咱俩说说话……"

我一夜未眠——当然,独自一人。假设我刚才同意她的建议,现在会是什么情景?我在数千公里以外,我的枕巾散发着陌生的香瓜味。门外躁动不安。我把灯关掉了。

于是地上有一纸片的月光。那是一张6000块钱的收据。

光耀的知觉慢慢开启,甚至爆发了。我们的方向也好像因这光变得明确了,雪终于彻底停了,周围的人变得极为关注我,为什么呢?那些歌声不变,只是我停止了哭泣,就好像那个哭泣的机器失灵了。小孩子送给我一半快要融化的冰激凌,女孩子也对我展开微笑。一切都是如此美好,美好。美好像是顺理成章的事情,她不再走得那么快了,我们并肩前行,她也常常向我露出微笑。有一次我甚至和她开玩笑说,到了下一个房子,你不要进去了,让我进去。她也对我笑了一下,我看得出来——发现我不再哭泣,她有点恐惧,有点惊讶。

一条红毯从入门处向视线不可及之处延伸而去。员工在红毯左右两侧,他们举行了隆重的欢迎仪式,振臂欢呼我的到来。红毯将大哥的脸映照得发光。一个女员工同样红光满面地等在红毯尽头。"这是我们公司的高才生,艺术学院毕业的。让她带你参观参观。"

一辆拖车缓缓地爬过玻璃门窗,上面是一堆愚蠢的废铁。

随着旋转楼梯而上,墙上挂满了密密麻麻的画。女员工在一幅画面前停留住,向我介绍起来:"这是卢总 2010 年收藏的刘大为水彩风景写生作品……"她那双黑溜溜的眼睛总是紧盯着我,随时做好了应答我的准备。

"价格不菲,"我说,"你最喜欢哪一幅作品?"

她吃了一惊,就像打开房门见到的不是自己要等待的人一样。但她还是很快笑着回答我:"如果是刘大为的作品,我喜欢这幅。"她带着我来到一幅画前——一棵大树稳稳地盘在崎岖的山腰间，它庞大的树枝庇佑着沿路的房屋，一个挑着扁担的老妇人摇摇晃晃地身居画中，渺小，显眼。

"你喜欢它什么呢？"

"我说不好，"她换上了一副轻松起来的表情，脸一红，"就是觉得这画中的树很亲切，像是我老家的树。"我点点头："也像我老家的……然后呢？"我在那片密密麻麻的挂画前绕了一圈，"啊，你看，这是我喜欢的那幅《阳光下》，还有……"

她的步子迟缓地跟着我，但眼睛不再跟随我，而是望向走廊的前进方向，三个人抬着几箱酒跟跄地路过——"麻烦，借过借过……"他们推开了走廊尽头那扇门，隐约有欢声笑语和香烟的烟雾从门缝中溢出。

"那只鸟纹丝不动呢。"她说。

一只彩色的鸟静静地栖息在横在半空的围栏之上，它一声不吭，一动也不动。

崂山的海

海风新鲜得像是初生一样，我深一脚浅一脚踩在软糯的沙滩中，海水反复拍打着我，我也反复拍打着它。举步维艰。一片云从远方而来，紧追着云群。微弱的太阳大概就躲在云群身后。

一只巨大的眼睛忽然从云层的背后生长起来，紧盯着我们一行人的背影。雾蒙蒙的，梦幻一般的屏幕。一股滚滚的波涛，从我头顶上方席卷而过。大哥和二哥娇里娇气地扭打在一起，他们的红领巾被对方撕扯下来，卢母背着一个大口袋，步履不稳地紧跟其后，她高声咒骂一句，两个小子乖乖地停手，从沙子里去捞对方的红领巾。她抬起头，正与天上那只眼睛对视。卢父走在最前面，他好像看见了一个熟人，他们兴高采烈、滔滔不绝地交谈着。太阳完全消失不见了，不知道为什么，似乎我离那云群最近，我看见一些轮廓不清、毫无美感的面孔在那里重叠。

月亮出现了，弥散着缕缕清辉。卢父和卢母并肩走在了一起，他们的脸失去了轮廓——就像刚刚从那些面孔中采摘下来一样。他们就像两尊雕塑，背映着天空。麻袋扔在他们的脚边。我小心翼翼的，仍然感到浑身发烫。

我忽然感到颠簸起来，在狂奔中颠簸——我使劲睁着眼睛，却看不清自己的现状，我仍然只能与云群上那只眼对视——是的，我仍然看得见那云群，即便夜幕已经缓缓地扩延开来。我开始絮絮叨叨，我的话总是被打断，我就像是被毁掉的某道闪电，更像是波涛起伏的大海上的一个软木塞，颠上颠下。

忽然间我向上一跃，白花花地悬浮于那只眼的中央："你看。"它说。它说的话重重地砸在那屏幕的字幕上。

一只鹿躺在麻袋里边，附着在礁石边缘上。

一对男女的对话从不远处传来——应当是海面之上吧？他们的谈话也是那么颠簸。

"还有没有办法了?"男的说,"没时间了。"

"时间有的是,只是没办法了。"女的轻轻地说,声音很坚定。

"他穿鞋子了吗?……"

黑夜铺展开来。我光着脚,奔跑在脚下一会儿是青草,一会儿是沙石的大地上。

刘寅荣

月亮一般的圆桌。挂钟激动地走着,它这几天很激动。

我今天去集市买了些猪肉。猪肉又涨价了。我本来想买一条裙子,但想了想,还是等老三走了再买吧。婆婆一直在那些灰不溜丢、样式老旧的布料堆前转悠。是些男式的布料,我猜她要给老三做衣服。集市上全是好看的衣裳,她坚持要买布,这年头谁还穿做的衣服,年轻人会穿吗?但我也能理解她。她想讨老三欢心。老板高高兴兴地送了几个小孩用的枕头套给我们。婆婆盯着那枕头套看了一会儿,我猜她想弹些棉花给老三家娃做个枕头。她甚至后来还挑了几个我们都不用的鞋垫子。

我问她:"英子穿多大号鞋你知道吗你就买?"

她想了想,放下了,但没走几步又回头掏钱买了下来。

晚饭一结束,公公婆婆就钻进了老三的屋。我真的同情这两人。老三还能待几天呢?他们的时间不多了,假如昨晚上老三的屋子传来哭泣声,那可能还有戏。但是婆婆进进出出去找过去那些旧衣服——一些她以前给老三做的衣服,有什么用呢——听说送老三走的时候,连双鞋都没给穿上。再说什么无关紧要的话,都是多余。

老卢让我送水果进去,我很乐意去看看,就是不想看到我公公哭,我不愿意看男人哭。这样我会怀疑起很多事情来。我进去的时候敲了敲门。老三说了句:"进来吧二嫂。"他咋知道是我呢?床上果真放着白天那几匹布,婆婆正在给老三量腰身,一脸喜色——她总是活在自己的世界里。公公坐在大吊灯下抽烟。那吊灯神奇得很,把所有烟雾都吸了进去。

这几天我本来觉得自己是主人,应当照顾客人的情绪。但是说实话,我婆婆什么时候给丽丽做过衣裳呢?不给我做也罢了,亲孙女也从来没做过。他们是真的心疼老三这些年不容易吗?他们只是想要孙子。毫无疑问。

从屋子里退出来我没有马上走,在门口等了一会儿。我不知道自己是什么心思,但我想看我婆婆哭。也想看到老三冷冰冰或摇头,那样婆婆至少该明白一个道理,就是好多事没有那么简单。

但我什么也没等到,什么也看不到,墙上的影子就像是凝固了一样,屋里是长长久久怎么也消失不了的沉默。

纸屑一般的雪在夜色中熠熠发光。气温骤然下降。屋里还是卢父刚才留下来的弥散不去的烟雾。它们游移不定,在空气中形成一道道难以捉摸的横纹。

我刚从一场梦中醒来，就再也睡不着了——梦境不是很清晰，一条被践踏得满是泥泞的弯弯曲曲的小街上，我像一条丝线那样在摇摇欲坠的云层下拐进拐出。将是一场雪还是一场雨呢？空气脆弱得要命。但时间好像永无止境那样，雄心勃勃地笼罩着一切。我想找一个隐秘的地方解决内急，四围弥散着小便的酸臭味，那么吸引我，我却停不下来。

忽然之间我的腿就像是车轮那样陷入了一个辙沟里，立刻有不知道从哪里冒出来的无数人围涌上来关切地询问我的状况，他们为什么不知道拉我一把呢？

我再次睁眼——真的醒了。约莫凌晨三点了。我点亮了床头的灯，黑漆漆的屋外传来有人交谈的声音，还有孩子们的声音。我出了房间来到走廊上，一顶黑色的帽子和几张报纸搁在墙角的月光里。一边的炉灶奔腾着热气。他们的声音在堂屋。街上传来噪声，附近似乎有人在伐木。我捡起帽子戴在头上。

我推开了门，一股湿漉漉的热气。一个十几岁的男孩嘻嘻哈哈地撞上来。他拾起门后的球，在食指上优美地转了一圈，召唤正急急提鞋的小男孩。两人朝着夜色深处飞奔而去。

"你咋来啦？"是卢母，还是沙滩上的年纪。她皱着眉头看着我，手里正在忙着针线活儿。

同样是沙滩上的卢父，在旁转悠："我的烟灰缸儿呢？"

卢母："不是说要戒了？"她搁下手中的活儿，也开始在屋子里转悠，所去都是屋里黑暗之处，我看不清楚她要干什么。烟灰缸就放在窗台上，一进门我就看见了。

墙上的德制挂钟呢？

她的针线活是一个淡黄色头发的布娃娃，是个女孩子的样子。娃娃光着脚，衣服却穿了一层又一层。门外的伐木声忽然消失了，周围陷入一片死寂。所有的光线也都消失了。

不知道过去了多久，一丝火光从黑暗中滋生放大——是卢父燃起的烟斗。

他忽然老去了，比今早看起来老了二十多岁。他的烟斗耷拉着朝向我："杜理，你考上了没？"

我惊呆了，一阵猛烈的眩晕。

"我没有。"我说。我是杜理？我是谁？

"你还要考吗？"

"大约是的。"我的身体在说话。

他含着烟斗点点头："以后还回来吗？混好了？"

"我不知道……回来做什么呢？"

"你看报纸了吗？你得多看报纸。回来不回来，多看看报纸就知道了。"

"我三舅呢？"我说，"他回来不回来？"

这时候我发现他揣在口袋里的一只手拿了出来，一只紧紧攥着的拳头，拳头神秘地打开了。他神色喜气洋洋的，期待着我的反应。我捂上嘴巴，惊讶地说不出话来。

因为里面什么都没有。

跨海大桥

老三说要回莒县参加同学的婚礼。十有八九是借口。当然这在意料之中。打第一眼见到这小子，我就知道事情会是这个结局。他让我们每个人都像小丑。当年我才4岁，对于这个被卖掉的襁褓，我又为什么愧疚？但而今，这个人儿活生生地在我面前了，用一张和我一模一样的脸露出那种讨人厌的笑，我才意识到那件事意味着什么，那6000块钱意味着什么。

我当然要负起责任。但这几天我总感到有什么东西包围着我，一种本能的、藏在暗处的恐惧。像是着了魔一样，晚上总是做各种怪梦：在一面墙的角落（一面封闭的墙，像在一个监牢里）里来回打转，我大概是一只干瘪了的气球，又或是一块石头，甚至是烂泥。太过滚圆根本站不住，总是滚来滚去，而且飞速胀大，沿着墙往上蔓延和攀爬。最后看见脏兮兮的东西掉落在自己身上。

有时候我也在想，假如寅荣还能生，今天这一切还会发生吗？老三还会像现在这么重要吗？还有爸妈，还会为那6000块钱买单吗？而我见到他那一瞬间的软弱，也还是真的吗？生活就是这样，你怯生生地向前迈一步，它会嘲笑你胆小；你大跨步地走，它就将你绊倒。

雪又整整下了一天一夜，跨海大桥上已经失去了轮廓。车厢就像一个巨大的雪花玻璃球，其他的雪花玻璃球也缓慢地滚动在主干道上，扫雪机沉闷地穿梭其间。

还是老位置。老三坐在后排,老大在副驾驶。车厢里的氛围没什么变化,还是和前几天一样。但是我已经不觉得难堪了,这几天难堪已经成了惯常。不知道为什么,这通天的白封闭了我,封闭了车厢里的言语。有什么气味一阵阵传来,像是螃蟹腐烂的味道,这气味逐渐取代了空气。大雾再次封锁了海岸线和远山。

终于大哥开口讲话了,还是那些蠢话,讲我们小时候的那些蚯蚓、兔子、乌龟,还有这跨海大桥……我知道,他确实很怀念那时候,可他忘了一个道理:谁能理解你小时候喝过的白开水有多甜?我们毕竟不是一家人——至少这三天之前都不是。

天地都静止了,只有不断穿梭其间的雪片。雪好像永远也不会停止。干枯的枝丫有节奏地滑翔而过,紧接着又是下一个。永无止境。

跨海大桥到了。

海面上是数不清的大大小小的"雪丘",它们不紧不慢地向远处延伸而去。依稀看得见海岸线上的灯塔被冰层随意而严实地裹挟了,被遗忘的太阳在地平线上投下一道阴郁的身影。除此之外,整个世界已经失去了轮廓。大大小小的臂膀伸进防护栏,为他们眼前的美景振臂欢呼。

冻结的海面似乎失去了一切呼吸的可能——但冰层之下,是永将奔流不息的暗涌。倘若雪停了,又正值一天中温度最高的时候,冰层大概会有些许融化吧,而稍后莅临的寒夜再次将它凝固——它会变更一件新鲜的外衣——谁人会知晓呢?

如此反复,直至春天。直至它软弱地泛出绿茵茵的光泽。

灰色的玻璃罩完全占有了我——一根长长的细线在前方牵引。玻璃罩子向前滚动着,发出巨大的轰隆声。我不确定自己是什么。我身处其中,躺在一个冰凉的怀抱里动弹不得,只有猫一般大小,一个开关控制着我(长在我身体的某处)。我知道,只要有人触碰它,我就会变成特洛伊一样的木马,它甚至巨大无比。我守着这样惊人的秘密却无法告知任何人。我知道那个时候,我在巨马的肚子里,一切都安全了。

突如其来的颠簸,车身无药可救地猛烈抽搐了一会儿就一动不动了——一道隐匿在积雪里的深不可测的裂缝。大哥和二哥趴在地上研究了半天,决定推车。我想帮忙推车,但他们坚决地拒绝,而是请求于过路司机,任由我无聊地等在一边。大约半个小时后,车身站立起来了——但轮胎外侧受到了重创,且备胎莫名地失踪了。过路司机建议叫拖车,而他们再次拒绝了,大哥用方言向对方解释——他们必须亲自开车将我送到莒县。(为什么?是为1988年送行吗?)他嗓音粗重,一双红润的大耳朵,已经开始微驼的脊背改变了大衣的弧线。二哥则皱着眉头打电话,安排备胎的事——尽管我一再强调,我必须要在两个小时内到婚礼现场。我不介意乘坐其他交通工具。

很快我就熟悉了开关的操作。我看不见自己,只看得见自己一双蹄子,叮叮当当的,一副可怜巴巴、曾深陷淤泥中无法摆脱的模样。我能活动了，但自由并不属于我。我的使命才刚刚开始。

一个人骑到了我身上，是方才的过路司机。

"你要去哪儿？"我问。

"我要去哪儿？"他反问我。

哦，我忽然明白了。这就是我的职责。我需要帮助人们确定家乡的方向：黑眼睛的妇女停在楼梯上，刺玫花味的洁净床单的味道与大海另一端的夏天交织。

"出发吧！去下一站！"他的大腿使劲儿地夹着我。炽热的泪水滴在我的脊梁上……

另一个人，是大哥。20岁的年纪，还是那红润的大耳朵。

"你要去那儿吗？"我问。

"是的，我想去那儿，可以吗？"还是那粗重的嗓音。

我一次又一次在人群的上空呼啸而过，但是没人搭理他。他最终来到了一个面包铺。似乎是某个星期天。他的脑子里缠绕着一些迷幻的碎片：信纸、星星糖、碎花围巾，一个墙体斑驳的德式矮楼里住着一个女孩。只是她迟迟未归，我只能陪着他等在路灯下。

我们被月亮的叫声吵得无法入睡，最终我们聊起了一些话题。

"你怎么知道我要来这儿呢？"他问。

"我也不晓得，好像你一骑在我身上，我就知道了。"

"那么你有想去的地方吗？"

"下一站我会去一个婚礼。参加一个女人的婚礼。"

"是你爱的姑娘?"

"如果你们把痛称为爱,那就是吧。"

"你的家在哪儿?"

"要是我能骑在自己身上,大概我会知道方向。"

又一个人,是二哥。四五岁的模样。

他睡得迷迷瞪瞪的,头发上和衣领上落了不少燕子屎。条纹上衣被糊上了好几坨泥块。

他爬上我的背,险些摔下去。

"我要去大院子。"

他指的是栖山路的大院子。一个摇摇晃晃的大桌子上,一只乌龟正在一个高脚的玻璃罐里挣扎。一个男孩将脸紧紧贴在上面,乌龟一动也不敢动。另一个穿条纹上衣的男孩。

雨后的方地上,两个男孩迫不及待地用铁锹松动土壤,用手刨出一条又一条蚯蚓。紧接着小一点的男孩大声哭叫起来。

一条蛇从土里猛然探出了脑袋。是一条粉红色的花尾蛇,它一出土,就在湿漉漉的地面上甩来甩去,发出啪啪的声响。大一点的男孩立刻推开他抢先一步。但还是晚了,伤口渗出了如大海吞吐出的肮脏泡沫。小男孩的左臂立刻肿胀起来。在颠簸的阳光里,在惊慌失措的震荡中,他的口袋里的玻璃罐子掉了。远处的海面上,一个生气勃勃的巨轮射来一道光柱,照亮了冷却的沙滩。一只乌龟缓慢地爬行,掀翻了岸边的贝壳,将一张字条压在身下,一行歪歪扭扭的字:"给我的弟弟。"

天上下起了小雨，人们从我们身边飞奔而去，远处有枪炮的声响。我变得异常愤怒，我狂奔起来，我拿起她的拐杖，向四周挥舞着，道路在我的眼角下剧烈颠簸。她微弱的呼喊声犹在耳边，还有她的哭泣。雨越下越大，瓢泼大雨，却静寂无声。一切都结束了。有笑声从半遮掩的窗户中流淌出来。我终于睁开了双眼。但是她在哪里呢？她消失不见了。她从何时起不见的？我弄丢了她……但我竟如此平静。突然间我似乎能感受到她了。她不再哭泣了。可到底她在哪里呢？

英　子

阿姨正在拆封箱子，我已经在椅子上打盹了。又是一个梦。

我坐在一个巨型的橡皮圈上奋力地划船，橡皮圈长满了青苔。身下的波涛将我推向远处的一个山洞。四下荒芜，弯弯曲曲的小径上却摇曳着一些光斑。山洞口有一个身披白色巫师帽的人在注视着我。我既害怕又好奇，只是我无论如何都无法抵达那个山洞。

我还没去过海边，从他走的那天晚上开始，我却一直在梦里摇摇晃晃的。手脚都沾着露水，又冷又湿。白花花的潮水吞吐着五颜六色的泡沫。海边住满了温驯的野兽。他们在豪华的房间里，被白色的窗帘遮掩着。墙上开满了金色的裂缝。

"我要去参加一个婚礼。"他说。这似乎是一个突发事件，更像是一场蓄谋已久的邀请。

他身材高大,脸色红润。刚刚从跨海大桥下来,一个铃铛在他的脖颈上叮当作响。胸膛里装满了温暖而无力的誓言。

那场婚礼隐匿在一个远离市区的镇子,镇子中一个最为别致的酒楼后院。一双明媚而快活的女人的眼睛在那扇红漆大门后游荡。他没有进去,而是径直朝那片开阔地走去,爬上山顶,走到一株荒弃、孤独的大树旁,站在一个似乎属于他的永久的位置上,用沉重的双眼搜索着什么——沉默。一会儿屏住呼吸,一会儿将他的影子分裂成碎片。它不知道他的方向。

他踮起脚,用指尖去触碰树上的积雪。它们星星点点地落下。

接着他如同玩具一样滑过干涸的河床,向那后院滑去。

一群推推嚷嚷的人在那扇红漆大门内喧嚣着,好像没有一个可能和他相识。

我心存一丝微弱的期待,我总希望他能生出一丝微弱的变化,在这样的时刻做点什么。但他仍是一副迷茫而虚弱的模样,他扶住了那个院子的外围铁栏。似乎它们是他的港湾。

红漆大门后的吵嚷声越来越大,终于溢满了那个孤独的院子。而他也恰是在那个时候抬起踉跄的双脚走进去,积雪没过了他的脚踝。有一些客车和小轿车停在砖墙附近,熠熠发光的金属在阳光下闪烁着,但是丝毫没有影响这个院子的孤寂。他在它们周围走了四五圈,直到微弱的阳光彻底从这个四四方方的院子中消失。

他终于开始了漫长的、走上那扇红漆大门的路程。尽管它只有几十米。那扇门内巨大的噪声变成一片低沉的嗡鸣。

突然,他像想起来什么似的。一阵恐惧扫过他的全身。我想,好像他终于意识到自己正在做什么——他正准备参加一个女人的婚礼。于是他一动也不动了——停在那四方形的雪地之间。他回头去望他踏过的雪地,垂下眼睛那么仔细地去看——但在那之上竟什么也没有——没有脚印,甚至连错乱的微风似乎也不曾经过。他的眼睛惊讶地睁大了,我的也是。我知道了,我的梦境被跟踪了,而他已经离开了我的梦。

过了一会儿,一阵窸窸窣窣的声音惊醒了我,我的梦被暂停了。我起来喝了杯水,莫名的疲倦立刻将我卷入下一轮睡梦之中。我甚至知道,我的头舒舒服服地靠在了抱枕上。

一段没有发生的对话:

"那天你去大良家了吗?"

"去了。"

"找到那双鞋了?"

"找到了。但我还是给丢了……"

她继续用平淡的声音说道:"真高兴你来我的婚礼。虽然我一点也没有预料到。"

"我也没想到,我遇到了好多事,我见到了亲生父母。一切都……太难了。"

"什么时候走?"

"现在。"

"为什么那么着急呢?"

"我得回家了,英子在等着我陪她吃火锅。"

我终于失去了她,我坐在岩石上,感受到一种战栗,不清楚这战栗来自哪里。我想彻底迷失自己,但我却分明看见了我的路。她的影子不断幻化成一切:是苍凉的月光在辽阔的天地间游荡,是温润的风滑过我的发间。我静止着,一动也不动。但我知道,我即将起程。

有云群路过莒县

过了一会儿,月亮忽然上升了。

我的眼睛也变得蒙眬了。从远处的薄墙那边似乎传来模糊不清的狗吠声,刺痛了我的耳膜。而这刺痛是最好的引路者——它们就在某处,喘着奇怪的粗气,等待着什么(我几乎不敢想象它们是什么)。双腿既虚弱又不安。我的身体叮当作响——似乎有铃铛挂在我身体的某处。

一个人影在蜿蜒的小道上快速地移动。那是我的影子。那个人影经过了两三个街区,然后进了一片沼泽地。四下无人。我狂野地飞奔过一段小路,跳进了长满蓟草的田野。

有个人一把扭住了我的脖颈,将我从地上拎起来。他很高大,用闪闪发光的眼睛盯着我看。但我完全看不见他的样子。他的影子爬到我头顶上方的天空。他是谁?无所谓了,这很好,我想。这下我就有去处了,我再也不需要用那疲惫不堪的腿来走路,再也不想听见那叮当作响的声音。

又起了一阵风,我的四肢完全陷入了梦幻。当我睁开眼,我正站立在一个长着安静炊烟的屋子前,无边无际的灰色云群向远方驶去。在落满了月光残荏的逼仄的窗上,妈妈正从锅里捞起一碗热腾腾的汤面。雾气缭绕,淹没了她的脸。在她的旁边,有一张月亮一般的圆桌。

江上风清

出　生

他知道自己天亮前会醒上那么一小会儿。像往常那样。

狂躁的轰鸣声将骨架震得嗡嗡作响。紧接着是一阵更加狂躁的狗吠。他知道,天亮了,推土机又恢复了工作。窸窸窣窣的躁动。是蛇窝。

一共19枚。裂缝先从其中一个开始滋生,很快全部都有了。更多的龟裂和黏液。一颗探寻的脑袋数十秒短暂地瑟缩不前,像在试图理解突如其来的一切。新鲜的生命舔舐着仍被黏液封存的生命,召唤后者的到来——但它并没等待它们,而是抵达对它而言同样新鲜的碎石堆和杂草。

大棚外,是两只装满水泥的已经变形的小桶,桶沿已经破损不堪。他知道它曾容纳了多少泥浆,不,他永远都不会知道,还有多少新楼会诞生于它。昨天,他打算用它们砌一个坚固的"窝",为那条蛇的生产做好准备。他不确定自己什么时候该离开——确切地说,他很清楚即将到来的暴雨会彻底倾轧这个大棚,他的容身之所。

他半弓着身走进不祥的细雨中,远处一栋新楼正拔地而起。工人们疲惫地在搅拌器和工头之间穿行,后者暴躁地往嘴里灌着一瓶水。

天空阴郁而遥远,为刚刚到来的漫长的一天做着准备。

他知道自己必须起程了。就在今天。

他走得更远了一点,离那栋新生中的楼房近了一点。有工人警觉地打量着他肩上扛着的石头。雨水变得浓烈了,从他紧绷的脸上往下流。

工头朝车棚走去,他不自觉地跟了上去。直到前者停下来,用尽可能耐心的眼神盯住他,突然瞪大了眼睛:"你就是回来立碑的那个啊。"

他舌头打结,说不出话来,只是胡乱地指了指远处,示意对方他想去那儿,找找合适的地方。工头变得浑身充满热情——立刻从皮包里掏出一把钥匙塞给他。

他一点也没想到,对方真的会把摩托车借给他。他骑上车,躬身把碑用绑带固定在后座,启动了车子,发动机迷惘地呻吟了几声,似乎刚刚从一场巨大的沉睡中苏醒过来。然后是可怕的轰鸣声。它已经太老了。

很快,车子载着他穿过大街小巷。苍老的车身奋力地推开越发狂怒的雨水,冰雹夹杂其中,劈头盖脸地打在他裸露的脸上。车子绕着一个瞭望台转了一圈之后向真正的大路上驶去了。他回头向那个大棚望去,厚厚的雨帘已经交叉劈下。

浓雾笼罩一切，笼罩了群山和刚刚在那之上升起的晨曦。他累坏了，但世界第一次如此安静。泪水重重地向身后飞去。

车子上了大路，向他自己也不清楚的地方飞去。发动机忽然悄无声息了，雨声也消失了。一个清晰的声音，车身猛然一轻——什么东西掉了下去——当然，他知道是什么东西。他没有回头，车子也没有减速。他知道：大概是刚刚那条土路的交叉口，苇丛和道路两边的沟渠，有深沉的泥土在那里等候。

回　家

他知道自己天亮前会醒上那么一小会儿。像往常那样。

好像有人抓住他的领口把他揪起来，再扔到沙发上去。让他面对黑暗中泛着雪花的电视屏幕，屏幕依稀映射出他疲惫的脸。他总是感到筋疲力尽，虽然他常常一整天什么也不做。他点燃一支烟，嘴里全是甜腻腻的味道。晨光从阳台上的窄门洪水般一拥而进。睡意再次袭来，他瘫在沙发上，脑子里全是奇怪的框，一幅幅画面从中一闪而过：一群背朝着他的信徒正跪在地上礼拜；一个张着双臂的女人身影投斜入框，紧接着是一团忽明忽暗的篝火，就像远处的信号。

睁眼之前他做了一个梦——他正在夜空中游荡，为的是追赶一个正在唱歌的人。那个声音既肆意又力竭，好像在无底深渊中回响，他知道自己必须在阳光撕裂那歌声之前找到它。他甚至看到了唱歌的人满脸是泪……但阳光很快滴滴答答地落下来了。

客车继续往前开了一会儿,来到一个服务区,经过一片广场,停在了一座雕塑旁边——一个心事重重的大胡子,高举着一把镰刀。紧接着,车子离开大路,转上一条漫长的土路,穿梭于不知名的居住区,一些民工下车了,另一些上来。每个人都听从司机的指示。看得出,他是这儿的指挥官。

为了放下它,他只能买下最后一整排的票——它给他留下不到半米的空隙,最后他只能把它搁在腿上。它牢牢地控制着他。

坐在他前排的短发女人总是回头看他(搁在他腿上的石碑)——它被粗呢布料厚厚地封了两层。它看起来像什么呢?他躲避着她的眼神,向窗外更远处看去。一些零零星星的树,年轻、细长的松树。阳光越来越高,将这辆孤独、漫长的客车推向浓密的林深之处。

"现在正在往南开,对吗?"他忽然感到饥饿难耐。快到中午了。广袤的土地邂逅冬日的蓝天。地面潮湿不已,轮胎下泥块飞溅。客车沿着一条崎岖的小路向上爬了很久。他失去了方向感。

"你都不吃点什么吗?从早上到现在了。"短发女人忽然回过头,吓了他一跳。

"我还不太饿。"

但她将一整包面包和一袋辣椒酱硬塞给了他,她干脆帮他撕开了那袋酱,红色酱汁几乎溅得到处都是。酱汁一点点渗透进粗呢布里。

它还真是纹丝不动呀,他想。

松树越来越多,细长年轻的被年老苍郁的取代。风扇在他头顶上机械地打转。

女人再次回头,用手指叩了叩粗呢布料下的石头。"你去哪里?"

"清县。"

她露出了讶异的神情,将自己的身体收紧。视线再次停驻在那石头上。

汽车沿着开阔的平原继续行驶,太阳突然开始黯淡,天空由蓝转白,渐渐在平滑的地平线上隐退。遥远的山坡上,几团浓重的乌云正在逼近。一场暴雨将至。

一阵突如其来的颠簸,车轮猛然向右边的泥坑里滑陷进去。毫无准备的人四处散落,惊叫和咒骂声跌撞在一起。引擎痛苦地呻吟着。

石头从布料中滚落出来。一端砸在女人的脚面上,另一端狠狠地磕在座椅的把手上。一块碎石跌落下来。

"啊,对不起⋯⋯"他茫然地道歉。

女人喘着粗气,她受了伤,但伤不在脚上。她紧盯着石头上的碑文⋯⋯

在被压缩的空气中,三个愤怒的人捶打着紧闭的车门。司机愚蠢地呆坐在驾驶座上,任凭车身痉挛,一个壮实的中年人检查了一圈,最后摊开两手,承认他毫无办法,"是爆胎了,没有备胎"。

十几分钟后,谩骂声平息了。人们开始陆陆续续下车,最终只剩下他和短发女人，他们在空荡荡的车厢里迟疑了一会儿后，一起一言不发地走进白日中去。

她坚定地走在前面，就像她知道他的方向一样。天空沉甸甸的，所有的重量都压在他身上，时间萎蔫不堪。他们之间的距离越拉越大。

一座被废弃的工厂在公路的拐角处出现了，空气越来越潮湿，翻涌着浓重的铁锈味。两片空地之间，是低矮的丛林。一些掩隐在深处的断木，伤痕累累，上面杂草丛生。

女人忽然停住了脚等他。

"这是我原来的厂子。现在我们搬到上面去了。"

"上面？"

她看了看自己的手表，"如果你要到清县去，要走一天一夜。你只能跟我到上面去，晚上我们有辆车发清县。"

短发女人一圈圈解开盘在门把手上的铁锁链，大门重重地叹息……一辆崭新的手推车头重脚轻地倚在一面墙上，摇摇欲坠。他惊讶地发现，非比寻常的重量来自车板——那竟是由高密度的船木加工的——一个刚刚好可以放下石碑的长度。

"感谢你的帮助，可是我没有钱买这车。"

"不是要卖给你，反正它也是废物，它该回到清县去……而且一会儿估计你要付一笔路费。"

又是一段陌生、沉重的土路，向森林深处进阶而去。他拖着车艰难地往山上挪动，渐渐地，整个世界尽收眼底。五座，还是六座大山，全部覆盖着郁郁葱葱的松树。牛群散落在山体四围。他的疲惫在极度兴奋中得到了恢复。

紧接着,"上面"到了……

他们径直来到了一个孤零零的楼房前,一个巨型不规则水塔,看上去已死了很久。推车沉闷地倒在地上……

前门敞开着,他们走进底楼的一个大房间。半明半暗,弥漫着浓重的木屑味,地上尽是一些毁坏的物体、吃剩的食物和被抛弃的生活用品。数十把折叠椅撂在墙角。他盯着大理石桌面上那部黑色的对讲机,一张塑封的纸压在下面,上面写着注意事项,字体很大,内容也很简单,他从头至尾读了五遍,是一些关于消防隐患的强调。他拿起对讲机,试着调了几个频道,不停顿的嗡嗡声。

铃声突然打破了平静,是女人手里的电话。电话那端警铃大作。她的脸色变得煞白,雨点般的问题,她还没有来得及说话,对方就挂了电话。她匆匆忙忙地走出去,对迎面而来的一个更加惊慌失措的男人交代了些什么——她指了指推车,又指了指他。一旁的轿车已经发动,紧急地催促着她。

男人向他走来。

"你去清县?"

但他并不等他的回答,而是径直抓起了桌上的对讲机,结结巴巴地对着那边阐述了突发情况:"加工厂着火了。"

那边传来愤怒的质问:"在这样潮湿的天气下如何导致火灾?"

男人耗尽力气,解释了几点:他叫某某某,只是刚刚到达……他个人以为是人为造成的意外——对面的卷烟厂有可能需要负责任。

对方一阵沉默,爆了几句粗口之后就销声匿迹了。

结巴男人转过头来,毫无力气地说:"我得和你一起回清县了。我得告诉你,你可能需要多付点钱,你带着晦气的东西,在检查地段我们也需要承担风险……"说罢,他抬头望了一下天,"这该死的……"

地平线的光模糊而紧张,有一条条粉色的霞光。已经是下午了,他又饿又累。结巴男人很快端来了两盆肉汤和面片。对那浓郁的肉味他完全不能适应,但还是喝了个精光。眩晕更严重了,他几乎站立不稳。

"没来过高地?"结巴男人指着一个架在院中隐蔽高点上的望远镜,望远能缓解。

他扶起垂头丧气的望远镜——世界一下子拉近了。成群的松树扑面而来,接着是紧挨着地平线的粉色湖面,群山不为所动。他猛地把自己推进山群中去,刺眼的光忽然爆炸了……

他跟着一个男人走了很远,他是大哥的一个朋友,或者是他曾经的伙伴。无论如何,对方已经死了。他深知这一点,但他无法拒绝一个幽灵。他已经来他的床前招呼他和他一起走。

他们顺着一个古老的弧形墙壁绕行了好几圈,直到他的眩晕症再次发作——突然有了出路,一段难爬的漫长的斜坡,一排葡萄藤架之后是一片麦田……一株高大古老的植物。他记得小时候在一丛灌木丛中见过这样的植物:一根巨大的粗茎,一个柔软而潮湿的球体,上面覆盖着薄薄的绒衣。它沉稳地盯住他们。幽灵伙伴忽然转过身叮嘱他,不要被这东西的念头绊住了。

它的念头？

一扇门猛然地打开了。一股风带进强烈的焦炭味，伴随着更加复杂的杂草气息。

"是在烧什么东西吗？"他问男人，对方看起来烦躁极了。

"废料。十分钟后我们出发。"男人简单地答道，"推车你最好带上，我还不知道你能在哪儿下车……"

他们很快出了门，夜已经黑透了。不远处的熊熊火焰侵蚀了整个天空，几个年迈的人正缓慢地将一些小块木头扔进去，一辆高大的卡车等在一旁，在热浪中猛烈摇曳。

更远处，一条窄路被照得红彤彤。

他听从了他的建议，沉重的推车被抬上了车厢。扑鼻而来的漆料味几乎将他袭倒——几张大小不一的茶几、圆凳和扶椅，多半是铁力木、坤甸木，还有小部分的檀木——一整车的船木家具，一条肮脏厚重的粗呢毯子被扔了上来，男人提醒他，不想麻烦的话，遇到关卡的时候就把自己藏在毯子底下。

铁灰色的云团飞速地在他们视线上方滑行。大哥朝银终于把车开上了主路，颠簸结束了。暖气一点用也没有，车厢的空气冻结成团，夹杂着浓郁的洋葱味，是母亲给他们准备的路上吃的葱油饼。

"你想不想睡一会儿？"朝银兴奋地盯着车前的路。

"你饿不饿？"

"一点不饿。"

"吃点吧,然后睡会儿,一会儿换你开。"

"大哥,斑牛城有这饼吗?"

"斑牛城除了咱妈和咱妈的饼,啥都有……"

他很快适应了漆料味,或者说是它很快就占有了他。月亮紧贴着他的额头,似乎想带给他一点光亮。他的目光时不时和那些被五花大绑的船木家具撞在一起,他会很快挪开他的视线,它们像是一堆死尸那样让他害怕。他想起了和朝银一起开车去斑牛城的晚上,他们说起的那个关于冒险的故事。在他人的光辉岁月里,赤手空拳擒拿歹徒,将成袋的黄金分散给素不相识的人,在森林的最深处发掘了取之不尽的宝藏,但是他们只挑选了送给心爱女人的宝石,然后继续末路狂奔。故事似乎来自他唯一读过的一本书,很显然它的原型不是那样。他们后来又讲过几次——在朝银准备结婚的日子,又或者他们给饭馆刚刚挂上牌匾那天。关于女人的内容增加了,男主人公又多了很多航海的冒险旅程——那是某个电影中的桥段。

很显然,无论在哪儿,无论什么时候,故事由谁来讲述,目的都只在于讲述本身,都是为了能让沉默更好地沉默,为了能够使当事人不在当下。

经过几个上上下下的大缓坡,路面开始了剧烈的颠簸——一条箭一般笔直的坑坑洼洼的路。在这拥挤不堪的车厢外,是荒凉的沙漠,生长着低矮、萧瑟的山包和沙丘,永无止境的灌木丛……

寒冷像天空一样无边无际。厚重的粗呢脏毯子已经冻结成硬块，如同一条僵死的蟒蛇捆绑着他。他试着闭上眼睛，但完全睡不着。忽然，一记沉闷的响声，什么东西重重地跌落了。推车倒了，石碑翻了两个跟头，停在他的脚边——他屏住呼吸仔细查看：有一角被严重地磕损了，一条绝无修复可能的裂缝，像极了记忆中的某条裂缝。

确切的时间，确切的地点，不确切的是事情本身——或许那条裂缝还在（虽然后来它被笨拙地修补过了）：有一次江上泛起大风，他在拉地笼的时候跌进江里，大哥随后一头扎进汹涌的江水里，20多米的挣扎后，父亲抛下渔船，把他们俩从水底拉上来，三个人抓住江边的一棵小树躲过一劫。渔船独自晃晃悠悠地撞上了一块石头。

又一波寒冷翻天覆地袭来。他将粗呢毯子披在身上，在有限的剩余空间（除了供他睡觉的空隙之外）重新为石碑找"安身之处"：最终，它被卡在一个宽大的茶台和边角柜的夹缝处，完美的尺寸。

他的头梦幻地靠在栏杆上，远山地平线上飘浮着粉色的淡影。奇怪的框又出现了——

一个人忽然摊开的双手，一张门票（通向哪里？）。

一行字，其中有自己的名字（消失得太快，他来不及看清）。

红色宝石碎片镶嵌在带状透明物上……

他被眼镜上闪耀的红光吵醒，寒冷变戏法一般地消失了，一股股不知名的温暖裹挟着浓烟由远至近——又是一场焚烧。车缓缓地停下了，空旷的公路间。

男人嘟嘟囔囔地下车了。他艰难并熟稔地爬上一个土坡开始小便,已微呈弓形的双肩喘着粗气。不一会儿他向车厢走来,一边回头向不远处的火光张望。

"为什么又有人点火?"他问男人。

"盖房子的人太多,工地上的废料,还有就是我们搞家具的,你闻闻这味……"

"这些船木,不就是清县的吗?"

男人吃了一惊,不知为何又结巴起来:"哎,对的。从那儿来,再到……到那儿去。"

"哪儿来的这些船木呢?"

"船废了,就有船木了。"

大约一年前:政府征用了清县的江,尽管那条江曾是清县人的命脉,但几乎家家户户都欢天喜地地领了那笔补偿金,盖上了他们梦寐以求的楼房。渔船变成了他们的负担,当然,外县的船贩子很快就一拥而上,帮他们解决了这个麻烦。

1983年8月,他不能确定的某一个夏天的凌晨。他们和父亲的第一次出海。清江上排队停靠了十几艘渔船。半小时后(天还没有透亮,但他们已经太迟了),他们就要解缆起锚。朝银负责把母亲准备的葱油饼和蔬菜、水放到锅子里,父亲则紧锣密鼓地检查地笼和诱饵。他指导朝阳,"用皮筋这样捆好,再拿这个缠好,再装进去"。一大筐海鲫鱼被扔到朝阳脚边。一根细铁丝狠狠地刺进了朝阳的掌心里,血水恶狠狠地一涌而出……

1990年,父亲去世的前一个月,朝阳已经至少独立出海过数十次了。但在那之后,他们停止了出海,甚至连清江也不去了——一次暴风雨,他们的地笼被蔓延在数千米的江底,再也没有被拽起来过。

车摇摇晃晃地上路了,车速慢了许多。

时间再次倒流到一个晚上。如果没有那个晚上,一切都会非常顺利。

他参加了医院的一个庆祝活动,是谁的晋级喜宴。他不记得是谁邀请了他——谁一定要邀请一个看门的临时工呢?他当然不能拒绝。回来之后他上床睡觉。半夜里,一种被人掐住脖子的窒息感让他醒了过来。好像有人正紧紧扼住他的喉咙。他几乎觉得自己马上就要死了。当他在白色的病床上醒来时,已经是三天后,身边空无一人。一个"同事"——女护工,温柔地递给他一杯水。

起初他们以为是天气的过错:在雾气那样重、寒气陡增的晚上,他们选了在户外就餐,很多人可能都感冒了。他刚刚被送进病房时的症状和感冒很像,体温偏高伴随四肢无力。但是随后进行的常规检测吓了他们一跳——食物中毒,伴随肺部感染。每个人都感到不可思议,偏偏只有他一个人?

尽管医院只有一半的病房住了人,但他还是被安排跟一个肺部传染者同住。又是三天的密切观察,不停歇地检查和测试。他难受的症状逐渐消失了,食欲也好了起来。最后他坚持出院。

一切才刚刚开始。

起初只是短暂性的晕厥,他以为是后遗症,紧接着是深度的、频发的。他的嗅觉异常敏锐,屋里到处是年初刷墙那会儿的油漆味。直到他逐渐意识到,他看不见东西了。失明就像是一连串向窗户逼来的暮色,最终在天黑之前抵达。

医生们目瞪口呆,完全搞不清楚情况。他们检查了视力,确认由于"某种诱因"患者视力急降为0.1~0.2。他们给他开了一大堆单子,向他解释手术的风险……他平静地离开了医院,自然,没那么糟糕,他的视力在一周后恢复了一部分(当然回不到以前),但感染了慢性肺炎。

他配了一副眼镜。失去了医院的工作。

车猛地刹住了,刺耳的尖叫。他一下子重重地向前栽过去。眼镜甩了出去。他徒劳无功地摸了一阵子。引擎打着了,车灯亮了起来,向漆黑的路面投射出两束灯光。车子掉了个头,却好像深陷进了沙子里,轮胎深陷了下去。

一个人影无声地将灯光聚拢在一起,仿佛他是从沙缝里冒出来的一样。他正俯身检查陷在沙里的轮胎。司机也下车了,他立刻跳到后轮胎边上。开始和那个幽灵一样的人交谈起来,接着司机回到车里又试了一次,引擎熄火了,他重新发动了引擎,但陷得更深了。

"喂,"他试着朝幽灵喊话,但他甚至听不清自己的声音。几乎是一瞬间,几十只手(不知道从哪长出来的)贴在了湿漉漉的车身上。他感到车开始移动了,凌空打了个转,然后被抬回到路上。轮子触地了……

司机下了车,脱下帽子,和那群黑影挥手告别。而朝阳听到一阵喃喃的回答,是清县话。接着司机跳上了车厢,在朝阳有限的视力中,他大概分得清那是一个很遗憾的表情。

"车坏了,我得掉头往反方向去了。"

他和拖车、墓碑一起下了车,司机朝上指了指——顺着大路走十公里就有一个旅馆,清晨会有直达清县的车。

他清楚地记得那个晚上,他迈出的第一步——找到正确的路好像并不困难,到处都有簇成一团的人群,其中有男有女,他们多半和他是相反的方向,就像是一个故事开始成型那样,所有的元素都出现了。沿途有商店亮着照明灯,有人兴奋地小跑着,肩头挎着简单的行李。然后是刚刚推车的那帮幽灵,他跟在他们身后,影影绰绰的黑点。慢慢地他们汇成一条黑色的河流,匆匆涌入清县。人们擦过他的肩膀,有人向他讨用打火机,有人塞给他一支烟,他们对推车好奇,更对推车里的石碑好奇。在他们简单的对话中他都如实相告:他必须推着它,里面是他母亲的墓碑。他已经疲惫不堪,交谈有利于他恢复神志。

关于它的来源,他和他大哥的协议,他能解释得更多,比如他衣服上的灰尘和沙子,乞丐才会披在身上的毯子。但人人都欲言又止。一个带着三个孩子的妇女抱着满抱的包裹和食品袋。最后她忘记了把一个蓝色碎花的布包从推车上带走。

其中一个孩子——肩上扛着一双旱冰鞋的七八岁大的男孩,跟着他走了很远——偷偷把一些奇奇怪怪的沿路杂草和沙石丢进推车——以为他完全不知道。直到远处响起了母亲的叫骂声,也可能是他突然厌倦了这个游戏,便立刻蹬上鞋子滑走了。最后朝阳从车里拣出来一个完整的灯罩和一个炉架子。是那些年轻的背包客丢弃的。

一阵隐秘的浓烟。有人偷偷架起了篝火，一根火柴点燃了一堆荆棘草，火苗突地一下蹿起来，是两个高个子的男孩。他们兴奋地踩碎青苔，从包里不断往外掏出：几袋面包片、火腿肠，有几枚被放得太久的、压碎了的煮鸡蛋，蛋壳已经变作了粉红色，最后是一把吉他。几乎是毫不犹豫地，他请求加入了他们。他从车上拿出炉架的时候，男孩们一阵欢呼。

"大叔，"戴眼镜的男孩忽然盯着他的脸，"你的眼镜呢？"

"丢了。"他很惊讶，使劲地睁圆了眼睛。他们看得出他近视？

两个男孩对望了一下，哄堂大笑。

他饿坏了。也许是突如其来的火光唤醒了他的身体。男孩们的热情很快退去了。到最后篝火快燃尽的时候，只剩他一个人还留在那里。他躺进推车里——可以容下他。矮小的群楼在远处四散开来，散发着星星点点的亮光。困意翻江倒海，但他仍是睡不着。

四周空无一人，多么美妙啊。他闭着眼，感受晨曦一点点地逼近。他知道此时此刻，直到太阳睁开如独眼巨人的眼睛那一刻，时间都将对他忠心耿耿。

其他两户都幸免于难——其他人都没钱在后窗上装栅栏。朝银摆摆手："算了。"他们损失的只是一台电视和一个电子炉灶。屋子里的狼藉在合情合理之中——一些乱七八糟的东西堆在地上，但紧接着另一些细节出现了：他们花几块钱买来的小煎锅、一个用来照夜路的手电筒、一个父亲从口岸淘回来曾被他们计划偷出来卖掉的"古董"炉架、母亲在世时没用完的已经结块的盐巴和砂糖……它们在被完全忘却的情境下破损了。他们惊愕地意识到,这是他们唯一拥有的共同财产,而这种东西的数量越是多,越是令他们触目惊心。警笛还在山坳里鸣响,他们就仓皇逃离了,像是做了什么亏心事那样。母亲去世后,这是他们第一次回清县,也是最后一次。

突然,他感到车身一阵战栗,接着猛然地被拽住了。

一个戴着瓜皮帽的男人,深深的皱纹长在嘴角上。此刻正疲惫而兴奋地围着推车打转。

"车是打哪儿来的?"

"认识的人送的。"

"哎呀,哎呀……"他耳语般地重复着,非常惊讶,"昨天晚上我梦见自己上了艘窄窄的船,摇摇晃晃得太舒服了,一睁眼我到了清江。结果今天就看到你这个车……我走不动了,小伙子,你是去清县的吧?"

他不由分说地爬上了推车。

"这里离那家旅馆还有多久?"

"哪家旅馆,小伙子?"

"我不知道,我听说往前走,能看见一家旅馆,有通往清县的车。"

"没有这样的车,小伙子,也没这样的旅馆。从这距离清江只有不到十公里了,你还需要什么车呢?再说,什么车能放得下你这个车?除非你要把它扔掉。怎么可能呢?……谁也不会把这个车扔掉吧。这是船木做的！这里面是个什么东西？……"

他看不清瓜皮帽男人的表情，确切地说他什么也看不清。泪水突然从他的眼睛里流出来，就好像它们等在那里，在他模糊不清的眼睛里。"可是我没有力气了，我太累了。我拉不动你……"而他同时意识到，他需要这个人的陪伴。

"没关系的，小伙子，谁都有累的时候……你累了换我来拉你。"

"我小时候，有一天江的上游漂下来一具孩子尸体，村里人都跑去看。江边上围满了人。我爸骂我，不让我跟去……但我还是跟去了。渡船激起的浪一直冲到岸边，阳光刺得我睁不开眼。水下的沙子被浪花冲出一道道壑。水面向天空伸展过去，越伸越高，我多希望我能长得高一点呀，能看个明白，但看热闹的人太多了。我一点也没有看到那尸体是什么样子，直到警察把我们轰走。身边的大人们都吓个半死，又显得异常激动，绘声绘色地描述那个男孩（尸体）的样子。有人说那孩子是自己跑出去玩被坏人害死了。有一个人说，警察要把尸体暂时放在村东边的那个窝棚里。"

"等到天黑了以后，我一个人偷偷跑出来，来到窝棚，拿着我大爷的手电筒，绕着窝棚好几圈，发现门被死死地闩上了。但是背后有一个排水槽，一直通到斜坡下面。槽里留着细细的黑色的液体。

"那个时候我才4岁。"

"第二天我就昏睡不醒的，发了高烧。嘴里一直喊胡话。

好几天……我不记得最后自己是咋醒过来的，一醒来就看到爹妈哭肿了眼。村里专门给人叫魂的姨婆也守着我。"

"但那几天的记忆我记忆犹新，我讲的这些，你是第一个听到的人——"

"我平静地躺着，枕着潺潺的水声、鸟叫声、微风吹拂青草的声音。我内心坚定无比，又很哀伤。我好像经历了很多，又完全忘记了。一切都显得非常奇怪也难以理解。我唯一确定的是我正去往家的方向。沿途有一些人，但他们看不见我。我想说话，想起身，但我动弹不得。突然下雨了，雨掀起了很大的烟雾，它们似乎无法落在我身上。我正在缩小，变轻，最后连水声都在我耳边消失了……"

"过了好多年我才知道那不是梦。"

月色被锁在群山之间，从赤色到橘色，在紫色和青色之间变化，享用着用鼻尖仰望它们的人。如史诗般美妙的旷景……

疲惫的感觉消失了，朝阳躺在推车里，一种神性的险恶的爱包裹着他。"慢点走，我们慢点走吧。"他央求道。

"你说什么，小伙子？"瓜皮帽男人的声音变得绵长而深邃。

朝阳想要捕捉一些字眼，但他显然已经离得很远了。道路慢慢升高了，它穿过黑色的垃圾堆，以谜语一样的姿态向树梢飞去，他感到眩晕，但大地的踏实感仍然紧紧贴附着他，他甚至能闻见前额上的尘土味。那还有什么害怕的呢？他满足地闭上眼，享受这无法理解的一切。

某种夺目的光一闪而过,他猛地睁开眼。

是饭厅里那盏坏了很久的吊灯,它被修好了?此刻正散发着不可思议的新光亮。

两个男人正激烈地争吵着——

"那这咋办?当初这是你定的。"

"莫急莫急,你现在急有何用……公园后山腰,挨着东湖那里,有一块,最适合……我早就看好了,你们哥俩明晚戌时后山集合……朝阳呢?"

"还在医院呢。"

"还是那眼睛?咋样了?"

"还那样……人倒霉了喝凉水也塞牙。"

"要我说,这就是你们明白得太晚了,人死入土连个碑也没有。她能不闹腾你们吗?你觉得你饭馆那生意啥时候开始衰的?还有你媳妇怀上多久了?天天跑医院,你也不怕?古人说得好啊:'承者为前,负者为后'……"

"卫鸣山不是咱祖祖辈辈的风水宝地吗?祖上几代也没见过有立碑的。"

"要不说你们啊……那你见清县的活人日子过得咋样?阴宅亏了,十分的福气也减五分。"

"这不知道错了,要不找你李虎龙呢。我们家就指望你了。"

"你妈的名字确认没有?确认是哪个字没?"

"没有,要不,就'竹'吧……有啥影响没?"

"人生而未用之名,死后为啥要用?"

夜从上方沉到蓝色的深渊里,远山从下方的黑暗中上升。

朝阳的脚尖刚刚触碰大地，就复又飞了起来。房屋的影子盖住他的影子，大门紧闭着，屋里的灯亮着。被小偷洗劫的场景丝毫未动。

他只轻轻一跃就进去了。这令他头皮发麻，恐惧紧紧地裹挟着他……

地上那堆碎片里没有，屋里所有的抽屉都敞开着，空空如也。他来到母亲生前居住的里屋，炕头炕尾，壁柜上下，直到整个屋子的边角……连一张纸都没有。厨房的抽屉底下，一包散乱的照片里，有几张黑白照片，大概是20世纪80年代某个时候一家人在达鹏摄影城拍的全家照，不知道出于怎样的考虑，摄影师从不同角度拍了同一张照。只有一张照片，他和朝银看着镜头，露出惹人喜爱的孩子的笑容。朝阳盯着每一张照片里的自己，陌生空洞地凝视。就像他当下的近视——但与此相反——如果可以凝视空洞，眼睛不必用来看见什么。

还有一张父亲与母亲的合影，他们羞涩而紧紧地依偎着对方（而不是像其他夫妻那样），他们背后有两棵树，树后面有一栋木头大房子。那是印象中爷爷奶奶住过的。溢出照片外的是高高的荒芜的山坡。一棵诡异的、茂盛的松树悬在空中……照片的中间曾被撕开，又被笨拙地补好。照片的背后写着日期，是父亲的字迹。

没有一张提及过母亲的姓名。

一张被油渍污染得最严重的照片背面（照片里是他不认识的某个长辈，他端坐在礼堂，神态严峻），写着四个字，笔迹难以辨认。"诚然一趟"，大概如此。

木屋的过道阴凉而昏暗，每扇裸露的门背后，都有三两个孩子在没有什么装饰的大厅里玩耍。母亲们多在收拾男人网回来的鱼，她们乐此不疲。贫穷的味道栩栩如生，一种侵入大脑的腥臭。他飞过他们，试着找那间熟悉的屋子——在那间屋子不足百米之处，一个男孩，十三四岁，正穿着他曾经某件引以为豪的海军蓝色的条纹 T 恤，毫无疑问，那正是他自己——他和父亲正一前一后走向清江的方向。阳光侵占了每一寸土地。他无处可逃。

　　一开始他只是低低地飞行，想要观察到更多父亲的动作——他曾经完全不可能捕捉到的东西——他是否从布袋里拿出什么来？他的脸色如何？他耳朵上别了那支香烟吗？甚至有那么几刻，他曾回头望一望身后无辜的小人儿吗？——但他只能落在地上，他紧紧跟着那两个人，翻天覆地地眩晕。

　　熟悉的声音。父亲在嘱咐他，见了医科主任后该如何回答的一些问题。声音被风吹得七零八落的，而他走得很慢，用一种近乎超人的耐心。也可能是便于自己随时想起来什么。他盯着蓝色条纹的背影，时间反复停止，而前者始终无动于衷……

回到清江

　　一场表演。一个方块一般大小的舞台。一片面包，或者一扇窗口。

我不得不参与一场表演,但是我既不知道剧情也不知道如何表演,可这事似乎只有我一个人知道。我的每一个动作都令同台演员咋舌,我羞愧难当……在我攀上一个窗边高高的像竹竿一样的东西后,我松开双手让自己坠落,我的视界缩小成一个方块。

同一个方块,一片面包,或者一扇窗口。我苏醒了。自己正在一个行进的颠簸的车上。马车?

我试着触摸了一下我的身边(我怀疑自己是一具尸体,周围是和我一样的尸体)。黑色的布袋下是一些柔软的材质。我发现那个方块实际上是车上的布帘子留出的窗口。

我掀开它看到一个中年妇人和一个小孩子在拉车。我正要陷入深思,这一切已经堆砌在了某个角落,像被一双手无情而随意地抛至一边那样——紧接着,这双手将我缓缓推向屋顶,我知道我将要在那里迎接月亮的到来。

春天和夏天同时沉入枯萎的草茬。天空突然暗了下来,扫过江道的风、秋日,一场即将来临的大雨。他拖着梦一般的步子,背对着黑色大山的白色小屋就是他的家。

一个在集装箱前洗衣服的妇人惊讶地叫住了他:"你怎么回来了?"

他费力地在记忆里搜索了一番,发现自己完全不认识眼前的人。她腾出洗衣服的手,热情地比画着,描述着一些发生在20世纪的、他完全不知名的事情,她每引用一个人名,都会激动地用力甩一下大臂。

"你肯定记得他,他是你们中学老师,姓戴,矮个子那个。"

"……最后是你妈一个人把房子刷出来的,能干的女人!太能干了!她的腿现在还那样吧?我上个月回清县的时候见过她……"

他头皮发麻,试图打断她:"你认错人了……"但她不依不饶,努力地在记忆里搜刮一些更有"说服力"的证据,来使他相信她是正确的。"没人比我记性更好了。"

"你也和那些人一样搞木头吗?那些船木也快被搞完了……"她终于将狐疑的眼神集中在推车上。

"我要送一样东西回清县。但我可能迷路了。"

"这辆车真够大的……"她忽又一拍大腿,"你可以把我这俩孩子推回清县!他们闭着眼都能摸到路。我得在这里等我家男人。而这俩要回去上课……"

他得到了一包牛肉干。

一个8岁左右,另一个更大一点。他们兴奋地爬上了推车。竭尽所能地娱乐彼此后,将所有注意力集中在石碑上。

他们大声地读着墓碑上的文字:"慈母……之墓……这是谁的墓碑呢?"

"是我妈妈的。"

"她叫作什么呢?"

"我说不准,王淑敏,或是王竹敏……"

几分钟之后,二人终于搞懂了墓碑上缺的是哪几个字。

"但是只有一个字没有确定,这上面应该只空着一个字才对呀?"

他点点头:"你们说得对。应该只空着一个。"

"我们会刻字！我们家男人都会刻字……我们帮你把其他两个字刻上吧！"

"不行……"

两辆中型拖车拖着重重的尘埃疾驰而过。紧接着又是三五辆……他听不见也看不见，像是最黑暗的时刻，他在混沌中费力地前行。弯路越来越多……群山盘旋在他的周围。

"还有多远？你们家？"

"你走错方向了。本来拐个弯就到，现在嘛，还有一小时吧……"大一点的孩子说。

他猛然停住，两个孩子嘻嘻哈哈地跌撞在一起。

"这没有任何意义，要是我是坏人，你们俩现在就惨了。"

"坏人都很有钱，你没有。"

"可是我需要钱。我没有必要为了一包牛肉干遵守约定……我现在把你们俩打晕再找个人家卖了。我就可以有一大笔钱，至少够我盖个房子。"

"那你就卖吧！我不想回去上课。"小一点的孩子嚷嚷。

他拉起车飞速地跑起来："你们胆敢跳车，我就拿起石头砸你们……最后我会把你们俩的名字刻在碑上。"

数分钟后，沉默取代了嬉笑声，直到哭叫和求饶声终于在身后响起——他们达成了协议，朝阳躺在车上休息，由孩子们负责拉车。

天空像土地一样白。随后，在远山和远山的合拢之处，升起越来越热的空气，蓝色的地平线……光线正在分秒之间变得更加强烈：它们似乎爬上了他的脸，正在甜腻腻地骚扰着他，散发着梦幻一般的温度。令他浑身上下舒适安逸。他睁开眼——是两片羽毛，它们结结实实地插在石碑被摔开的那条夹缝里，在阳光的织染下冒着火光。

"这是什么鸟的？"

"隼！我爸爸打下来的！我爸打过的鸟比清县的人都多！"

这是违法的，他想说。他闻了闻它们，一股浓重的硫黄味掺杂着玫瑰花香……这绝对不是它本来的味道。

下午四时，风渐渐大了，将芦苇荡推起一圈圈涟漪。它们似乎永远也没有尽头。他们的脑袋刚刚从一片里探出来，又扎进新的一片里。母亲走得太快了，她的声音远远在前面牵头："快点啊，天黑前得到。"太阳被乌云重围着，古怪而遥远。要下雨了。

一列气势磅礴的火车劈开薄雾，猛然绕过最后一道弯。笔直地冲我们而来，车厢顺从地跟在后面，有节奏地击打着晶莹闪烁的铁轨。母亲的眼睛睁得很大，紧盯着前面的路。她时不时地摸一把袋子里的馒头，像是怕它们凉了——搞得它们像是拿给活人吃的一样。

朝阳探着脑袋看货车司机，他也注意到了这个孩子，用自信而百无聊赖的眼神看了他一眼。车头的灯猛然闪烁了一下又恢复了平静。它继续缓缓地、节奏优美地滑行，一头扎进浓雾弥漫的深渊里。

天快黑的时候，他们来到一个丁字路口，一个被刷了红漆的路牌竖立在路边："卫鸣山。""到了，跟我来。"母亲说。他们跟着母亲的步子在山丘一般的坟堆里穿行。一种微妙的沉默。母亲脸色苍白,浑身发抖,朝银害怕地握住母亲的手,她轻轻地攥一攥,如陌生人一样看了他们一眼,双唇无言地动了动。

最后她忧虑的步子在一个坟头前停了下来——她是如何在它们中一下子就找到它的?忽而她又离开,弓腰在周围摸寻起来,带回来一个坏了的板条箱,将其他东西轻轻地搁在上面,一只骨灰盒交到朝银手里。

"两手抱踏实了,一会儿要你们来填土……"母亲吩咐道。

接着她不再说话,铲起土来。很快,她的鞋子淹没在慌作一团的新土里。

朝银垂头丧气地一动不动,冰冷冷的沉默,简直让人窒息。

接着,她的力气忽然一下子耗尽了似的,蹲了下去。眼泪滴滴答答地掉着。苍白的月亮出来了,沉甸甸地压在她的背上。朝阳刚想说"妈……"混乱的声音从远处传来,浓烟伴随着噼噼啪啪的燃炸声——江面上起了火。

我摇摇晃晃地飞向干涸的河床,人们在燃烧的火把中哭泣。

在夕阳中升腾的薄雾中穿过火车残骸,我听见层层碎裂的声音。

它可能来自被日头炙烤过的云层,也可能来自我的身体。

江水的颜色变化很快。

一会儿是大地的颜色,

一会儿是太阳的颜色——

无论是初升的,还是正在沉沦的,我都曾擦过它的边缘。

但我什么也没留下,也不带走什么。
我这么快乐,
我什么也不必做,
有时候我等着一些事发生,比如下雨。
它们紧紧跟随着我在天际翻滚,或者逆流而上。
我令它们秩序大乱,
它们慌了手脚,你推我拥,
分开了山和水,也分开了昨日与今天。
一支猎枪对准了我,
我知道风会掀动他的脚尖。
他的孩子们正伸出消瘦的指尖去触碰玩具一样的船渡。
他们如何会知道呢——
我的希望并不存在于生命之中,
这无止境的生命之中。

啊!两个孩子忽然惊呼着。

他感到整个身躯的重量正疾速向大脑压去——推车正全速朝一个下坡冲去。应该是他们忽略了那个下坡的角度,或者他们根本就是故意的。他知道要出事了——当然了,三个人连车带人翻进了一个有连续下坡的沟槽里,人仰车翻。石碑滚进泥坑里,但仍完好无损。车摔成了两半。他瘫在泥地里动弹不得。两个男孩边哭边笑,摇摇晃晃着要站起来,又狠狠摔了下去。

左腿扭到了,但是伤势应该不重。太阳高悬中天,悬挂着梢头平整的树林。停滞不前的云影上生长着此起彼伏的干草。他检查了推车——滚轴彻底碎了,他不可能修好它。

他从泥坑里一点点拽出石碑,将它高高举过头顶,整个人像是被一种狂躁攫取着。这个举动吓坏了男孩们,他们转身撒腿就跑,一会儿就消失在河床的转角处。

墓碑上的空缺处被歪歪斜斜地刻上了字:"王 Zhú 敏之墓,不孝子 ＿＿＿＿ 。"一个新的空缺。

一个中年妇女驾着一辆满是灰尘的三轮车逆流而行,她减了速,狐疑的眼神在推车上逗留半刻,又继续前进了。江对岸,三五辆拉土车在宽阔的地带边缘高速行驶,最终淹没在沙沙作响的扬尘之中。空气沉默而颤动。

他爬上一个土坡的顶端,朝远处的芦苇荡望去。试着在四围边缘寻找那个刷了红漆的路牌。记忆中它比他高出一个头。但是在那之前,他们先是绕过了好几堵砖墙,一片开垦后的田野,那之后又是在哪里呢?

他有些后悔自己赶跑了两个男孩,他们说不定能把他带到那片坟地。哪怕他们可以带他回自己的家呢。

野蛮的狂风呼啸着穿过浓雾,淹没了他们的步子。无边无际的灰色。他的外裤已经飘得很远了,他希望她能想出什么办法。但她坚决地上了岸。

"跟我来!"她一副坚决的样子。

"现在就去?"他声音颤抖地说。

"来!"她固执地说道,并拒绝松开他的手。他曾多么渴望过这一刻,但现在心里装满了恐惧。

他们在满山的石头间灵活地寻找着可走的路，风暴过后，船只都乖巧地守在江边。山里的白日安静寒冷。他的内裤紧紧贴着他，好像比刚才更湿了，昨晚的黑色岩石再次出现，他没有感到害怕，也不觉得寒冷——羞耻和迷惘取代了一切。

一条花岗岩石上的蛇吸引了她的注意——她猛然停下来，他则毫无防备地贴了上去。悬挂在他们头上的悬崖峭壁一下子笼罩在温柔的树影下。

那是一棵古老的樟树。一股奇异的气味扑面而来——新土的味道，她发间的皂香味，还有彼此的汗味。她白皙的肩膀露了出来，就搁在他的下巴上。他猛地打了一战，迅速地发起烫来，热浪很快卡住了他的呼吸。

她一下子明白了，笑了起来。

他们饥渴地躺在那棵低矮的树下，周围是浓厚的阴影，身下是黑色的土壤。她将那条湿漉漉的短裤褪下去，强行掰开他紧闭的眼睛。"看着我。"她命令道。

他睁开了眼，很想抚摸一下她温暖的头发。但他做不到，他的双手已经不属于他了，尽管他睁着眼，所有的事物也在眼前尽然消失了。

她抬起眼睛，温柔无比地盯着他，盯着忽然在她眼前展开的一望无际的黑暗。

他从走廊的这头走到另一头，都没有看到她说的那扇开着的门。一辆载着欢声笑语的摩托车疾驰而过，将他的影子带走了。

下了两层楼梯，又上了一层。他似乎已经在另一栋楼上了。所有的门都是开着的，阳光溢满了每个房间并倾泻而出。这是不可能的，他缓缓地说。这里一直在下雨。他望着落地窗里的人影——那不是他，他成了一个女人，他在做梦。

"她"的睫毛很长，穿着花色裙子。头发在窄窄的额头上翻着波浪。一个年轻的男子出现在"她"旁边，他解开自己最上面的衬衣纽扣，面色阴沉，向"她"抱怨着宾客多么乏味，贪吃贪喝，衣服也太紧了，害得他喘不上来气。

这是他们的婚礼。

是的，是她邀请"她"来的。她要"她"来拿走一样东西。

他们飘过寂静的人群，顺着食堂下面那条蜿蜒的狭长坡道，通向一个又一个黑乎乎的房间。每一个角落都有突然冒出来的人向他们庆贺。"她"在他们之中看见了父母，还有自己的脸。他们开怀大笑，时间一个小时一个小时地过去了，仿佛永无止境。"她"知道那个东西就在他们睡觉的炕头上。

他们滚在一起，就像突然同时受到电击一样，不约而同地开始摸对方的身体。用手全身上下地摸，慢慢地，"她"又像当初在江边那样，把新郎压在她松软的大腿下。他们的四肢变成一个巨大的结。压得他喘不过气来。

新郎愤怒地推开"她"："你是谁？"

"她"美丽的刘海乱蓬蓬的，脖子上的红色疤痕开始发痒。

"我是来取那枚针的，它就别在这个席子上。我必须要把它取走，那是我母亲的东西……她的墓碑，就在村口。"

"她在撒谎！"新郎冷笑起来，"这个女人骗了所有人。你给我记住！她今天晚上不敢出现在你的梦里，因为她永远也没有说过一句实话！"

江上风清

我梦到了你在我们村新投了一个餐厅，但装修得太土了。后来你、我、你哥，我们仨去我小学的旧址拿地，地已经都被种上庄稼了。一个有钱人要把这块地改成足球场，然后我们在你的饭店里喝多了，我醉得最厉害。有个朋友来找我，从韩国回来，我却把人打跑了。酒醒了无比愧疚。你们告诉我我哭着对他拳打脚踢，我却只记得哭。

后来，你要公开征集门头设计，恰恰是我最讨厌的一个外地人中标了……我们一起去考察我的小学旧址，继续谈改造方案。旁边就是清江，水很深但清澈。我说小学时候清江里有只水猴子，那时候我们都不敢跳进去洗澡。但那天我趁着酒劲就一头扎进清江：下面美极了，阳光在水底打转，我回过头看岸上的你们，发现我们仨还在岸上，我很悲伤，不敢再上岸……

2003年南水北调。只有极少数人家没有拿到封江补助金，但百分之百拿到钱的人都用来盖了新房。

不消两年的时间，崭新的楼房就像雨后春笋一样在清县的大地上生长出来，被践踏得满是泥泞的弯弯曲曲的街道上，四处是正在建造以及建造了一半就被搁浅的房子，推土机制造的沙尘覆盖了一座座被废弃了的房屋——大多数土坯的房子只是被拆毁了一点，就那样被搁浅在原地，失去了明天。木头堆在木头之上，树丫从石头里生长出来，再被新掉下来的石块砸伤。有的重重地压在动物的尸骸，或肮脏不堪的毯子上。

他来到了自家的屋前。门锁紧挂着——自然了，他没有钥匙。

篱笆上挂着一块牌子：房屋出售。

这是谁干的？

暴雨侵袭过几次，但是小树仍然挺立，面朝太阳。残叶铺满了院子，俨然一处荒废之地。除此之外，时间没有留下任何痕迹。

他走到院子里透过窗子向里窥视。房间很整齐，印象中他和朝银逃离时的狼狈场面呢？有人收拾过这里吗？还是记忆又发生了错乱？桌面上有一张白纸微微发光，上面绝对写着什么。他用力推门，没用。于是回到院子里，把一块石头滚到墙边。想爬到窗子上，也失败了。他的双脚开始战栗起来。他意识到一个问题——他从来也没有做好回到这里的准备。

天已经大亮了，但仍蜷缩在雾气之中。

一个狐疑不决站在一边的身影，扶着一辆看起来快要散架的自行车。最后终于咯吱一声停在朝阳门前。接着一动不动地站着。

"你是朝阳吗？不记得我了？义庆呀……"

当然记得。没有人不认识义庆的父亲——当年清县唯一的大学生,他家也是少数不下江的人家之一。而这个语文老师唯一的儿子则是个十足的浪子,小学肄业后就带着临县的姑娘离开了清县。

朝阳没想到会遇见他,但后者忽然扔掉自行车,走上前来,伸手抱住朝阳的脖子。

"你竟然回来了!……我们小时候在江边捉水鬼,还记得吗?我总是梦见你和朝银。我压根不明白为什么,现在看看你,我就知道了,咱们该再见面的。"他的眼睛竟然湿润了。"不管发生什么,总该回到这里的。几年前我送走了我爸,上周我妈也走了。在医院里挣扎了几个月,终于是解脱了。在下决心给她做心脏手术的前一天咽气的……"

"葬在了哪里?卫鸣山?"

"卫鸣山?你在开玩笑吗?卫鸣山就像肿瘤基地一样,根本没有空隙了。清县的死人比活人多啦。"

门和墙是同一种灰色,同一种铜门平嵌在墙上。和房间另一头的木头门一样,这扇门也没有把手或者按钮,朝阳轻轻一推,它就朝里开了。"真好啊,"朝阳进去的时候立即说。尽管实际情况相当凄惨:光秃秃的,除了床、桌椅、冰箱、炉子、崭新的抽水马桶以及显然一直空荡荡的橱柜,没有多余的摆设了。

"你就住下来吧。"义庆很高兴地指着那张床。"我可以和我妈睡。"他指的是院子里的大棚,一个临时的灵堂。

两个人朝通向地窖的梯子走去时,义庆说起了正是几年前清县人都在忙着盖新房的时候,他开始重新修建地窖的。"很多废掉的船木,你知道吧?太多了。我上各家各户去拿。但后来老头老太太们就不给了。你知道为什么吗?"

"被那些贩子买走了?"

"对的。我本来打算再加点什么东西,直到我妈的死提醒了我……我是最后一个留在清县的年轻人了。"

年轻人?朝阳观察眼前的人,下肢浮肿肥大,显然罹患严重的关节炎,他喋喋不休,嗜烟如命,每五分钟就会给那张刚刚空闲下来的嘴巴再塞上一根香烟,走路、呼吸和攀爬都很困难,嘴唇的颜色也证实,他已经有过心脏病发作史了。

双面的绝缘墙,即便是地窖的天花板,也是灰泥和混凝土的混合结构,牢固不可摧。在四面墙的顶端都有采光和通风管道。可以想象,在明亮的正午,这里可以盗取清县所有的阳光。十几个硕大的木箱,箱底有后装上去的从旱冰鞋上拆卸下来的滑轮,便于在这个空间里来去自如。朝阳惊讶地在那些木箱子里发现了成捆的咸鱼干和躺在防潮垫上的虾米干。事实上,无须多加解释。带着腥臭的童年记忆一下子堆在眼前。他不由得屏住呼吸。

卖掉这些我就走,义庆动作利落地把一摞书扔进一个空箱子里。头疼的是老头子的书。一个人死了,按理说,尤其是我爸妈这样的人,是该轻松了。但两人轮番给我托梦,不准我走。我爸惦记他的书,我妈惦记她的咸鱼。不到万一不能离开清县。好家伙,我可能到死也不知道什么是那个"万一"。

我留下来能做点啥呢?

　　离开又能做什么呢?但一个有梦想有憧憬的人,确实能应付得了任何事,尤其是死亡。

　　他分给朝阳的活儿很简单,就是挨家挨户地送那些咸鱼干和虾米干,帮那些老头老太太们把它们晾晒起来——以免它们在缺乏防潮措施下发霉。朝阳能得到收入的一半。"你太好了,"朝阳感激地说,"我身上几乎没什么钱了。"

　　"你打算在这里待几天呢?"

　　"直到我把碑立好了。"

　　"啊对!"义庆一拍大腿,"他们肯定知道怎么找到你娘的坟,他们天天挂念着卫鸣山。他们的风水宝地……"

　　工作量比想象的要多得多,朝阳不得不在老人的请求下帮他们修理下水管道,以及他们的儿女离开时没有收拾的大大小小的橱柜,去镇子上买日用品。短短几日,人人都认得出朝阳了——这已经是清县最火的一条新闻,一个回来立碑的大孝子。

　　但没人说得清——找不到自家坟头并不是稀罕事。立碑做什么呢?大多数人很惊讶,依江而生,傍江而死,能葬在卫鸣山已经是清县人最大的福气。有山有水就是水龙头。

　　他在一个堆砌了果壳、卫生纸、塑料袋的肮脏不堪的床底翻出了一本书——严格来讲那是一本小册子,平装本大概只有三十来页。上面印着一个十分熟悉的名字"胡翼一"。义庆的父亲。

　　当天晚上朝阳在地窖的书堆里证实了自己的猜想:一个

狂热的诗集爱好者，用自己的套路编纂了上百首诗歌，收集成册，于 1979 年 3 月印刷。但显然这是一个粗制滥造让人不尴不尬的"作品"。全册一共分为四个篇章，"江""上""风""清"，按照诗歌的内容分别归类于对应的主题下。

在册子的扉页有几行短短的序，是作者自己写的：

人生奇妙之处在于，
多大的事可以用最简单的字眼概括，
一件琐事却怎么说都说不清楚。
但唯一例外就是诗歌。

诗歌中的文字有魔力，它轻轻松松就能表达一切，准确、高尚，让人哑口无言。
让那些被人忘却的太阳、星辰、清风明月、江河湖海一遍遍地活着。
感谢诗歌！感谢作者们！
感谢我的家人。
我只希望，
我一接近你们，
就像我接近诗歌。

黑云俯冲而下，紧接着是一群更加狂躁不安的飞鸟，撒下零落一地灰色的毛和粪便。"卫鸣山"几个字越发清晰了，只是红漆褪了色。

"要下雨了,应该还是一场大雨。"乂庆对他说,也可能是自言自语。

朝阳犹豫了一会儿,还是走了进去。

一阵眩晕感,并不是什么吓坏了他——他猛然缩了水,那些芦苇荡一下子淹没了他的头顶。一个声音在高处引领着他:"快点啊,天黑前得到。"母亲的声音。

他在山丘一般的坟堆里跑了起来,记忆被擦得锃亮,混合着粪土和草香的味道让他抽泣了起来,但他立即停止了这种毫无动人之处的条件反射。他探出脑袋,试着找到那个巨大的烟囱——母亲的坟就在面向它左手的五十米处,或者有一棵长有双生树干的松树,朝银曾经在那里捧回一堆悲伤的松果扔在母亲的棺盖上。

但是,它们如今在哪儿呢?他开始怀疑自己仍是在做梦。

"哎!"他朝那边喊道。

"怎么了?找到了?"乂庆提高嗓门回应他,"快下雨了!"

他绝望地举起双臂,试着触碰到一点真实的什么。为什么呢,他会那么自信,认为自己一下子就能找得到呢?母亲当时是怎么做到的呢?这些被落日镀成铜色的土包,分明是一个盘根错节的迷宫。夜色一点点、缓缓地倾轧了下来。从远山的轮廓开始,直至温柔、细腻地覆盖了上游的芦苇荡。他的疲倦渐渐生成了耐心:总会找得到的,就在外公坟的旁边,不是吗?那是他们三个人一起立的碑。

一个陌生男子突然从一个黑色裂缝中钻了出来——通过他有限的视力,那自然是外公,40岁模样,满面红光,眼睛凹陷,里面闪烁着奇特、富有穿透力的火花。他费力地用胳肢窝夹着两条正奋力挣扎的鲈鱼……鱼掉了下来,重重地摔进土里,一下子就不见了。

朝阳的眼泪掉了下来,血液涌进他灵魂的废墟之中。"我找不到阿娘的坟了!"

"跟我来……"外公说,"从这走可以直接到大路上去……"

朝阳拒绝离开。

"再见。"

外公转身离开。突然又回过头,看见朝阳的脚好像生了根一样,似乎对他生出一股怜悯之心,转身回来——他更年轻了,是20多岁青春小伙的模样。他在朝阳面前站定:"走吧,咱们一起走。"

朝阳什么话也说不出来,只能用手比画着,给他讲那个墓碑的大小。给他讲它已经残缺不全了,而他花了多少力气才把它带到这儿来……母亲的名字究竟是什么?

面前的外公一下子缩水了,他是那么小:已经是一个10岁孩子般那样。他像疯子一样乱跑起来,很快消失在广阔的芦苇荡里。

公路前方驶来一团黑乎乎的东西,是义庆。他骑着那辆载他们来此地的摩托车。

"怎么样?找到了吗?"

朝阳一下子感到虚弱无比,头又重又晕,汗珠开始从他的前额流下。他呢喃地陈述起来,告诉他刚才的奇闻。他没有找到母亲的墓地,他见到了外公,而他突然又消失了。

摩托车子弹一样地飞了出去,他们的身体各自紧绷着,朝阳的腿在空中荡悠着,重重地撞击着金属车皮。

乌云紧随其后,发出愤怒的吼叫声。

整整三天

黎明时分,又一场莫名其妙的失火。

如果发现得早,那应该只是一场完全可以避免的小意外。火势长得很快。顺着芦苇荡蔓延到了江这边,大地就像刚刚解开它的枷锁。搭在山脊上的几株干瘪、歪歪扭扭的树影被火影淹没,直至完全消失。那股奇特、略带咸味的味道叫醒了沉睡的人们。

等到闪耀的消防车姗姗而来时,火势已经自行减弱了。仅此而已。看热闹的老人很快就打着哈欠回去补觉了。三座光秃秃的山,细长的、蓝灰色的烟雾漫山遍野,久久不散。一棵树挺立着,已经被烤焦了。火似乎对它无可奈何。长长的枝丫伸向山的另一面。

义庆不再说个不停,安静地弯起腰在几个包里继续翻找,山顶的火焰熄灭之后,他就开始不停歇地收拾行李了,即便屋子已经空空如也。接着他开始修理一盏坏掉的灯,一个充气气垫,一把折了腿的摇椅——好像它们才刚刚坏掉似的。接着他把它们一一扔进大棚里。后山捡来的松果被铺进了孵化箱。蛇窝纹丝不动。

太阳落山的时候，村庄的废墟沐浴在迷人的霞光里，像一幅抽象画。两人都被这奇特的轮廓迷住了，呆呆地看着，义庆一动不动，两指紧紧夹着已经湿透的烟斗，往下滴着水。

"不知道得多久啊，会多久呢？"朝阳不确定他指的是什么。有可能是这场总也下不来的雨，有可能是那窝待产的蛇，也有可能是眼前转瞬即逝的一切。

"我把你要用的东西都安置好了……其实你可以住在屋里的。反正——"他回头望了一眼空洞洞的房子。

"不。"朝阳坚定地说。

"大棚挺结实的，但要是下暴雨，那可撑不住。"

一个小时后，一辆周身弥漫着尘土的客车缓缓地停在路平面的上方。义庆大汗淋漓地上了车。笨拙地试图摇下玻璃窗——它似乎是坏了。司机毫无耐心地立即踩了油门。车子很快消失在刚刚掀起的沙尘之中。

太阳越升越高，气温与日俱增。老天似乎突然对秋天失去了兴趣。整整三天，他仍然在卫鸣山里穿行——夜晚，他逐字逐行地读那本诗歌，即便他不完全懂它们，也仍然觉得它很庄严，那些文字令他的心时常紧缩。

每读完一首诗他都抬头望一眼那个蛇窝——不知道为什么，他觉得那表示对这本书的尊重。而随着这条花尾斜鳞蛇的生产躁动，他多了一项责任：他必须守护这场生产。这个想法吓了他一跳，他认为自己这不可思议的念头是受这书里一首诗的影响。他兴致盎然地去翻，把读过的诗逐个又读了一遍。但最终没找到是哪一首。

"但必须这么做,没错。"他坚定地想。

时间忽隐忽现,他不再围绕着卫鸣山打转,而是变成了一个探险旅行者——他开始深入旁边的加里克山探险,一点点地深入……斑驳陆离的影子映在树下的孤独之人身上。这里似乎有无穷无尽的松树,挺拔、庄严,充满生机。像一排亟待出发的新兵。而卫鸣山肃穆而安宁,就像是老兵的归途。

他遇见了那两个孩子——刻碑字的两兄弟。他的出现几乎吓破了他们的胆。但当他们发现他是他们其中的一员,都是加里克山的"探险者"时,他们又开始欢呼起来。

下山时他们的口袋里时常塞满干燥的松针——用于蛇窝的防潮,以及各种各样的杂草、野果子。人们越想铲除杂草,它们就越欣欣向荣,哥哥说。朝阳惊讶地问这句话是打哪儿听来的,他得意扬扬地回答,书上,我爸爸的书上。

他的话属实,次日,他就搬来了一本厚厚的杂草图册。

……它们充满了生机——不加雕琢的、无处不在的光合作用下的勃勃生机。

一棵醉鱼草长得足有9米高,好几种植物都层层叠叠地被它笼在身下。曼陀罗开出的鹅颈花朵精致美丽。

孜然芹、张牙舞爪的葫芦和起绒草在这里长成一片……

一天傍晚他们结伴下山,一个巨大的土坑赫然横在他们眼前,宽度和深度恰是一个成年人棺材的大小。一些五颜六色的旗子被撕成一绺一绺的抛撒在四周,已经历经了几番暴雨的冲刷，破损不堪。但它是活着还是死了呢？在迎接什么还是刚刚送别了什么？他们不敢贸然靠近。夜晚很平静，但他的听觉异常敏锐，芦苇荡的呢喃声在他耳边越来越响。蝉。蝙蝠。低空飞行的昆虫穿过黑暗。蛇窝，像是有魔法般的生命力。

而这只是一个漫长的夜晚的前奏。

面　具

敲诈电话

李子园向张春汇报居民联名上诉一事的时候，后者的思路正完全沉浸在刚才的敲诈电话中。

对方索要三百万封口费，指的是张春十年前在戴春路犯下的那宗案。听到"戴春路"三个字，周身血液倏地一股脑涌到张春眼前，令他一阵眩晕。他感到浑身发热，毛孔滋滋地往外溢汗，仿佛一下子置身于彼时的紧迫之中：他刚刚抢劫了戴春路上那家自己潜伏了多日的首饰店。对于这件事的成功，他从没怀疑过：店主是一个30多岁的美貌女子，单身，南方人，她的靠山是国土局里一个声名狼藉的要员，她平日里深居简出，店铺由一个很年轻的姑娘负责打理。而那个年轻姑娘，刚刚陷入一段热火朝天的恋爱，每周三、周四的午饭时间，她的恋人都会将她提前早早接走，店面只剩下一个愣头愣脑的保安。店里有烟雾报警装置，保安则每隔半小时到马路对面的报亭抽烟、聊天。

张春的目标是靠近通道的展示柜。一般来说，展示柜是不上锁的，因为那里摆的都是不值钱的赝品（新品推出的同时都会按照同款式打造一批样品，用来供客人试戴和展示）。但是有一种情况例外，样品每周三都要被送去另一家店进行保养，取而代之的就是真品！——当然了，这是年轻姑娘在酒吧对恋人说的悄悄话。对张春来说，这简直是上帝砸在他脑袋上的钱袋子。

只要找准时机动手，将万无一失！虽然事情也的确如此，但意外插曲还是出现了。就在他轻松得手、满载果实按计划坦荡离开时，报亭的摊主及时提醒了保安。那个恼怒的壮汉立刻甩掉烟蒂，有如一头发疯的公牛冲向张春。完全出于下意识——张春举起一辆停在路边的自行车向保安抛过去。不可避免地，车祸发生了：一辆失控的黑色轿车被紧跟其后的货车顶上了半空，刹车声和女人的尖叫此起彼伏，轿车又重重地摔在报亭旁边的防护栏上。

保安肯定是受了伤，他停止了追逐，任由张春一头扎进正午火辣辣的阳光中……

那之后的一周，张春真正体会到什么叫活在炼狱里，白日里恐惧折磨着他，深夜时分，鬼魂亦常常混进他的梦里讨命。保安十有八九已经死了，或者还有儿童在车祸里受伤、丧命？——这并不是他的初衷。直到某个周一的早上，民生频道报道了这则新闻，整个经过被交代得很简洁：保安与寻衅客人的打斗所引发的交通事故。受伤保安在医院疗伤。无人在事故中丧生。

张春高兴地大叫起来，阳光一下子回到了他的头顶，长在被褥上的荆棘也消失不见了。没人因他而死！这真是太好了！如他所料：珠宝店没有报案，草草了结了息事宁人。虽然张春成功过关，但他知道有人定会调动力量暗中彻查此事，自己还没有绝对安全。他没有辞去工作，而是留在原公司继续着本职工作。他将珠宝藏在了一个绝对保密的地方，更没有联系任何渠道暗自兜售。直到两年以后，公司派他到海外出差，他将大件首饰巧妙糅合进公司的服饰箱里，成功出关。几经来回，历经五年之久，终于将赃物全部秘密出手。胜利的果实全部踏踏实实地落进口袋。

辞职，创业。回想这历程并不容易，那"第一桶金"虽然发挥了至关重要的作用，但是和他后期真正投入的相比，可以说是杯水车薪。他卖掉了家里的房子，冒高风险将公司做资产抵押，又经过几年辛苦打拼，才逐渐发展出了现如今在C城颇具规模的建筑公司。张春的名字已经开始在圈内为人所知，杂志将他写成"突然亮相C城的建筑黑马"，近期，他频频参加各种国内外比赛，皆得到斐然的成绩。这是十年前的他绝对不敢想象的。这些年，他所进行的艰苦奋斗，可以说是问心无愧。而十年前的那桩"抢劫"，张春在心里将这两个字重重地画上了双引号。他不认可那是一件亏心事，即便抢劫贪污官员的情妇，将钱财收入囊中绝算不上是梁山好汉的行为，但是他也绝对不会为此感到寝食难安。罪恶感吗？从来没有。

直到"戴春路"三个字在他耳边爆炸，他才如醍醐灌顶：抢劫的那一天，周围那么多围观的人，即便祸主不来追究他，也总有人正独自悠然于阴影之下，将青天白日里的事看了个明明白白。

是啊，自己怎么从没想到这一点呢？显然是自己现如今的名气和财气点醒了对方的欲望，听筒那边的说话语气十分笃定，难道是掌握了切实的证据，有图像或者录像吗？如果是，那简直太糟糕了。张春倒进转椅里，转椅载着他颓然转了一圈，他感到头晕目眩。视线所及，这间高级办公室里，名贵的巴西橡木茶几，立于书架旁日日带给他美感、供他享乐的意大利手工酒柜，此刻也完全失去了光彩。危机来得太突然。张春不是没有想过自己有朝一日会遭遇勒索，但是功成名就的社会精英被歹徒勒索钱财，和身为歹徒因所犯之事被人要挟，二者之间那是云泥之别。

最可怕的是依他的直觉，对方不仅来者不善，而且蓄谋已久。

"记者会的时间我建议再提前……"

"记者会……"张春烦躁地点着头，"什么记者会？你刚才说什么？"

李子园嘘了一口气，只好重复："已经证实是施工材料更替造成的差异，虽然不能直接说明我们偷工减料，但那件事的过失肯定是算在我们头上。除此之外，楼间距的密度问题、层高问题、暖风机功率、下水管道质量问题、厨房油烟排烟机性能太差……都因为那件事被放大了。"

"你说的那件事，是哪件事？"

李子园不可思议地看了老板一眼，仍耐心陈述："几个小区联合成立了声讨会，那个声讨会的会长，也就是大洋国际中心露台餐厅的业主，他5岁的儿子在露台上玩耍的时候，露台上的防护栏突然断裂了，孩子差点从楼顶摔下去。盛怒之下他彻查了自己家住的公寓，哦，也在这栋楼里，发现了上述问题，他这个人有点手段，不仅很快成立了声讨会，还找了权威媒体。如果媒体那边不处理的话，公司的信誉扫地，明年交付的联排的售卖情况，简直不敢想象了……"

"等等！"张春忽然激动不已，脸色绯红，"回到刚才的话题，露台上的防护栏，怎么回事？"

"哦……那个，防护栏的断面目前用铁丝网围护着，在施工的时候因为图纸改动过两次，就被搁置了，方总工说是等到二期工程时统一建成。"

"如果是这样，为什么不告知业主？"

"因为二期这个月末就动工了，露台那里为了美观就搭了个景，只要不用力踩踏，应该不会有这种事情发生的……"

"应该？！没有应该。"张春打断李子园。

"您看，我们要不要启动紧急计划？媒体那边肯定需要一笔费用，声讨会那边……"

"声讨会这边我来处理。把那个会长的联络方式给我留下，媒体那边的预算不要节省。"

李子园刚离开，张春就兴奋地将转椅狠狠地转了三圈。他简直太高兴了！一个天才创意已经交织成了一个万无一失的完美计划！可以说，并不是他想出了这个计划，而是这个计划主动占有了他！

完美计划

张春从来也没有意识到，自己可以对杀人这件事充满自信。十年来这勇往直前、无所畏惧的动力重新回到了他的身上。只是他现在必须更加谨慎，因为这一次的代价，完全不同了。

坐在张春对面的是一个身材矮小、脸盘浑圆的男子。"我觉得我们见过。"张春微笑着说。

男子面露疑惑，显然他很快意识到这是敌人善用的迷惑术。便冷冷地笑道："我可不认识你。"

张春打量着露台的四周环境：这些别墅由于建造在开发新区，跟随政府绿化风向进行了大面积园林建设，令此处露台如立于森林一隅，别样地沁人心神。他感到自己的灵魂跟随着曙光走得很远了。

"这里真的太美了，说真的，我要感谢您，否则我是没有机会坐在这里欣赏这美景的。"张春由衷地赞叹。

男子微微放松了脸部肌肉，言语仍很苛刻："人去悬崖边玩耍，也总是觉得风景新奇的，那是因为他们不用住在悬崖边。"

张春将一份协议放在桌子上，送至中年男子面前："除了这里面的赔付金额，这个露台我将帮您进行全面的精装维护。当然了，设计风格按您的喜好来。"

随着对协议的阅读进行，直至最后一页那枚红灿灿的印章，对面的人终于面露微笑举起面前的咖啡杯，在这片刻的优雅中，张春久久凝视着阳光投射在防护栏上的阴影，想象着星星和飞鸟落在上面的模样。不久以后，这里就是一片废墟了，是那种真正的、永恒的废墟。他闭上眼睛，四肢忽然精疲力竭，是为计划中最关键的一步有了完美的定夺。

终于在周末的晚上，张春等来了期盼已久的电话。

"哦，现金出了点小麻烦……"

对方听上去非常恼怒："你是在耍我吗？我已经等了整整半个月。你要是耍花招，我有的是法子对付你……"

"不，不……你完全想错了，我完全相信你有法子。但你从新闻里也能知道一二，我和我太太正在办理离婚，如果我账户上那么一笔钱去向不明，我太太就会控告我转移资产，事情一闹大，我就成了聚光灯下的角色，你知道的吧？我现在正在想办法预支工程款，这我太太肯定不知道。"

张春要求见面交易，现金放在顶楼的物业推车里，而在那之前他必须当着他的面，将有关戴春路的所有原始证据销毁。但这当然是唬人的，哪里存在什么可以被彻底销毁的证据呢？张春的所有目的只有一个，引对方上露台。为了打消对方的顾虑，张春强调，"那是一个有三十几人的宴会，没人会注意到我们"。对方妥协了，显然一点也不担心张春会报警埋伏抓人。

如果不是过于愚蠢，就是过于狂妄。这是一匹刚刚出洞的野狼，张春想。

协议中规定自露台修建完毕、交付前的所有时间，露台将完全封闭，归张春全权负责。也就是说，无论他任何时候出现在那里，都是理所当然。当露台修缮完成，他将举行私人宴会，有三拨客人来体验。当然，前两拨不会有任何意外事件发生，那将是两个充满欢声笑语的美妙夜晚。但是最后一晚，一个可怕的"意外事件"会将这个人间仙境变成人间绝境。三百万现金就在物业的推车上，而推车就藏在紧挨着防护栏的那棵树后——三百万被藏在隐蔽之处，自然是在情理之中。张春将比约定时间晚到半个小时，他相信他在脑中预习了上百遍的场景，定会最终成为现实：勒索者先到露台，他戴着鸭舌帽和墨镜，避开其他人的耳目，从侍者那里讨来一杯酒，一边佯装闲客，一边逐步地将稳妥的步子挪向那棵树……然而就在手推车已经触手可及，他把它从那棵树后拽出来的那一瞬间，由于反推力的作用身体必将向身后的防护栏靠去，而那个看起来稳若磐石的防护栏，由于"防护剂"的"腐蚀"，已经摇摇欲坠。当然了，警方会观察到这一点：在 C 城，建筑物被硝酸雨腐蚀并不罕见，只是防护栏的石料何以腐蚀得如此严重呢？正常情况下当然不可能，除非有一家冒牌的石材养护公司，使用了假冒伪劣产品：当含有 HNO_3 超标的清洗液体被大量地使用在毛面石材上，并未做好后期防护处理时，石材会发生严重的化学腐蚀……警察定论之后定会追究公司的失责问题，无论如何，就算封锁露台，张春公司因为工地防护预案缺失、安全警示标语缺失等被处罚、勒令停业，又算得了什么呢？甚至警方例行排查这位倒霉的客人究竟和宴会上的谁有什么恩怨、瓜葛之后，结论也只有一个：死者酒后赏景失控，从还未建完的露台失足跌下而死，而那辆堆满氢气球和彩绸的推车也不会给警方提供一丝一毫的线索。

面　具

李子园接到警察的传唤，是在事发后的第二天下午。他刚从机场直接转车来到警局，风尘仆仆。

李子园看上去无精打采，大概是因为老板的意外离世，令他一夜之间被太多麻烦压身。接待他的办案人员同情地将一杯水递送至其眼前。

"……谢谢。"李子园憔悴地说。

"这几天你不在 C 城？去哪里了？"

"下半年的别墅项目。因为内墙和露台没有达到交付标准，我紧急去 S 市与设计师交涉。"

"为什么是你去，设计师为什么不来？"

"哦，这个经常是这样的，设计师通常同时接几个项目，他们全世界各处跑。而我们这个项目已经完成了，时间问题上我们没有话语权，所以……"

"你们也是大公司了，为什么总是做些偷工减料的事情呢？"办案警员把要说出口的剩下半句话咽了回去，他想说的是，"如果你们不总是这么偷工减料，你的老板也不会被自己盖的楼房压死。"

李子园苦笑道:"这其实也是业内的一些潜规则,比如实际施工时会将一些贵重的木材换成相对廉价的墙砖,这样既不会造成明显的风险,也很少有业主会去追究此事。这一次,这一次算是例外。"

对面的警员露出一副原来如此的麻木神情。他点燃一根烟,对一旁的记录员交代了几句就走了出去。次日的晨报首页,刊登了年轻的城市建筑黑马张春的死因,是其在自家公司负责修建的一个别墅楼梯间上行时,楼梯间忽然发生了大面积坍塌,而因时值深夜,张春无法得到及时抢救最终死亡。至于为何他会深夜独自前往,且建筑残渣混合着很多彩色气球碎片、彩色绸缎,警方无法给出解答。据张春公司的员工推断,这些应该是为即将竣工的露台项目准备的。

列车上有小孩在追逐,老人将摇摇晃晃的开水杯倾倒在女孩子的裙子上,车厢里立刻喧起一片沸腾。李子园将报纸轻轻合上,想象着那个恢宏的瞬间,伴随着风的号叫、气球噼噼啪啪的集体哀鸣,那个尸体所带来的怨怼,也该得到平息了吧?此刻,窗外是开阔的新世界,列车悠然地吟诵,凄凉阴郁的平原上升起黎明的光亮。

乔 寅

已经整整两个小时了,乔寅一直都心神不宁,他先是发错了一个重要邮件,又将女同事的饭盒打翻了。他吃进肚子里的鸡腿也开始激动地翻腾，他不断地给妻子打电话，问其是否已经安全到医院。直到妻子暴躁地挂了电话，他才只好作罢。

那到底是什么事呢？他以往的经验告诉他，肯定是有点什么事的。

同事好心地将面巾纸递到他面前，提醒他："你流鼻血了。"

乔寅伸开两腿，仰面倚靠在椅背上。他闭上眼睛，感受血液一点点平静地回到脑腔里。刚才遮住太阳的云现在飘走了，房间里渗透进强烈的光线。几十米开外，一座横跨干河的宽桥上开进一列慢吞吞的列车，它行驶得如此之慢，仿佛与时间无关……突然大块大块的废铁从天而降，就在列车完全被尘土吞没的瞬间，列车上的某扇窗户似乎被推开，里面探出一颗苍白的头。

乔寅被猛烈的震动惊醒，一个冰凉的声音在电话那端通知他：你的妻子正在中心医院急救，目前情况不明。

手术室外宽敞的走廊里，是护士模糊的脚步声。乔寅的对面，坐着与妻子的车相撞的货车司机，一个始终在捂着脸啜泣的中年男人。乔寅摇摇晃晃地向对方走去，但他刚刚站起身，一阵尖锐的耳鸣便如潮水一般将他击倒在地……

他在一股强烈的恶心感和眩晕之中醒来，他的鼻腔插着管子，手臂上满是。妻子呢？肚子里的孩子呢？他想起身，却完全做不到。

"我这是……我……"他开口说话，声音吓了自己一跳。

一个瓮声瓮气的声音:"你好好躺着吧,看你这情况,你也病得不轻。"

乔寅看清了,是那个货车司机。他仍旧是他先前看到的那副模样。他的旁边,躺着一个七八岁大的小男孩——乔寅的目光只在男孩身上停留了一秒,他没法继续看下去,如果他的手可以动,或者他能大声喊出声,就好了。但他什么也做不了。

"我躺了多久了?"

"一天半。"

"我的老婆呢?肚子里的孩子呢?"

瓮声瓮气的声音戛然而止,乔寅看到那个已经枯竭的面孔上泛滥着一种同情。乔寅太熟悉这种表情了:他在无数张脸上看到过的,一种专属于人生灾难,又被时间驯服后的古怪痛楚。他挣扎着站起身,拔掉身上的管子……泪水和鼻血,顺着纽扣滴落在他的脚尖。

"叔叔……天,天……"被纱布裹挟的面孔发出微弱的声音。

"我娃有话要说……"中年男子搀扶着乔寅。

一个月后,一阵急促的门铃将中年男子从午睡中唤醒。看见站在门外一身丧服的乔寅,中年男子稍作停顿,还是将乔寅让进大门。

开放式的厨房让豪气的双开门冰箱直入眼帘,客厅的拐角立着色彩华丽的琉璃花瓶。只不过短短几步路,眩晕感重又回到乔寅身上。他感到自己被很多双眼睛盯着。

中年男人坐在乔寅对面。一言不发，面色沉重而不自在。只稍片刻，黄昏忽然在窗边降临了。

中年男子终于开口："你喝水呀……"

乔寅点点头，问："孩子的后事办妥了？"

"嗯……他姨妈帮着操办的。你，你也节哀吧，趁还年轻，你还能再找个女的，再……"中年男子息声了，他注意到了乔寅的表情。

"你儿子那天在医院要说的是什么？天什么？"乔寅说。

"啊……我不知道，唉，这个也怨我，我应该抽个空，把事情经过都告诉你的。那天我的车拐到戴春路上的时候，我娃突然发病了。他本来就有羊痫风。那病一发作就得挪到宽敞地方。我就把车停在路边，我那车那么老大，肯定是占着马路了，但是我没办法，别的车要么死命按喇叭，要么人干脆跳下车来骂我，就你老婆，真是个好人，她下了车帮我娃做了急救，还给我娃拿了水……后来我娃好了，你老婆的车就在我前面，她说她去医院，让我跟着她。我看得真真的：马路上突然蹿出一个人，他手里提着个老大老大的箱子，看起来还很沉，他把那箱子往地上就那么一蹾，抄起一辆自行车就朝一个人扔了过去。你老婆的车没反应过来，我也没有，然后就……事后，我为了搞清楚是咋回事，特意去对面那个报亭，就那个老头那打听，他开始也不肯说，我塞给他一百块钱，他就告诉我事情经过了。那天那个抄自行车的家伙是抢劫犯，抢了好多值钱的东西……我这一寻思不对呀，为啥新闻里不是这么说的呀。思前想后我才明白了，那不敢报警的人，能是好人吗？那钱抢也是抢了。我娃的命也搭上了，我就想办法找到那个领导，就……"

"这个房子，就是全部了？"乔寅嘲讽道。

中年男子捂住脸啜泣起来，就像他们初次见面那样。但突然一瞬，他变身成暴风雨："我这把年纪了，老婆老婆跑了，娃娃死了。人都已经死了！死了就是活不了了！你懂不？还计较那些有啥用！人家愿意，愿意给你一套房，你说，我还能怎么办……"

乔寅将手机递到中年男子面前："你看这个男人，是那个抢劫犯吗？"

"是的。"

"好了，我该告辞了。"乔寅径直向门口走去。他锁着的肩忽然打开了。门关上的时候，他加强语气问道："你的儿子，叫什么来着？"

"李子园。孩子的子，公园的园。"

面　具

李子园的墓前，乔寅将刚刚铲开的小土坑用铁锹抹平——那里刚埋进他使用了十年的"面具"——"李子园"的身份证和一只仅仅用来"敲诈"张春的手机。他将"乔寅"的身份证塞回钱包里。微微闪烁的光不时被云彩遮蔽，干涸的河床有如一个巨大的银色的钵体，盛满了寒冷的月光。他的眼睛直盯着前方。一个邮件催促他尽快回公司，处理更换合作商的事宜。"其实,"乔寅盯着步子里的自己的影子,"我什么也没有做,我只是少汇报了一个具有塌陷危险的位置——公寓楼梯间。不过,张春为何不乘电梯而爬楼去顶楼呢?"他不禁笑出声,因为电梯里有摄像头,而那个人要做的事,只能发生在阴影里。

　　巨大的睡意袭来,他觉得自己累透了。四围满是柔软的黑暗,他脚下一软,整个人倒进芦苇荡里……一切像雾一样迷蒙不清。他睁开眼睛,四下里是白茫茫的一片。不远处,却能看见绿草如茵,在蜿蜒曲折的小溪旁,有小孩追逐嬉笑的声音。而自己正躺在雪白的被单上,柔软的鸭绒枕头竖放在床头。旁边是自己的妻子,妻子抚摸着他的脸颊,温柔地拥抱他,在他耳边说:"你知道吗?那个孩子,他叫李子园。"